Alex Schulman

Endstation Malma

Ein Zug, drei Menschen und ihre miteinander verwobenen Schicksale. In bestechender Prosa baut Alex Schulman seine Erzählung auf: wie einen Zug, der durch die Zeit fährt und in dem jedes Kapitel ein eigener Waggon ist, der an den nächsten angehängt wird. Ist es möglich, die Zukunft freier zu gestalten, oder ist sie bereits durch Vergangenes vorgezeichnet?

»Intensiv, beklemmend und mitreißend.«
Die Presse am Sonntag

»Meisterhaftes Familienporträt, aufwühlend und schonungslos.«
Freundin

Alex Schulman, geboren 1976, ist einer der populärsten schwedischen Schriftsteller. Sein Roman ›Die Überlebenden‹ wurde in dreißig Sprachen übersetzt. Mit ›Verbrenn all meine Briefe‹ gelang ihm in Schweden 2018 der Durchbruch als literarischer Autor.

Hanna Granz, geboren 1977, hat zuletzt u. a. Werke von Patrik Svensson, Tove Alsterdal und Sofie Sarenbrant ins Deutsche übertragen.

Alex Schulman

Endstation Malma

Roman

Aus dem Schwedischen
von Hanna Granz

dtv

Von Alex Schulman ist bei dtv außerdem lieferbar:
Die Überlebenden
Verbrenn all meine Briefe

MIX
Papier | Fördert gute Waldnutzung
FSC
www.fsc.org
FSC® C019821

2024 dtv Verlagsgesellschaft mbH & Co. KG, München

Die Originalausgabe erschien 2022 unter dem Titel
›Malma Station‹ bei Albert Bonniers Förlag in Stockholm.

Published by agreement with Ahlander Agency.
Umschlaggestaltung: Lübbeke Naumann Thoben, Köln
Umschlagmotiv: © plainpicture / photocake - Kollektion Rauschen
Satz: Fotosatz Amann, Memmingen
Gesetzt aus der Sabon
Druck und Bindung: Druckerei C.H.Beck, Nördlingen
Printed in Germany · ISBN 978-3-423-14916-7

Für Amanda

Oh no, love, you're not alone
You're watching yourself, but you're too unfair
You got your head all tangled up
But if I could only make you care
Oh no, love, you're not alone
David Bowie, Rock 'n' Roll Suicide

KAPITEL 1

Harriet

Sie steht im Schatten ihres Vaters auf dem Bahnsteig und beobachtet, wie er in die noch tief stehende Morgensonne blinzelt. Sie warten. Harriet sucht nach Anzeichen von Verärgerung in seinem Blick oder in seinen Bewegungen. Heute achtet sie besonders darauf, denn dass sie diese Reise unternehmen, liegt an ihr, sie fühlt sich deshalb in seiner Schuld. Nur ihretwegen steht Papa jetzt dort, sie trägt die Verantwortung dafür, dass es so warm ist, für das frühe Aufstehen, für die Verspätung des Zugs, für alles, was er von jetzt an ertragen muss, und er schweigt, und sie kann ihn nicht deuten.

Harriet spürt die Hitze des Asphalts durch die Schuhsohlen hindurch. Sie ist vollkommen schwarz gekleidet, denn das gehört sich bei einer Beerdigung so. Über ihrer Schulter hängt Papas Kameratasche, sie stellt sie nicht ab. Nicht einmal, als klar ist, dass der Zug Verspätung hat und sie wahrscheinlich noch eine ganze Weile warten müssen. In der Tasche befinden sich Objektive im Wert von Tausenden von Kronen. Harriet weiß, dass diese Ausrüstung Papa viel bedeutet. Sie weiß auch, dass es ihre Zukunft ist, die sie über der Schulter trägt, denn eines Tages wird sie das alles erben, und jedes Mal, wenn er ihr das sagt, hat sie das Gefühl, als senke sich ein Gewicht auf sie herab. Einmal pro Woche ist Kameraputztag, da reinigt Papa alle Teile und möchte, dass sie dabei ist. Dann sitzen sie im orangen Schein der Küchenlampe, und er reiht die Objektive auf dem Küchentisch auf, und manchmal reicht er ihr eins, damit sie es anfassen kann. »Guck dir diesen Kerl an«, sagt er dann. Und sie wiegt es in der Hand, es ist schwer und massiv, will zum Boden. »Und jetzt den hier«, sagt er und reicht ihr ein weiteres. »Guck dir nur mal diesen Kerl an.« Papa bezeichnet ganz unterschiedliche Dinge als Kerl. Vor allem Dinge, die er gekauft hat und um die er sich kümmert, aber auch anderes. Zum Beispiel, wenn sie im Auto unterwegs sind. Manchmal hält er dann plötzlich an, weil er ein Reh entdeckt hat, und dann zeigt er darauf und sagt: »Guck dir diesen Kerl an.« Ein umgestürzter Baum im Wald kann ebenfalls ein Kerl sein, zumindest, wenn es ein großer ist. Doch vor allem verwendet er den Begriff für Dinge, die man besitzt, nicht nur solche, die ihm gehören. Er ist sehr großzügig mit Lob, auch für die Dinge anderer Leute. Manchmal pfeift er durch die Zähne, wenn vor ihnen ein Porsche fährt. »Guck dir mal diesen Kerl an!« Ein netter Charakterzug, in solchen Momenten mag sie Papa sehr.

Vielleicht will er sich ja setzen? Sie blickt sich um, alle

Bänke sind bereits belegt, die Leute sehen albern aus mit ihren gereckten Hälsen, wie sie Ausschau nach einem Zug halten, der nicht kommt. Ein Schaffner eilt über den Bahnsteig, jemand fragt ihn, was los sei, und da zeigt er nur auf den Bahndamm, als liege die Antwort irgendwo da draußen und er sei unterwegs, um sie zu finden. Dann plötzlich Hektik, über Lautsprecher wird die Ankunft des Zugs vermeldet, alle haben es furchtbar eilig, als wüssten sie genau, dass der Zug hier nur ganz kurz halten wird. Papa aber hat die Ruhe weg. Das hat er immer. Er hat so eine Art, sich zu bewegen, als würde er alles halb so schnell tun wie andere. Nichts geschieht im Handumdrehen, nichts wird aus einem Impuls heraus getan, Harriet hat das Gefühl, dass alles von Beginn an geplant ist. Manchmal stellt sie sich vor, dass er bereits morgens festlegt, was er im Laufe des Tages tun wird und wann, vom Frühstück bis zum Abend, und dass er dann alles nacheinander erledigt, genau wie er es sich vorgenommen hat. Vielleicht ist das der Grund, weshalb er nie Gefühle zeigt; ihn kann nichts überraschen, er ist nie um eine Antwort verlegen. Jetzt sieht er zu, wie die Leute zu ihren Waggons rennen, und lässt sie gewähren, erst ganz am Ende setzt er sich langsam in Bewegung, und Harriet folgt ihm.

Im Waggon ist es genauso heiß wie draußen, Harriet geht an den Leuten vorbei und sieht, wie unzufrieden sie mit sich selbst sind. Sie setzt sich Papa gegenüber auf einen Fensterplatz. Mit einer Geste bedeutet er ihr, dass er die Kameratasche haben will, und sie reicht sie ihm.

Dann schaut sie auf den inzwischen fast menschenleeren Bahnsteig. Die Geräusche um sie herum kriechen näher, das Rascheln vom Aufschlagen der Zeitungen, das Zischen einer Dose mit einem kohlensäurehaltigen Getränk, Gespräche nehmen Gestalt an, Bruchstücke von Konversationen. Wenn Harriet erst einmal angefangen hat zuzuhören, kann sie sie nicht mehr ausblenden, die Gespräche klingen wie leises Summen und bilden Melodien, Geschichten aus dem Leben der Mitreisenden. Die meisten klingen traurig und wie von einem unerklärlichen Gewicht niedergedrückt. Und sie selbst fürchtet die ganze Zeit, ertappt und von einem von ihnen zur Rede gestellt zu werden – wieso sitzt du da und lauschst?

Sie soll nicht lauschen.

Harriet erinnert sich an jenen Abend im Frühling letzten Jahres, als sie und ihre Schwester schlafen sollten. Das Kinderzimmer liegt Wand an Wand mit der Küche, und dort saßen Mama und Papa. Sie hörte jedes Wort klar und deutlich. Es war beinahe unheimlich – konnte es sein, dass die Wand die Geräusche sogar noch verstärkte? Wahrscheinlich war es so, denn es kam ihr vor, als säße sie bei ihnen drinnen, und sie hörte das Seufzen, das Stühlescharren, das leise Brummen des Kühlschranks, das verstummte, als Papa ihn öffnete. Er blieb ein bisschen zu lange davor stehen und schaute hinein. Mama mochte es nicht, wenn man vor dem offenen Kühlschrank stand, sie hatte etwas gegen diese Unschlüssigkeit – »Mach was!« –, und außerdem sorgte sie sich wegen der Kosten; sie glaubte, die offene Kühlschranktür sei der Grund für die hohen Stromrechnungen. Deshalb konnte es passieren, dass sie plötzlich losschrie: »Steh nicht lange rum, mach die Tür zu!« An diesem Abend jedoch durfte Papa so lange vor dem Kühlschrank stehen, wie er wollte, und die Möglichkeiten betrachten, die sich ihm boten, ohne dass Mama etwas sagte.

Das machte Harriet stutzig, irgendetwas war anders als sonst. Rascheln von Papier, Papa nahm wahrscheinlich den Schinken heraus, legte etwas auf die Spüle, das etwas schwerer war – die Butter? Er öffnete das Gefrierfach für die Eiswürfel. Papa trank Milch mit Eiswürfeln, das tat er gern. Klirren und Klappern aus der Besteckschublade, als durchwühle jemand einen Goldschatz. Sie hörte, wie Mama die Kerzen auf dem Tisch anzündete und wie Teller aufgedeckt wurden, es war still und dauerte lange, und Harriet lag im Bett und lauschte auf die Unheil verkündenden Geräusche, als ihre Eltern sich einander gegenüber ans Fenster setzten.

»Wie wollen wir es denn jetzt machen?«, fragte Mama.

Papa antwortete nicht. Was geschah da drüben?

»Möchtest du?«, fragte Papa.

»Danke.«

Diese Freundlichkeit zwischen ihnen. Ihre sanften Stimmen, die das Kauen unterbrachen. Diese Rücksichtnahme, dieses beinahe übertriebene Wohlwollen. *Möchtest du etwas trinken? Ich hole es dir.* Sie schienen sich so einig zu sein wie schon lange nicht mehr.

»Ich nehme an, du ziehst zu ihm hoch«, sagte Papa.

»Ja«, antwortete Mama. »Er hat ein großes Haus, da ist auch Platz für Kinder.«

»Du nimmst aber nicht beide.«

»Nein«, sagte Mama. »Ich schlage vor, dass ich Amelia nehme und du Harriet.«

Papa lachte kurz auf.

»Ich wollte vorschlagen, dass wir es umgekehrt machen.«

»Du willst Amelia?«, fragte Mama.

»Ja.«

Schweigend aßen sie weiter. Ein Glas wurde gefüllt.

»Amelia und ich stehen uns sehr nahe«, sagte Mama. »Und uns verbindet das Reiten.«

»Mir geht es genauso.«

»Aber du reitest doch gar nicht?«

»Nein, aber Amelia und ich stehen uns nahe.«

»Warum willst du nicht Harriet?«, fragte Mama.

»Warum willst du sie nicht?«

»Ich habe dich zuerst gefragt«, sagte Mama.

Harriet lag im Bett und schaute zur Decke.

»Das weißt du genauso gut wie ich«, sagte Papa. Er trank seine Milch aus. »Ich finde es schwierig mit ihr. Wir haben nicht dieselbe Wellenlänge.«

Harriets Bett war schmal und hatte einen hohen Rand, wie ein Sarg ohne Deckel, und draußen hatte es aufgehört zu regnen, das Unwetter war abgezogen, kein Wind zerrte mehr an den Baumkronen im Park. Nichts war zu hören, außer ihren Eltern, die in der Küche saßen und leise miteinander redeten.

Sie hatten nicht dieselbe Wellenlänge.

Später fand Harriet diese Formulierung immer so diffus, so schwer zu fassen. Was sollte sie tun, um sich zu bessern? Sie wollte gerne dieselbe Wellenlänge haben wie er, wusste aber nicht, wie sie es anstellen sollte.

Sie drehte sich zum Bett ihrer Schwester um.

»Amelia«, flüsterte sie. »Hast du das gehört?«

Ihre Schwester antwortete nicht, aber im Halbdunkel konnte Harriet erkennen, dass sie hellwach war, sie lag auf dem Rücken, den Blick zur Decke gerichtet.

»Amelia.«

»Die reden nur dummes Zeug«, flüsterte ihre Schwester. »Hör gar nicht hin.«

Ihre Eltern sprachen an diesem Abend nicht weiter über das Thema, ihre Diskussion ging vermutlich woanders weiter, und ein paar Tage später wurden die Schwestern nachmittags einzeln in die Küche gerufen. Mama öffnete eine Coladose und reichte sie Harriet, obwohl nicht Samstag war. Die Cola war warm, und die Bläschen wuchsen beim Schlucken in der Kehle. Mama und Papa lächelten seltsam. Sie würden sich scheiden lassen, sagte Mama, und da sie so weit voneinander entfernt leben würden, sei es am besten, die Kinder aufzuteilen. Harriet werde bei Papa wohnen und Amelia bei Mama. Harriet wartete, ob Papa etwas dazu sagen wollte, doch der schwieg. Sie blickte verstohlen zu ihm auf und sah sein ausdrucksloses Gesicht, und er tat ihr leid, weil er nicht bekommen hatte, was er wollte.

Sie sitzen einander gegenüber am Fenster, und Papa schaut über sie hinweg, zu den Türen. Sie weiß, worauf er wartet, und ist bereit, sie haben es genau durchgesprochen – wenn er ihr das Zeichen gibt, muss es schnell gehen. Er öffnet die Kameratasche auf seinem Schoß. Den Blick hält er weiter auf die Tür gerichtet, er braucht nicht hinunterzuschauen, er kennt seine Kameratasche in- und auswendig. Die Brille lässt seine Augen kleiner erscheinen, zwei schwarze Punkte hinter Glas. Man sieht ihm nie an, was er denkt.

Harriet schaut wieder aus dem Fenster. Sie fahren über Brücken, hoch über dem Wasser, der Zug ist schnell, die Blumen entlang der Gleise bilden einen blauen Tempo-Streifen. Jetzt haben sie die Großstadt hinter sich gelassen und kommen zunächst an Vororten vorbei, dann an Gehöften und grünen Feldern, und da Harriet rückwärtsfährt, sieht sie die Menschen draußen schrumpfen, wenn sie zurückbleiben, und ihre Leben werden zu kleinen Punkten, die in den Feldern aufgehen. Dann wird der Zug langsamer – und bleibt stehen. Aus dem Lautsprecher eine Durchsage, der Streckenabschnitt vor ihnen sei eingleisig, sie müssten auf einen entgegenkommenden Zug warten. Sie stehen inmitten einer Wiese, die Blumen reichen den Leuten bis zum Kinn. Wenn der Sommer noch ein paar Zentimeter ansteigt, ertrinken sie. Etwas weiter entfernt entdeckt Harriet zwei Vögel auf einem Feld, die mit langen, dünnen Beinen umherstaksen und über das Tal blicken, und Harriet muss daran denken, wie Papa ihr einmal ein Eichhörnchen gezeigt hat, das in einem Baum saß. »Guck dir diesen Kerl an.« Das Tier war mitten in seiner Tätigkeit erstarrt und schaute in den Wald. Wie paralysiert, in einem Gedanken gefangen. »Er sitzt da und erinnert sich«, hatte Papa gesagt, und diese Vorstellung war ihr so unangenehm und unerträglich vorgekommen. Denn sie machte die Traurigkeit in der Welt noch größer, auf einmal gab es die Schwermut nicht mehr nur bei den Menschen, sondern auch bei den Tieren, und sie musste auch noch für sie die Verantwortung übernehmen. Und als sie jetzt die beiden Vögel auf dem Feld erblickt, denkt sie, dass sie sich an etwas aus ihrer Kindheit erinnern, und das macht sie einfach nur traurig.

Vor ein paar Monaten, als es im Unterricht um das Gehirn ging, sollten sie als Hausaufgabe eine Erinnerung aufschreiben, so ausführlich wie möglich. Abends erzählte sie Papa davon, der sich sofort interessiert zeigte.

»Über welche Erinnerung willst du schreiben?«

»Keine Ahnung, irgendwas aus meiner Kindheit.«

Da lachte Papa und sagte: »Du bist acht. Du *bist* ein Kind.«

Später saß sie mit dem Schreibheft in ihrem Zimmer und schrieb über das Kruzifix, das bei Papa an der Wand hing. Früher hing es über seinem Schreibtisch, aber nach der Scheidung hat er es über seinem Kopfkissen an der Schlafzimmerwand befestigt. Sie hat gesehen, wie er sich neben das Bett kniet, die Hände faltet und betet. Wenn er nicht da ist, geht sie manchmal ins Zimmer und betrachtet das Kreuz. Den Jesus aus dunklem Metall auf schwarz bemaltem Holz, das Tuch um die Hüfte, wie eine Windel. Die dicken Pflöcke, die durch seine Hände gehen, und der eine Nagel, der durch beide Füße getrieben wurde, die Knie übereinander, was ihn irgendwie weiblich macht. Mit festem Blick betrachtet Gottes Sohn die Tagesdecke, und wenn sie sich direkt vor das Kreuz stellt und ihn anschaut, kommt es ihr vor, als erwidere er ihren Blick. Papa hat erzählt, dass es manchmal Tage dauerte, bis ein Gekreuzigter starb, bisweilen sogar eine ganze Woche, und wenn er starb, dann häufig nicht wegen der Wunden, sondern an Hunger oder Austrocknung. Darüber schrieb Harriet, und dann gab sie noch eine Erinnerung wieder, die ein Jahr alt war, von einem Vorfall kurz nach der Trennung ihrer Eltern.

Sie war bei ihrer Großmutter väterlicherseits zu Besuch gewesen. Oma hatte ein Ekzem an den Händen, und um das Jucken zu lindern, benutzte sie Kartoffelstärke, sie hatte immer ein Stoffsäckchen voll dabei, und Harriet erinnert sich, wie es staubte und die kleinen Körnchen herumwirbelten, wenn die Sonne durch die großen Fensterscheiben hereinfiel. Manchmal zog Oma sich durchsichtige Gummihandschuhe an und ließ die Kartoffelstärke über die Handgelenke hineinrieseln, füllte nach, wenn es wieder zu jucken begann, und am Ende solcher Tage waren die dünnen Handschuhe voll und schwer von dem weißen Pulver.

Oma fürchtete sich vor dem Sterben, sie dachte oft darüber nach und saß dann schweigend und abwesend am Küchentisch. Und manchmal, wenn ihre Angst vor dem Tod überhandnahm, ging sie ans Klavier und haute in die Tasten, dass man das Gefühl hatte, die Welt stürze ein. Anschließend blieb sie noch eine Weile sitzen und rang die Hände, dass die Gummihandschuhe quietschten.

Nur Alkohol konnte sie aus den Klauen der Angst befreien. Sie trank Rotwein aus dem Kühlschrank, und nach ein paar Gläsern wurde sie leutselig und begann, Fragen zu stellen. An jenem Abend erzählte Harriet ihr, wie ein anderes Kind im Kindergarten mal bei ihr Brennnessel gemacht hatte, und Oma fragte, was das sei, und Harriet erklärte, dass man dabei dem anderen die Haut am Unterarm in entgegengesetzte Richtungen dreht, als würde man einen Spüllappen auswringen, und Oma lachte. »Zeig mal«, sagte sie und krempelte ihre Seidenbluse hoch.

Und Harriet drehte an ihrem dünnen Arm, und es begann sofort zu bluten, und Oma schrie, und das Blut lief ihr den Arm hinunter, und sie suchte im Schrank nach dem Erste-Hilfe-Set, fand es aber nirgends. Schränke, die geöffnet und geschlossen wurden, dazu Omas Gejammer.

»Mein Gott, hilf mir doch beim Suchen«, sagte sie, doch Harriet konnte nicht. Wie erstarrt stand sie mitten in der Küche, das Blut ihrer Großmutter an den Händen. Papa musste sie früher abholen kommen, und als sie abends an seinem Zimmer vorbeikam und das Kreuz überm Bett hängen sah, kam es ihr vor, als blicke Jesus sie auf neue Weise an.

Sie gab die Hausaufgabe ab, und dann dachte sie nicht weiter daran, doch eines Nachmittags, als sie von der Schule kam, saß Papa an ihrem Schreibtisch und las in ihrem Heft.

»Hast du das so abgegeben?«, fragte er.

»Ja.«

Er las weiter, während sie schweigend danebenstand, dann schlug er das Heft zu und blickte zu Boden.

»Du hast ein richtig gutes Gedächtnis«, sagte er.

»Ja.«

»Aber weißt du was? Was hier bei uns zu Hause passiert, das bleibt unter uns.«

»Okay.«

»Ich möchte nicht, dass die Leute wissen, was ich an den Wänden hängen habe, ob ich bete und ob ich verheiratet bin oder geschieden. Es ist respektlos von dir, über so etwas zu schreiben. Verstehst du das?«

Sie nickte. Eine Weile blieb er noch mit leerem Blick sitzen. Dann ging er raus. Harriet nahm ihr Schreibheft und stopfte es schnell in eine Schublade.

Noch immer warten sie mitten in der Wiese auf den entgegenkommenden Zug. Durch das Blechdach heizt sich das Wageninnere immer weiter auf, je länger sie in der Sonne stehen. Harriet sieht die beiden Vögel, die sich erinnern, und plötzlich hört sie das vertraute Klicken des Auslösers. Sie dreht den Kopf zu Papa, sieht jedoch sein Gesicht nicht, weil die Kamera im Weg ist. Noch immer ist das Objektiv auf sie gerichtet, vielleicht will er noch ein Foto von ihr machen. Sie mag es, wenn er sie fotografiert, es fühlt sich gut an. Harriet lächelt ihn an, zeigt dabei die Zähne und macht mit einer Hand das Victory-Zeichen.

»Nein«, sagt Papa und senkt die Kamera. »Wieso machst du dich so zum Affen?«

Er legt die Kamera auf den Tisch zwischen ihnen und schaut weg. Harriet wünscht sich, dass er ihr noch eine Chance gibt, doch jetzt ist es zu spät. Wieder wird sie traurig. Die Gefühle kriechen unter ihre Lider, ihr Herz klopft nervös, und sie starrt auf die Tischplatte. Jetzt bloß nicht weinen, das mag Papa nicht. Da knipst Papa ein weiteres Foto von ihr.

Er hantiert umständlich mit der Kamera, stellt die Blende ein. Sie schaut erneut aus dem Fenster. Einer der Vögel fliegt tief über dem hohen Gras davon, der andere bleibt stehen und schaut. Nach einer Weile flattert er ebenfalls fort.

»Jetzt!«, zischt Papa ihr zu.

Und dann geht es ganz schnell. Er steht auf und sie

ebenfalls, sie treten auf den Mittelgang, und Harriet erkennt im nächsten Waggon bereits die Umrisse des Schaffners, der langsam näher kommt. Rasch schlüpfen sie in die Toilette und ziehen die Tür hinter sich zu. Papa schließt ab, aber Harriet öffnet die Verriegelung wieder.

»Was machst du da?«, flüstert er mit großen besorgten Augen.

»Wenn er sieht, dass jemand drin ist, wartet er vielleicht, bis derjenige wieder rauskommt«, antwortet sie.

Papa überlegt kurz, dann nickt er. Mit gesenktem Kopf bleibt er direkt hinter der Tür stehen. Lauscht den Schritten des Schaffners, der draußen vorbeigeht.

»Noch zugestiegene Fahrgäste?«, sagt die Stimme auf der anderen Seite. »In Stockholm zugestiegene Fahrgäste?«

Sie warten noch eine Weile, dann öffnet Papa vorsichtig die Tür und schaut hinaus. Rasch verlassen sie die Toilette, setzen sich wieder auf ihre Plätze und verschmelzen mit den zahlenden Passagieren. Er nickt ihr kurz zu, und sie nickt zurück. Ihr Herz klopft, und ihr ist schlecht, sie möchte sich übergeben, weil sie etwas tun, was man nicht darf, noch stärker aber breitet sich ein anderes Gefühl in ihr aus, eine Wärme, ein kleines Feuer in ihrem Brustkorb, als sie ihn ansieht und er sie ansieht und sie sich anlächeln.

Sie haben dieselbe Wellenlänge.

KAPITEL 2

Oskar

Auf dem Bahnsteig ist es heiß, alle sind gereizt. Der Zug hat Verspätung, aber es gibt dazu keine Ansage. Als eine Lautsprecherstimme endlich die Einfahrt des Zuges verkündet, haben es die Reisenden plötzlich sehr eilig; alle, bis auf seine Frau. Ganz ruhig bleibt sie stehen und kramt in ihren Taschen. Oskar schaut zu, wie sie die Hände in ihre enge Jeans steckt, dann in die Jacke und wie sie anschließend ihre Handtasche durchwühlt, bis sie endlich findet, was sie gesucht hat: das Feuerzeug. Der Zug fährt ein, aber sie will anscheinend noch eine rauchen.

»Wollen wir nicht los?«, fragt Oskar.

»Ich rauche nur noch eine.«

Obwohl es windstill ist, wölbt sie die Hand um die Flamme, zieht den Rauch tief ein. Er wartet. Das Rattern der Rollkoffer in unmittelbarer Nähe, das Rauschen des morgendlichen Verkehrs auf einer Autobahn weit entfernt. Es wird wohl wieder ein heißer Tag werden. Erst halb acht morgens, es ist der 17. September, und der Sommer nimmt kein Ende. Rasch leert sich der Bahnsteig, seine Frau aber raucht, als wüsste sie, dass der Zug ohne sie nirgends hinfahren wird.

Als sie einsteigen, ist er direkt hinter ihr, er nimmt einen Hauch des Parfüms wahr, das sie gestern aufgelegt hat. Rasch geht sie durch den engen Mittelgang, und er beobachtet die Blicke der Leute, die sie zum ersten Mal sehen. Das tut er immer, selbst jetzt. Sie setzt sich auf einen Fensterplatz, schnappt sich einfach irgendeinen Sitz. Oskar bleibt im Gang stehen, schaut auf ihre Tickets.

»Das sind nicht unsere Plätze.«

»Ist doch egal, du siehst doch, dass der Zug leer ist.«

Der Zug ist gar nicht leer, und an den nächsten Bahnhöfen werden noch Leute zusteigen. Oskar sitzt nicht gern auf den Plätzen anderer Leute, da kann er sich nicht entspannen. Und wenn dann plötzlich jemand neben ihm steht und sich räuspert und auf sein Ticket zeigt und sie müssen ihre Sachen zusammenraffen und davongehen, dann fühlt er sich gedemütigt. Oskar setzt sich ihr gegenüber. Der Zug verlässt den Bahnsteig fast geräuschlos, gleitet über die Centralbron, das Meer liegt still zu beiden Seiten der Brücke. sogar die Ostsee wirkt heute einladend, das Wasser kräuselt sich nur dort ein wenig, wo die Strömung stark ist. Der Zug beschleunigt, und als sie in den Tunnel fahren, erblickt Oskar sich selbst in der Spiegelung des Fensters. Wie immer reagiert er mit Unbehagen und will den Blick rasch abwenden, aber etwas lässt ihn innehalten und sich in dem dunkelgelben Licht betrachten. Als Kind hat er mal mit Filzstift Pimmel an die Wände der Schultoilette gemalt, ein Lehrer hat ihn dabei erwischt. Er wurde zum Schulsozialarbeiter geschickt, der hinter einem großen Schreibtisch saß und ihn scharf ansah und sagte: »Jetzt will ich dir mal was Lustiges erzählen. Als ich euch Erstklässler am ersten Schultag gesehen habe, bist du mir sofort aufgefallen. Ich dachte: Mit dem wird es bestimmt mal Probleme geben. Man konnte dir ansehen, dass du unter hohem innerem Druck stehst.«

Diese Formulierung ist ihm im Gedächtnis geblieben, sein »innerer Druck«. Er sieht sein Spiegelbild, seinen ernsten Gesichtsausdruck, den breiten Mund, die Lippen, die nicht ganz schließen. Die braunen Augen, die im schwachen Licht fast schwarz wirken. Ist das ein Mann mit hohem innerem Druck? Er weiß immer noch nicht, was genau damit gemeint ist.

Ein Zugbegleiter begrüßt über Lautsprecher die Zugestiegenen. Er ist etwas zu sehr von seiner eigenen Stimme eingenommen, redet mehr als nötig, und Oskar hat sofort den Impuls, einen Blick mit seiner Frau zu wechseln, über solche Leute regen sie sich beide immer auf, aber dazu ist jetzt nicht der richtige Zeitpunkt. Außerdem hat sie bereits die Augen geschlossen. Er kennt sie und weiß, was das heißt; sie will nicht schlafen, sie hat nur keine Lust zu reden.

In letzter Zeit hat sie das fast nie. Gestern während ihres Streits, der am Vormittag begann und dann abends und in der Nacht weiterging, hat er gedacht, wie wortlos er in weiten Teilen war. Ein paar Sätze, die alles in Brand setzten, ihr Gebrüll und seins und dann die heftigen gegenseitigen Beschuldigungen, doch die meiste Zeit schwiegen sie. Als hätten sie beide eingesehen, dass es sinnlos war, das Ganze mit Worten lösen zu wollen. Am Ende hatte sie in der Küche zwei Kerzen angezündet. Völlig absurd, als wollte sie es ihnen im Untergang ein bisschen gemütlich machen. Vielleicht dachte sie, es wäre möglich, in diesem Schweigen zu leben. Ein Butterbrot zu essen, Zeitung zu lesen. Und heute, am frühen Morgen, immer noch dieses Schweigen. Sie haben die Wohnungstür hinter sich geschlossen und sind zum Hauptbahnhof gegangen, ohne zu reden, und als sie sich in den Zug gesetzt haben, sind sie in noch tieferes Schweigen verfallen, und wenn das das Ende der Geschichte ist, dann ist es ein stummes Ende. Zu Beginn ihrer Beziehung haben sie ohne Unterlass geredet. Ihr erstes Date etwa, in dieser Bar. Nach der Zugfahrt, auf der sie sich zum ersten Mal begegnet sind. Diese legendäre Zugfahrt! Erzählt noch mal, wie das war! Sie haben die Geschichte so oft wiederholt, voreinander wie auch vor anderen. Einmal hat sie gesagt, sie wisse allmählich selbst nicht mehr, was daran stimme und was nicht, Oskar dagegen erinnert sich an alles.

Vor vielen Jahren saß er allein im Zug von Göteborg nach Stockholm. An einem Bahnhof hielten sie länger als gewöhnlich. Irgendwann blickten die Passagiere von ihren Zeitungen auf – was war los? Wieso fuhren sie nicht weiter? Keine Lautsprecherdurchsage. Eine Viertelstunde verging, die Leute wurden gereizter, je mehr ihre Nachmittagspläne in Gefahr gerieten. Dann wurde plötzlich die Tür aufgerissen, und *sie* platzte herein, ging eilig durch den Zug. Sie trug eine Lederjacke über einem langen, durchgeknöpften Kleid mit lauter kleinen weißen Knöpfen und warf sich auf den Sitz ihm gegenüber. Erst da bemerkte Oskar, dass sie eine Verletzung an der Augenbraue hatte, es blutete ein wenig. Und dann kamen die beiden Polizisten. Sie kamen aus derselben Richtung wie die Frau und hatten es nicht eilig. Sie wussten, dass sie ihnen nicht entkommen konnte. Langsam gingen sie durch den Waggon, ihre Funkgeräte rauschten, ein Pfeifen und Knistern, jetzt hatten sie die Aufmerksamkeit aller Fahrgäste geweckt. Als sie die Frau erreichten, die sich ihm gegenübergesetzt hatte, blieben sie stehen. Einer der Beamten war etwas breiter als der andere und hatte rote Flecken zwischen den Augen und auf der Stirn, es sah nach einer Entzündung aus. Er zeigte mit dem Finger auf sie.

»Sie«, sagte er, »steigen jetzt mit uns aus.«

»Nein«, erwiderte die Frau.

»Doch, und zwar sofort.«

»Wieso?«

»Das wissen Sie ganz genau.«

»Nein, weiß ich nicht. Ich muss nach Stockholm, und ich werde mit diesem Zug fahren.«

Der Polizist trat einen Schritt vor, und sofort begann

sie, gellend zu schreien: »Fassen Sie mich nicht an!« Der Mann zog sich wieder zurück, und es sah beinahe aus, als wäre er beleidigt, weil es ihr gelungen war, ihn zu erschrecken.

»Soll ich Sie hier raustragen, oder was?«, fragte er.

»Ich habe es der Schaffnerin doch schon erklärt«, sagte sie. »Ich konnte am Bahnhof kein Ticket mehr kaufen. Und als ich im Zug bezahlen wollte, hat das Gerät nicht funktioniert. Ich kann bezahlen, wenn wir in Stockholm sind.«

»So läuft das aber nicht«, sagte der Polizist.

»Meine Geldkarte ist doch geladen, es ist nicht meine Schuld, wenn man hier nicht bezahlen kann.«

»Jetzt hören Sie mir mal gut zu.« Der andere Polizist trat nun ebenfalls einen Schritt vor. »Sie halten hier den gesamten Verkehr auf, nur weil Sie nicht tun, was wir sagen. Sie haben keine Fahrkarte, also steigen Sie bitte aus.«

Sie tat, als wären die beiden Männer Luft, schlug eine Zeitung auf, und Oskar sah, wie die beiden Männer sich kurz zunickten, kaum sichtbar für jemand anderen, ein Einvernehmen, das durch viele Jahre gemeinsamer Schweinereien im Streifendienst gewachsen war. Dann packten sie sie an den Armen. Ob zu fest, konnte er nicht beurteilen, aber die Frau schrie, und zwar immer lauter, während die beiden sie in den Mittelgang beförderten. Sie klammerte sich an die Kopfstütze eines Sitzes, und jetzt geschah etwas: Die Mitreisenden, die bislang schweigend zugesehen hatten, begannen zu protestieren. Aus verschiedenen Richtungen wurde gerufen.

»Was soll das denn?«

»Lassen Sie die Frau los!«

»Sie hat doch gesagt, sie bezahlt in Stockholm.«

Und die Frau selbst rief weiter, sie wolle ja bezahlen, und plötzlich schien die Situation den Polizisten über den Kopf zu wachsen, alle Mitreisenden schlugen sich auf die Seite der Frau, und sie wussten nicht mehr recht, was sie tun sollten. Einige Passagiere waren aufgestanden, um das Schauspiel besser verfolgen zu können, und da fasste Oskar einen Entschluss.

»Was kostet das Ticket?«, fragte er die Polizisten. »Wie viel muss sie zahlen?«

»Das weiß ich doch nicht«, sagte der eine von ihnen.

»Zweihundert«, mischte die Frau sich ein. »Die Fahrkarte kostet zweihundert Kronen.«

Oskar nahm sein Portemonnaie und zog zwei Einhundertkronenscheine heraus, die er den Polizisten hinhielt.

»Ich will die nicht haben«, sagte der Dicke und lachte nervös. »Ich bin doch kein Schaffner.«

Da gab Oskar ihr die Scheine.

»Okay«, sagte er und wandte sich wieder an die Polizisten. »Jetzt hat sie Geld für die Fahrkarte, jetzt können Sie gehen.«

Die Beamten wirkten konfus und überfordert, vielleicht wurde ihnen das auch zu philosophisch. Es brauchte die Hilfe der Mitreisenden, von überall klangen auffordernde Stimmen, der ganze Waggon wollte, dass sie den Zug verließen. Und das taten sie, zum Jubel aller, und die Frau presste die Handflächen aneinander und gestikulierte zu den anderen hin. »Danke«, formte sie mit den Lippen, und dann setzte sie sich wieder, beugte sich zu Oskar vor und ergriff seine Hände.

»Du kriegst das Geld, sobald wir in Stockholm sind«, sagte sie. »Wir können gleich am Bahnhof zum Automaten gehen.«

Der Zug verließ den Bahnsteig, vor dem Fenster zog der schwedische Sommer vorbei, und drinnen waren die Fahrgäste wie ausgewechselt. Sie waren nicht mehr mit sich allein, sie waren vereint. Sie waren für diese Frau aufgestanden, und sie hatten es gemeinsam getan. Alles fühlte sich leicht und weich an, ein Lächeln auf allen Gesichtern, jetzt gehörte sie ihnen, sie hatten sie sich geholt, einen Pokal für ihre Güte, der jetzt auf Platz Nummer siebenundzwanzig funkelte.

Da kam die Schaffnerin herein, die schwarze Ledertasche mit den Messingschnallen vor dem Bauch. Sie kontrollierte die Fahrscheine der Zugestiegenen, und als sie bei Oskar ankam, sprang die Frau auf, knüllte die beiden Scheine zusammen und warf sie der Schaffnerin vor die Brust.

»Da haben Sie Ihr Scheißgeld.«

Leichte Unruhe im Waggon. Denn das wäre ja nun auch nicht nötig gewesen, oder?

Die Schaffnerin bückte sich, hob die Scheine auf und glättete sie.

»Sie hatten keine Fahrkarte«, sagte sie ruhig. »Deshalb habe ich Ihnen angeboten, hier im Zug eine zu kaufen. Dazu braucht man aber Bargeld. Sie hatten kein Bargeld. Sie wollten mit Karte bezahlen, aber das geht im Zug nicht. Wir haben gar nicht die Technik dafür. Und ich habe Ihnen erklärt, wenn man keine Fahrkarte hat und kein Geld, um sich eine zu kaufen, dann muss man aussteigen. Da haben Sie mich eine Hure genannt.«

Die Schaffnerin nahm eine Fahrkarte heraus, schrieb eine Notiz auf das Stück Papier und reichte es der Frau.

»Und wissen Sie was?«, fuhr sie fort. »Ich möchte nicht als Hure bezeichnet werden.«

Dann ging sie weiter. Unsicherheit breitete sich im Waggon aus. Hatte sie die Schaffnerin tatsächlich eine Hure genannt? Wer war diese Frau, für die sie sich eingesetzt hatten? Oskar traute sich kaum, sie anzublicken, er nahm sie am Rande seines Gesichtsfelds wahr, ihr schwarzes Haar, das sie sich hinter die Ohren gestrichen hatte und das ihr immer wieder ins Gesicht fiel. Sein Vater hatte ihm mal gesagt, sobald er eine schöne Frau sehe, solle er sich vorstellen, wie sie wohl gehäutet aussähe. Dann laufe er nicht Gefahr, sich von irgendeiner Schönheit blenden zu lassen. Der Zug nahm wieder Fahrt auf, sie hatten Verspätung, und als die Abenddämmerung hereinbrach, waren sie immer noch in Mittelschweden, und Oskar sah die Stromleitungen entlang der Gleise, die abtauchten und wieder aufstiegen, Elektrozäune, die in der tief stehenden Sonne blinkten, eine knallgelbe Wiese, die auftauchte und wieder verschwand, und als es dunkel wurde, sah er wie in einer Doppelbelichtung die Frau in der Spiegelung des Fensters.

Oskar betrachtete die kleinen Dörfer und die Laternen, die vor den Häusern ansprangen, eine Weile lieferte sich der Zug auch ein Wettrennen mit einem Lkw auf einer Überlandstraße, sie preschten an Binnenseen vorbei, auf denen Plastikbojen über Reusen dümpelten, sie fuhren mitten in die Sommernacht hinein, und er konnte nicht aufhören, die Frau verstohlen in der Spiegelung zu beobachten, konnte den Blick nicht von ihr wenden.

Als sie am Hauptbahnhof ankamen, meinte sie, es gebe einen Bankautomaten in der Vasagatan, und Oskar fragte, ob sie nicht lieber was trinken gehen wollten. Im Nachhinein konnte er sich das nie richtig erklären. Sie war sehr viel jünger als er, und so etwas tat er normalerweise nie, im Gegenteil, es war ihm immer schon schwergefallen, sich Frauen zu nähern, denn er wurde gleich schüchtern und wusste nicht, was er sagen sollte. Manchmal denkt er heute noch daran, wie er damals war: Wenn er ausging, dann in enge Bars, kurz vor Thekenschluss. Er stellte sich mit einem Bier an den Tresen und ließ das Gedränge entscheiden, wohin es ihn trieb. Wieso eigentlich? Vielleicht, um physische Nähe zu spüren, denn in solchen Momenten war er von Körpern umgeben.

Und wenn er eine Frau sah, die ihn interessierte, konnte er sich zu ihr treiben und sich an ihre Seite drücken lassen. So ging er rein und wieder raus aus den Bars, immer allein. Und am Ende landete er oft in einem Nachtclub, wo er sich zu den riesigen Boxen durchkämpfte und sich neben die Basslautsprecher stellte, die größer waren als er selbst, und dann ließ er sich vom Klang durchbohren. Die Musik fuhr ihm in die Knochen, es schmerzte im ganzen Skelett, und wenn er anschließend auf die Straße hinaustorkelte, hörte und spürte er nichts mehr, sah nur noch die verzerrten Gesichter der Menschen, die ihm in der Stockholmer Nacht entgegenkamen, und empfand eine diffuse Erleichterung; vielleicht war es ihm diesmal gelungen, sich selbst abzuschütteln.

Deshalb war es für ihn so unerwartet, dass er ihr vorschlug, noch etwas trinken zu gehen. Er hatte sofort gespürt, dass sie etwas Besonderes war, und je mehr die Fahrt sich dem Ende genähert hatte, desto größer war seine Angst geworden. Angst, sie könnte verschwinden und für immer fort sein. Er wollte sie. Er stellte sie sich gehäutet vor, und auch ohne Haut wollte er sie. Sie gingen durch den Hauptbahnhof und kamen auf die Vasagatan. Es war feucht draußen, nasse Straßen, ein Regenschauer musste über die Stadt hinweggezogen sein, doch es war immer noch warm. Sie betraten eine Bar, in der auf einem stumm geschalteten Fernseher Sport lief, und setzten sich an einen Fenstertisch. Er bestellte zwei Steaks, doch sie rührte ihres nicht an. Sie trank Bier und knabberte Nüsse, hamsterte fünf, sechs in der Hand und steckte sie sich nacheinander in den Mund.

Sie fragte, was er arbeite, und er sagte, er sei Makler, und da kicherte sie und sagte: »Du siehst gar nicht aus wie ein Makler.«

»Was machst du?«, fragte er daraufhin.

»Ich bin Bibliothekarin.«

Da hatte er laut losgelacht, voller Selbstvertrauen, das er eigentlich nicht hatte.

»Bibliothekarin«, sagte er. »Du siehst aber auch nicht aus wie eine Bibliothekarin.«

Sie zuckte die Achseln.

»Ich liebe Bücher.«

»Was ist der schönste Satz, den du je gelesen hast?«, fragte er.

»Manchmal …« Sie hielt inne und überlegte, bemüht, korrekt zu zitieren. »Manchmal merke ich, wie meine Knochen unter der Last all meiner ungelebten Leben ächzen.«

»Oh«, sagte er, »das klingt ganz schön traurig.«

»Ja.« Sie lachte. »Es zieht mich immer runter, wenn ich daran denke, was alles nicht passiert.«

Sie zog eine Zigarette heraus, rauchte sie halb und drückte sie dann im Aschenbecher aus, als hätte sie plötzlich keine Lust mehr und beschlossen, mit dem Rauchen aufzuhören. Und dann zündete sie sich gleich eine neue an. Und wenn sie etwas Wichtiges erzählte, legte sie ihm die Hand auf den Arm, als wäre das ganz natürlich. Immerzu wollte er ihr noch näher kommen, die Tischplatte drückte ihm in den Bauch. Sie schnitt sorgfältig den Buchstaben O aus ihrem Steak aus, O wie Oskar, hob den Fleischbuchstaben mit Daumen und Zeigefinger hoch und reichte ihn ihm. Er wusste nicht, was das bedeutete.

Ums Handgelenk trug sie ein kleines Holzmedaillon, das während ihres Gesprächs immer wieder über den Tisch schleifte, und er griff danach und betrachtete es. Auf einer Seite war ihr Name eingraviert, auf der anderen Seite stand »Papa«.

»Hübsch«, sagte er.

»Ach, das.« Sie wirkte fast verlegen.

»Verstehst du dich gut mit deinem Vater?«

»Das kann man so nicht sagen. Unser Verhältnis war schon immer etwas merkwürdig. Es fällt ihm nicht leicht, Gefühle zu zeigen. Er hat mir zum Beispiel nie gesagt, dass er mich liebt.«

»Hast du ihm denn gesagt, dass du ihn liebst?«

»Einmal, als ich klein war. Und weißt du, was er da geantwortet hat? Nichts. Er hat einfach geschwiegen.«

Sie blickte auf die Tischplatte, ein trauriges Lächeln auf den Lippen.

»Was würde passieren, wenn du ihn anrufst und ihm sagst, dass du ihn liebst?«, fragte Oskar.

Sie lachte, schüttelte den Kopf und schaute aus dem Fenster. Und er, leicht angetrunken, nahm sein Handy. Er hatte gerade seinen ersten Auftrag als Makler bekommen, und gleich am ersten Arbeitstag hatten sie ihm ein eigenes Handy gegeben, niemand in seinem Bekanntenkreis hatte eins. Er legte es vor ihr auf den Tisch.

»Ruf ihn an«, sagte er. »Ruf ihn an und sag ihm, dass du ihn liebst.«

»Er wird denken, ich will ihn verarschen.«

»Ruf ihn an!«

Zum ersten Mal entdeckte er etwas anderes in ihrem Blick. Bisher war sie ihm absolut selbstsicher vorgekommen. Vom ersten Moment an und auch, als die Polizisten an ihr zerrten, hatte er den Eindruck gehabt, nichts könne ihr etwas anhaben. Jetzt aber hatte sie etwas fast Mädchenhaftes, wie sie so auf die Tischplatte starrte, und dann drehte sie sich um und versuchte, die Aufmerksamkeit des Barmanns auf sich zu ziehen, sie wollte noch etwas zu trinken bestellen.

»Du rufst ihn jetzt an!«, sagte er laut.

Sie konnte nicht Nein sagen. Im Nachhinein weiß er, warum. Sie war es gewohnt, selbst diejenige mit den verrückten Ideen zu sein, und die hier hätte genauso gut von ihr stammen können. Sie nahm das Handy und gab eine Nummer ein, und Oskar ging um den Tisch herum und setzte sich neben sie, ihre Schläfen berührten sich, das Handy klemmte zwischen ihren Ohren. Ihr Vater nahm ab.

»Hallo, Papa, ich bin's.«

»Ach, hallo.«

»Habe ich dich geweckt?«

»Nein, nein. Wo bist du?«

Oskar erinnerte sich an die dunkle Stimme ihres Vaters, die manchmal brach, als hätte er sich irgendwann einmal die Stimmbänder verletzt, und sie erklärte, sie sei im Restaurant. »Ja, also ich rufe an, weil ich dir sagen wollte ...«

Oskar spürte, wie sie ganz starr wurde.

»Ich rufe an, weil ich dir sagen wollte ... Ich liebe dich.«

»Ninchen«, sagte ihr Vater und schnaufte.

»Ninchen«, wiederholte sie – und brach in Tränen aus. Oskar saß stumm daneben und sah zu, wie sie heulte. Nach einer Weile fasste sie sich wieder und räusperte sich. »Ja, also dann bis bald«, sagte sie und legte auf, aber dann überwältigte sie eine neue Welle von Kummer, und sie zitterte am ganzen Körper. Sie schlug die Hände vors Gesicht, und er saß nur wie angewurzelt da und wusste nicht, was er tun sollte, um sie zu trösten. Denn er wusste nichts, gar nichts von alldem, was er später erfahren würde und wovon er ein Teil werden, was ihn verändern sollte. Er begriff nicht, dass er das Fenster zu etwas aufgestoßen hatte, das in ihrem tiefsten Inneren verborgen lag. Sie atmete so laut aus, dass es in der Bar widerhallte, als fände sie sich selbst unerträglich. Dann nahm sie sich noch eine Zigarette, überlegte es sich aber gleich anders und steckte sie in die Schachtel zurück. Oskar strich ihr das Haar aus dem Gesicht, das ihr in die Stirn gefallen war. Er ließ die Hand liegen, an ihrer Wange, und sie sahen einander an, und er weiß noch, wie schwer es ihm fiel, ihr in die Augen zu blicken, immer wieder musste er seinen flackernden Blick zurückzwingen.

Und dann küssten sie sich zum ersten Mal. Wie lange der Kuss dauerte, weiß er nicht mehr, er erinnert sich nur, dass sie ganz allein in der Bar waren, als er sich wieder umschaute. Das Licht brannte, Thekenschlussgeklapper, die Angestellten kehrten sie förmlich hinaus.

»Ist der Abend jetzt zu Ende?«, fragte sie mit einem kurzen Lachen.

»Keine Ahnung.«

»Ein Glas Wein ist doch bestimmt noch drin.«

Und dann gingen sie in die Wärme hinaus, die Vasagatan war voller Menschen, obwohl es schon nach Mitternacht war. Sie kamen an mehreren geschlossenen Kneipen vorbei, und Oskar erinnert sich, wie sie vorschlug, sie könnten doch zum unteren Teil des Parks Humlegården gehen, wo nachts immer die Skater fuhren, sie würde so gerne zusehen, wie sie hinfielen, denn sie fände nichts lustiger, als wenn Typen sich wehtäten. Manchmal denkt er an diesen Abend zurück und fragt sich, warum er die Warnsignale nicht damals schon erkannt hat, oder besser gesagt: Er hat sie gesehen, war aber eher fasziniert und deutete sie anders. Erzähl mir von deiner Familie, hatte er gesagt, und sie erzählte, sie habe eine Schwester, aber sie würden nicht miteinander reden. Zum letzten Mal hätten sie sich gesehen, als sie Kinder waren.

»Wieso habt ihr keinen Kontakt?«

»Weil sie mich nicht mag.«

Was mit der Mutter sei? Nein, auch mit der habe sie keinen Kontakt. Sie wolle nicht ins Detail gehen, aber ihre Eltern hätten sich getrennt, es sei zu einem Sorgerechtsstreit gekommen, und die Familie sei auseinandergebrochen. Sie ließ ihn einen Blick auf eine Familie in Trümmern werfen, schien davon selbst jedoch beinahe unberührt. Lediglich ein paar harmlose Anekdoten in der Stockholmer Nacht. Er hätte sich von ihr fernhalten sollen, da war so vieles kaputt.

Einmal machte sie ihn an diesem Abend wirklich sprachlos. Sie gingen direkt hinter einem Mann in seinem Alter her, der eine Behinderung hatte und ein Bein nachzog, und plötzlich begann sie, ihn nachzuäffen, humpelte genau wie er, nur ein paar Sekunden lang, dann hörte sie wieder auf. Er begriff nicht, was das sollte, es war einfach nur herzlos. Sie kam ihm unreif und langweilig vor, doch im nächsten Moment sagte sie Dinge, von denen er wusste, dass er sie nie wieder vergessen würde. »Ein einziges Mal im Leben«, sagte sie, während sie durch die Nacht liefen. »Nur ein einziges Mal im Leben geschieht es, dass man einen Blick auf sich selbst erhascht. Und dies, und nur dies, wird entweder zum glücklichsten oder zum schrecklichsten Moment des eigenen Lebens.«

Er bat sie, das zu wiederholen, und das tat sie.

»Ist dir das passiert?«, fragte er. »Hast du dich selbst gesehen?«

»Nein«, antwortete sie, »ich suche noch.«

Die ganze Zeit über dieses Gefühl, am Beginn eines

Abenteuers zu stehen und nicht zu wissen, wie es ausgehen wird. Oder dass *sie* am Beginn eines Abenteuers stand und ihn vielleicht mitnehmen würde.

Als sie die Kungsgatan überquerten, kamen sie an einer Gruppe von Geschäftsleuten vorbei, die krakeelend um die Häuser zogen. Sie drehte sich um und blickte den Davontorkelnden nach.

»Komm!«, rief sie Oskar plötzlich zu. »Wir gehen mit. Lassen wir sie entscheiden, wie unser Abend weitergeht.«

Ja, so war sie; sie brachte ihn mit der Welt in Verbindung. Jetzt rannte sie der Gruppe hinterher und verschmolz mit ihr, und sie landeten in einer weiteren Bar, wo sie den Geschäftsleuten Trinkspiele aus ihrer Jugend beibrachte, und der Barmann ließ sich widerwillig darauf ein, schenkte ihnen zähflüssigen, durchsichtigen Schnaps ein, den sie in Brand steckte, und dann schlug sie mit der Faust auf den Tresen und zog Grimassen. Es folgten dümmliche Gespräche, an denen Oskar sich hier und da beteiligte und von denen er dann wieder ausgeschlossen war. Er beobachtete, wie die Geschäftsleute sie ansahen, las in den Blicken der Männer, was sie in ihr sahen. Er sah, wie sie sich vor ihr wichtigmachten, und manchmal warf sie ihm einen raschen Blick zu, wie um zu sagen: Dieser Abend gehört uns, dir und mir, und das hier ist nur eine kleine Ablenkung. Sie vermittelte ihm, dass sie mit diesen Männern nur spielte, dabei spielte sie gleichzeitig auch mit ihm.

»Ich bin der Jahrtausendfick«, sagte sie plötzlich laut zu ihnen.

Sofort kippte die Stimmung, die Männer verstummten. Sie waren um die fünfzig, vielleicht älter, und sie war wesentlich jünger. Sie wiederholte es noch einmal, mit immer längeren Pausen zwischen den Wörtern. »Ich. Bin. Der. Jahrtausendfick.« Oskar empfand die Situation als bedrohlich, als die Männer sich jetzt von allen Seiten wie Raubtiere näherten. Er erhob sich und zog sie mit nach draußen, und als sie auf der Straße standen, war er nur noch unglücklich. Warum hatte sie das getan? Er genügte ihr nicht, er hat ihr nie genügt.

Alles, was sie in den letzten vierundzwanzig Stunden zusammen durchlebt haben und was der heutigen Zugfahrt vorausgegangen ist, hat seinen Ursprung natürlich genau dort. In ihrer Lüge, die gestern ans Licht gekommen ist. Er hätte es ahnen können, wenn er an jenem ersten Abend nur ein bisschen aufmerksamer gewesen wäre, denn der Verrat wohnte ihr von Anfang an inne, sie trug ihn schon damals in sich.

Der Zug ist jetzt wieder aus dem Tunnel gefahren, sie befinden sich auf der anderen Seite des Berges, lassen die Hauptstadt hinter sich. Die Reisenden haben sich auf ihren Plätzen häuslich eingerichtet. Jemand hat seinen Proviant ausgepackt, ein anderer taumelt im schaukelnden Wagen zur Toilette, schließt die Tür überraschend laut. Und draußen vor dem Fenster ein Hochhaus nach dem anderen, Autobahnen, die sich kreuzen, dann die ersten Anzeichen von etwas Neuem, grüne Flecken zwischen Beton, kleine Waldstücke und Seen, je weiter der Zug aus der Großstadt hinaus- und in den Spätsommer hineinfährt. Dann werden sie plötzlich langsamer und kommen zum Stehen. Mit Blick auf eine Wiese. Fünfzehn Minuten sind sie erst unterwegs, und schon gibt es Probleme. Es ist beinahe faszinierend schlecht. Keine Durchsagen vom Zugpersonal, Oskar blickt auf die Tischplatte, spürt, wie Wut in ihm aufsteigt. Sein innerer Druck wächst. Der Zugbegleiter, der so verliebt in seine eigene Stimme ist, erklärt schließlich, sie müssten auf einen entgegenkommenden Zug warten. Er schaut zu ihr, die so tut, als schliefe sie. Ein Schweißtropfen rinnt zwischen ihren Brüsten hinab, und er fragt sich kurz, wo er wohl landen wird.

Das Ende der legendären Geschichte, wie sie ein Paar geworden sind: Sie nahmen die Abkürzung durch den Park Kungsträdgården und gingen durch die Straße Skeppsbron, an Slussen entlang und dann Richtung Stigberget hinauf, wo ihre Wohnung lag. Als sie dort ankamen, wurde es bereits hell, und sie kicherte, als sie nicht gleich den richtigen Schlüssel fand und dann mit unsicheren Fingern aufschloss.

»Ich muss dich das doch noch fragen«, sagte er, während er darauf wartete, dass sie die Tür aufbekam. »Hattest du das Geld wirklich auf deiner Karte?«

Sie blickte kurz zu ihm auf.

»Nein«, sagte sie.

Dann gingen sie rein.

Da haben wir sie, in all ihrer Pracht, die großartige Geschichte, wie sie sich kennenlernten. Immer haben sie sie als etwas durch und durch Romantisches erzählt. Doch jetzt, angesichts der Ereignisse am Abend zuvor, fällt Oskar plötzlich auf, dass ihre Geschichte genauso begonnen, wie sie geendet hat: mit einer Lüge.

KAPITEL 3

Yana

Sie entfernt sich von der Unruhe auf dem Bahnsteig, geht auf der Asphaltzunge zwischen den Gleisen weit hinaus. Ganz am Ende steht eine Bank, dort setzt sie sich hin. Hier ist es menschenleer, bis auf zwei Wehrpflichtige, die direkt vor ihr stehen, sie lässt den Blick auf ihnen ruhen, während sie sich unterhalten, das Gepäck zu ihren Füßen, grüne Taschen so groß wie Menschenleiber. Einer der Männer fährt sich mit dem Zeigefinger unter die Oberlippe und nimmt einen Tabakpriem heraus. Dann bückt er sich und streift ihn beinahe zärtlich auf dem Asphalt ab, und wie er da in der Sonne glänzt, erinnert er sie an die Schnecken, die sie in ihrer Kindheit immer nach dem Sommerregen gesehen hat.

Yana erkennt die Geräusche auf den Gleisen, die die Einfahrt des Zuges ankündigen, und sieht in der Ferne bereits die Lok. Die beiden jungen Männer heben ihre Gepäckstücke hoch und kehren zum Gewimmel auf dem Bahnsteig zurück, um ihren Waggon zu suchen, sie aber bleibt sitzen. Als der Zug einfährt, sieht sie den Lokführer, der mit leerem Blick vor sich hin starrt, und als sie etwa auf gleicher Höhe sind, hebt sie langsam die Hand. Eine feierliche Geste, als hätte sie ihn erwartet und er käme mit wichtiger Fracht. Für einen Moment treffen sich ihre Blicke, und der Mann grüßt zurück. Sie kann sich nicht erklären, wieso sie das getan hat; vielleicht, weil der Lokführer ebenfalls Teil der Geschichte ist, weil er den Zug fahren wird und es ein wichtiger Zug ist.

Yana steigt ein, setzt sich in eine der Sitzgruppen im Zugbistro und legt das Fotoalbum vor sich auf den Tisch. Dabei dankt sie im Stillen ihrem Vater – das einzig Wertvolle, was er in den letzten zwanzig Jahren für sie getan hat, war zu sterben, denn das hat ihr zu diesem Album verholfen, das vor ihr liegt.

Es begann mit einem Anruf an einem Nachmittag vor etwa einem Monat, eine Schwester aus einem Hospiz etwas südlich der Stadt teilte ihr mit, dass er dort gepflegt werde. Aus seiner Krankenakte gehe hervor, dass er sie, Yana, als nächste Angehörige angegeben habe, und wenn sie ihren Vater vor seinem Tod noch einmal sehen wolle, dann wäre jetzt der richtige Zeitpunkt dafür. Yana bedankte sich für die Information und legte auf. Sie hatte ihren Vater seit zehn Jahren nicht mehr gesehen, und wenn sie mal telefoniert hatten, war es anlässlich ihres Geburtstags gewesen. Da rief er immer an, um ihr zu gratulieren, Wortwechsel, so gespannt wie die Drahtseile einer Brücke. Sie hatte keinerlei Interesse an ihrem Vater gehabt, als er noch mitten im Leben stand, und auch jetzt, da er im Sterben lag, interessierte er sie nicht. Doch es war, als würde das Telefonat mit der Krankenschwester sich im Laufe des Nachmittags immer mehr in sie hineinfressen. Er hatte sie schließlich als seine nächste Angehörige bezeichnet, das kam ihr wie eine beinahe zärtliche Geste vor. Yana fühlte sich seltsam geschmeichelt. War es seine Art, die Hand auszustrecken? War es ein Versöhnungsangebot?

Sie ging in die Küche, steckte zwei Scheiben Brot in den Toaster, ihre Zwischenmahlzeit zwischen Mittag- und Abendessen, und eine Kindheitserinnerung tauchte vor ihrem geistigen Auge auf: ihre Familie im Urlaub, sie erinnerte sich nicht, wo, nur dass es heiß war und man auf den Steinplatten am Pool nicht barfuß gehen konnte. Ein großes Büffet mit Aufstrichen und verschiedenen Belägen unter Glasglocken, ein unwiderstehlicher Luxus, sie war mehrmals hintereinander hingegangen. Mama freute sich und rief jedes Mal, wenn sie zum Tisch zurückkehrte, sie solle ruhig noch etwas holen, hol dir ruhig noch etwas! Und das tat sie, Würstchen und Käse und Fettgebackenes und Schokocroissants. Zwei Toasts, die sie dick mit Nutella bestrich. Als sie damit zum Tisch zurückkehrte, kam sie an ihrem Vater vorbei, der den Blick von seiner Zeitung hob und sagte: »Du gibst nicht auf, bevor du hundert Kilo wiegst, oder?«

Manchmal, wenn Yana heute etwas isst, von dem sie weiß, dass sie es lieber nicht tun sollte, muss sie an seinen Kommentar damals denken, und dann murmelt sie vor sich hin: Du gibst nicht auf, bevor du hundert Kilo wiegst, oder?

Jetzt lag ihr Vater im Sterben, und Yana stand in der Küche und aß ihre Toasts, und anschließend legte sie sich aufs Sofa, spürte, wie ihr Herz heftig klopfte. Nach einer Weile schlief sie ein, und als sie wieder aufwachte, war es draußen dunkel. Sie fasste einen schnellen Entschluss, stand auf und rief im Krankenhaus an, um zu fragen, auf welcher Station ihr Vater liege. Doch am anderen Ende blieb es still. Dann ein leises Räuspern: »Tut mir leid, aber Ihr Vater ist eben gestorben.«

Am nächsten Tag fuhr sie hin. Sie wurde in einen weißen Raum neben der Kapelle geführt, auf dem Tisch brannte eine Kerze, und da lag Papa, eine dunkle Gestalt in weißen Laken. Jemand hatte ihm das Hemd bis oben zugeknöpft, die Haut am Hals war gespannt, und sie dachte, sie sollte vielleicht den obersten Knopf öffnen; vielleicht bekam er keine Luft. Etwas in seinem Gesicht erinnerte sie an die Zeit, als er noch am Leben war, etwas Ernstes, eine besorgte Falte zwischen den Augenbrauen, er sah genauso aus wie damals, als er abends in der Küche stand, über ein Rezept gebeugt, und nicht gestört werden wollte. Diese Abende ausgedehnten Kochens. Ihre Eltern öffneten eine Flasche Wein, nahmen Wurst und Käse aus dem Kühlschrank. Mama erzählte Papa, was auf der Arbeit passiert war, und er brummte und nickte und würzte eine Sauce. Yana mochte diese Augenblicke, dachte dann, dass ihre Eltern vielleicht trotz allem ineinander verliebt wären. Doch irgendetwas war immer mit Papa, wenn er mit im Zimmer war, eine Irritation, die permanent lauerte. Mama stellte eine kleine Schüssel Käseflips vor Yana hin, Papa registrierte es, sagte aber nichts, ließ es widerwillig geschehen. Aber die Küche schrumpfte.

Papa war permanent angespannt und verschlossen, und auch wenn er nichts sagte, wirkte sich seine Stimmung auf die Familie aus. War Mama nicht zu Hause, tat er fast nichts anderes, als ihr hinterherzutelefonieren. Er hörte nicht auf, sie immer wieder anzurufen, bis sie endlich nach Hause kam. All die seltsamen Dinge, die Yana ihn tun sah, wenn er dachte, er wäre allein. Mehrmals hatte sie ihn am frühen Abend in der Küche gesehen, wenn er in der Markthalle Steaks gekauft hatte. Langsam wickelte er das Fleisch aus dem kreideweißen Papier, und dann schlug er plötzlich mit der Faust darauf ein, einmal und noch einmal. Feste, schwere Schläge ins rohe Fleisch.

Einmal, als sie zu dritt in der Stadt unterwegs waren, stieß ein entgegenkommender Mann ihn versehentlich mit der Schulter an. Papa drehte sich um und fragte, was er denn für ein Problem habe, und der Mann erwiderte: »Passen Sie auf, wo Sie hingehen.« Papa trat einen Schritt auf ihn zu, und der Mann tat dasselbe. Dieser irre Blick in Papas Augen, und dann schleuderte er sein Handy, das er gerade in der Hand hielt, mit voller Wucht auf die Straße, wo es in tausend Stücke zersprang. Der Mann starrte verblüfft auf die Splitter, dann zog er sich zurück und verschwand. Auch er hatte es anscheinend gesehen: dass ihr Vater nicht ganz zurechnungsfähig war und man sich lieber vor ihm in Acht nahm.

Yana sagte nichts, als sie jetzt an seinem Totenbett stand, sie tat auch nichts, stand einfach nur da und blickte ihn an. Er sah genauso aus, wie sie ihn in Erinnerung hatte, wenn auch dünner. Man sah ihm an, dass er lange krank gewesen war. Seine dürren Arme zeichneten sich unter dem Hemd ab, sie bemerkte die knochigen Hände und dass seine Armbanduhr ihm zu weit geworden war und nun schlaff an seinem Handgelenk hing.

Er hatte nicht aufgegeben, bevor er vierzig Kilo wog.

Yana fuhr nach Hause, und in den darauffolgenden Tagen geschah etwas Seltsames: Sie dachte wieder an ihre Mutter. Seit Jahren hatte sie keinen Gedanken mehr an sie verschwendet. An dem Tag, an dem sie vor zwanzig Jahren aus ihrem Leben getreten war, hatte sie beschlossen, sie auszuradieren. Es gab sie nicht und hatte sie nie gegeben. Doch jetzt erschien sie ihr plötzlich in neuen Erinnerungsbildern, die ihr keine Ruhe ließen.

Ein Morgen, an dem die Sonne hinter den Jalousien brennt, Yana liegt mit ihrer Mutter auf dem Bett. Sie schwitzt, ihre Stirn glänzt, ihr Haar ist überall, es klebt ihr an den Schläfen. Sie liegen beide auf dem Rücken, Mamas runde Brüste ausgebreitet auf dem Brustkorb, sie haben die Fußsohlen aneinandergelegt und fahren Luftfahrrad, blicken an die Decke und flüstern im Dämmerlicht miteinander. Plötzlich auftauchende Erinnerungen an Mamas Lachen, wie ein Räuspern, über das sie plötzlich die Kontrolle verlor, ihre hübschen Zähne, wenn sie lächelte, ihr Geruch – Parfüm und Schweiß und noch etwas anderes, etwas Fremdes und Gefährliches – Adrenalin?

Eine Erinnerung, wie sie nach einem Albtraum in der Schlafzimmertür ihrer Eltern stand und sich nicht traute, hineinzugehen, sie stand einfach nur da und weinte still vor sich hin, und Mama wachte auf und sagte »Komm, Liebes«, und klopfte ein paarmal auf die Matratze, »Komm, mein Liebes«, und sie kroch unter die Decke, und Mama hielt sie fest und flüsterte: »Ich pass auf dich auf, ich passe immer auf dich auf«, so oft, dass es wie ein kleines Lied klang, eine Melodie, die immer wieder gespielt wurde, bis Yana endlich wieder einschlief. Dann im Auto, sie wollten irgendwo hin und hatten eine Weile geschwiegen, Mama legte die Hand, die sie eben noch am Schaltknüppel gehabt hatte, auf Yanas Knie und sagte: »Du und ich, mein Schatz, du und ich.« Sonst geschah nichts, sie fuhren einfach weiter.

Yana kümmerte sich um die Beerdigung ihres Vaters. Sie tätigte die nötigen Anrufe beim Finanzamt, beim Vermieter, beim Stromanbieter, machte einen Termin im Bestattungsinstitut. Saß tagelang zu Hause und überlegte, welche Lieder beim Trauergottesdienst gesungen werden sollten, formulierte eine Anzeige für die Tageszeitung – und sah immer nur ihre Mutter vor sich. Als schließlich der Tag der Beerdigung kam, zog sie ihr eigens für diesen Anlass gekauftes schwarzes Kleid an, doch als sie gerade losgehen wollte, brach sie plötzlich im Flur zusammen. Sie bekam keine Luft mehr. Sie rief die 112 an, brachte kaum ein Wort heraus, sagte: »Ich glaube, ich sterbe.« Sie blieb liegen und wartete auf Hilfe, und Minuten später hörte sie draußen auf der Straße das Martinshorn des Rettungswagens, dann waren zwei Sanitäter bei ihr, die sie untersuchten. Sie meinten, es sei nicht nötig, sie ins Krankenhaus zu bringen. Lieber solle sie zum Psychiatrischen Notdienst fahren, und sie boten ihr an, sie im Rettungswagen mitzunehmen. Yana hatte ein Gespräch mit einem Psychiater. Er war jung und hatte ein sanftes Lächeln. Er bat sie zu erzählen, warum sie gekommen war, doch das konnte sie nicht. Er erklärte, sie habe eine Panikattacke gehabt. Das fühle sich an, als müsse man sterben, aber das müsse man nicht.

»Was kann ich tun, damit so was nicht wieder passiert?«, fragte Yana.

»Die Medizin hat sich in dem Punkt weiterentwickelt«, meinte der Psychiater. »Früher stellte ein Arzt immer die Frage: Was fehlt Ihnen? Heute interessiert uns viel mehr: Was ist passiert?«

Das gefiel Yana, denn es war eine so befreiende Frage. Und so erzählte sie ihm alles, von Anfang an: von ihrer Mutter, die eines Tages einfach verschwunden war, als sie selbst noch ein kleines Mädchen war, und von ihrem Vater, der aufhörte, Vater zu sein, und von all den Jahren, die vergingen, in denen sie nicht mehr an ihre Mutter gedacht hatte. Dann der Tod ihres Vaters vor ein paar Tagen und was dieser in ihr ausgelöst hatte. Als sie fertig war, wurde ihr plötzlich bewusst, dass sie noch nie mit jemandem über all dies gesprochen hatte.

»Es fühlt sich gut an, das so zu erzählen«, sagte sie.

»Schön«, erwiderte er. »So etwas kann niemand alleine tragen. Sprechen Sie auch mit anderen darüber, wenn Sie sich dazu in der Lage fühlen.«

Er stellte ihr ein Rezept für ein Antidepressivum aus, Yana fuhr nach Hause und ließ sich krankschreiben. Der Arzt hatte gesagt, die Medikamente sollten bewirken, dass ihr Herz sich beruhigte, doch das tat es nicht. Es schlug immer noch wie verrückt, und die Erinnerungen an ihre Mutter nahmen kein Ende. Zwei Wochen lag Yana im Bett, und ein Bild aus ihrer Kindheit nach dem anderen tauchte auf, die Worte des Psychiaters gingen ihr nicht aus dem Kopf, seine Frage, die sie mehr und mehr zu ihrer eigenen machte:

Was ist passiert?

Gestern Nachmittag ist sie in Papas Wohnung gefahren, in der sie aufgewachsen ist und die sie nicht wieder betreten hat, seit sie mit achtzehn ausgezogen ist. Die Wohnung sollte für die neuen Mieter hergerichtet werden, und dies war ihre letzte Chance, noch etwas mitzunehmen, bevor sie geräumt wurde. Jemand schloss ihr die Tür auf und verschwand, rief von der Treppe her: »Ziehen Sie sie einfach hinter sich zu, wenn Sie fertig sind.« Und sie hielt einen Moment im Flur inne, bevor sie in ihr ehemaliges Kinderzimmer schaute. Papa hatte ein Arbeitszimmer daraus gemacht. Ein Computer stand mitten auf einem Schreibtisch. All ihre Sachen waren fort, alle Spuren gelöscht. Doch durch die hohen Fenster fiel die Sonne noch genauso herein wie früher. Sie setzte sich an den Schreibtisch. Daneben stand ein Bücherregal mit Ordnern, die sorgfältig beschriftet waren. Auf einem davon stand ihr Name. Darin waren Kopien von Handyrechnungen abgeheftet. Yana strich vorsichtig über die vergilbten Seiten. Papa hatte sie also aufgehoben. All die Jahre hatte er sie nicht weggeworfen. Es war eine der letzten stummen Auseinandersetzungen zwischen ihnen gewesen – vielleicht die allerletzte? Nur wenige Monate später war sie ausgezogen.

Sie war noch auf dem Gymnasium gewesen. Ihr Geburtstag lag relativ zeitig im Jahr, und so war sie eine der Ersten in der Klasse gewesen, die mit achtzehn einen eigenen Handyvertrag unterzeichnen konnten. Es erhöhte den Status bei den Mitschülern, wenn man einen eigenen Vertrag hatte, und zwei Klassenkameradinnen, die sich sonst nicht weiter für sie interessierten, kamen während der Pausen zu ihr, um auf ihr Handy zu schauen. Ein paar weitere Mädchen folgten, und plötzlich stand sie im Mittelpunkt. Sie fragten Yana, ob sie ihnen nicht helfen könne, ebenfalls eigene Verträge abzuschließen. In der Mittagspause gingen sie gemeinsam ins Einkaufszentrum. Yana führte die Gespräche im Laden, während die anderen ein paar Schritte hinter ihr standen. Es gab da ein Angebot, bei dem man ein Handy bekam, wenn man einen Jahresvertrag unterschrieb, und sie half ihnen allen. Handys mit SIM-Karten wurden verteilt, jede bekam eins. Das Gerücht verbreitete sich rasch, und am nächsten Tag kamen noch mehr. Yana war plötzlich wichtig, sie saß auf den goldenen Fahrscheinen ihrer Klassenkameradinnen ins Erwachsenenleben, und sie genoss es, sie auszuteilen. So ging es ein paar Wochen. Nach einer Weile trudelten die ersten Rechnungen ein, eine nach der anderen. Jedes Mal, wenn sie von der Schule nach Hause kam, lagen neue Umschläge im Flur. Sie verteilte sie in der Klasse, und noch ein paar Wochen später kamen die Mahnungen, nun in strengerem Ton; die Rechnungen sollten sofort bezahlt werden, ansonsten werde man ein Inkassoverfahren einleiten. Jetzt flehte Yana ihre Klassenkameradinnen an, die Rechnungen zu bezahlen, und das versprachen sie auch, sie nahmen die Mahnungen entgegen, stopften sie in ihre Rucksäcke, doch keine einzige bezahlte. Eines Tages war ihr Vater schon zu Hause, als sie aus der Schule kam. Er rief sie in die Küche, mehrere Briefe eines Inkassounternehmens in der Hand, und fragte, was da los sei, und unter Tränen gestand Yana, was sie getan hatte. Papa redete schnell und leise, wollte mehr Informationen. Wie viele Verträge hatte sie unterschrieben? In welchem Laden? Dann zog er sich in sein Schlafzimmer zurück und schloss die Tür. Sie sprachen nie wieder darüber.

So erinnert sich Yana an ihre Kindheit mit ihm: ein einziges langes Schweigen. Sie war elf, als ihre Mutter verschwand. Die ersten Jahre ohne sie, als sie mit dieser merkwürdigen Leere in der Wohnung umherlief. Wenn sie unter der Woche gemeinsam frühstückten, kam es vor, dass er kein einziges Wort mit ihr redete. Sie hatten einen Hund namens Loser. Er war in diesen Jahren ihre einzige Gesellschaft.

Vorsichtig blätterte Yana in den Dokumenten, sah Papas Handschrift in Tinte ganz oben auf jeder Seite: *Unbeglichene Rechnung*. Dass er sie all die Jahre aufgehoben und geduldig darauf gewartet hatte, dass die Schulden bezahlt wurden.

Sie ging wieder in den Flur und weiter ins Schlafzimmer ihrer Eltern. Das Bett war ungemacht, die Decke wie ein S geformt, als hätte er eine letzte Signatur hinterlassen. Die lange Reihe von Kleiderschränken an der Wand. Papas Jacketts hingen noch da, eine dünne Staubschicht auf den Schuhen, die lange nicht getragen worden waren. Aus Mamas Schränken waren alle Kleider entfernt worden, jetzt befanden sich nur noch ein Staubsauger und andere Putzutensilien darin, und ganz hinten an der Wand ein brauner Umzugskarton, auf dem der Name ihrer Mutter stand. Yana hob ihn hoch, er war schwerer als gedacht, und stellte ihn aufs Bett. Eine alte Kameratasche und mehrere Objektive lagen darin, sorgfältig in Blasenfolie gewickelt und mit Gummibändern verschnürt. Sie nahm eins heraus und wog es in der Hand, dann noch eins. Nebeneinander legte sie sie aufs Bett. Sie mussten uralt sein, und Yana wunderte sich, ihre Mutter hatte doch gar keine Kamera besessen? Auch ein Halsband lag im Karton, wahrscheinlich von einem Tier, mit einem Holzmedaillon daran, auf der einen Seite war der Name ihrer Mutter eingraviert, auf der anderen stand »Papa«. Ganz unten im Karton lagen neun Fotoalben. Acht davon enthielten ausschließlich Bilder von Adlern, alle Fotos waren körnig und unscharf, aus großer Entfernung aufgenommen. Im neunten, einem lila Album aus Kunstleder, das ganz zuunterst lag, fand sie etwas vollkommen anderes, und diese Fotos hatten sie hergeführt, in diesen Zug.

Es ist einer dieser neuen Schnellzüge, die sich in den Kurven neigen, um die Höchstgeschwindigkeit halten zu können, und Yana muss ihre Kaffeetasse auf dem Tisch festhalten, damit sie nicht wegrutscht. Sie legt eine Hand auf das Album, lässt sie dort liegen. Seit sie die Bilder am Abend zuvor entdeckt hat, versucht sie, diesen Tag vor zwanzig Jahren wiedererstehen zu lassen, als sie ihre Mutter zum letzten Mal gesehen hat. Mama und Papa stritten sich von morgens bis abends. Es nahm gar kein Ende. Als sie spätabends schlafen gehen sollte, schrien sie sich immer noch an. Yana, die immer versucht hatte, ihre Eltern heimlich zu belauschen, wollte diesmal nichts mehr hören. Sie sagten unverzeihliche Dinge zueinander. Der Streit wanderte durch die Wohnung, und Yana war erleichtert, als ihre Eltern irgendwann im Badezimmer landeten, denn von dort waren die Stimmen nur noch gedämpft zu hören, als riefen sie in ein Kissen. Schließlich wurde es still, dann die vertrauten Geräusche, als Mama sich bettfertig machte. Ihr Urinstrahl im Toilettenbecken, der Wasserhahn, der zu lange lief, denn sie wollte, dass das Wasser richtig kalt war. Papa blieb noch auf, und sie lauschte auf seine Schritte, er kam in dieser Nacht gar nicht zur Ruhe, ging umher, setzte sich, stand wieder auf.

Als Yana am darauffolgenden Tag erwachte, waren beide fort. In der Küche lag lediglich ein Zettel, unterschrieben mit »Pa und Ma«, aber in Papas Handschrift. Sie seien den Tag über weg, würden aber am Abend wiederkommen, im Kühlschrank sei etwas zu essen. Und vergiss nicht, Loser zu füttern.

Yana wartete auf ihre Eltern. Es war ein langer, heißer Tag, sie wohnten ganz oben in einem alten Mietshaus mit Blechdach, und Yana öffnete die Fenster, und die Geräusche der Stadt füllten die Wohnung. Sie wusste, sie spürte es, dass etwas nicht stimmte. Mehrmals wählte sie Papas Handynummer, doch er ging nicht dran. Als sie Mama anrief, vibrierte das Handy auf dem Küchentisch; klar, sie hatte es mal wieder zu Hause vergessen. Yana wartete, sie hatte Angst, lief von einem Zimmer zum anderen, und Loser folgte ihr, legte sich auf ihren Schoß. Spät abends hörte sie endlich den Fahrstuhl, die einzigartige Geräuschabfolge, die zu ihrem Vater gehörte, seine schleppenden Schritte. Und dann kam er rein, küsste sie auf die Stirn und sagte, Mama werde nicht mehr wiederkommen. Dann zog er sich in sein Schlafzimmer zurück und schloss die Tür. Er hatte seine Jacke über einen Stuhl gehängt, und aus der Tasche ragte etwas Weißes. Es waren zwei Zugfahrkarten.

Endstation: Malma.

Yana erinnert sich, dass sie fand, dass das schön klang, sie konnte den Bahnhof geradezu vor sich sehen, und sie malte ihn sich ganz genau aus, und egal, welche Jahreszeit gerade herrschte, war es in Malma immer Sommer. Mächtige Winde rüttelten an den Baumkronen über dem Bahnsteig, Malma wuchs in ihr und wurde größer. Im Internet las sie über den kleinen Ort, sie ging auf Google Maps und betrachtete ihn von oben. Ein kleiner Ort, der sich rund um den Bahnhof und eine Straße erstreckte. Ein Lebensmittelgeschäft, eine Konditorei, ein Schuhladen und ein paar Häuser, fünfzehn vielleicht, die entlang der einzigen Straße standen. Und rund herum meilenweit nichts als Wald.

Das Bistro ist noch immer menschenleer. Yana öffnet den Deckel ihres Kaffeebechers, damit er abkühlen kann. Dann schlägt sie das Fotoalbum auf, und auf der ersten Seite steht eine Überschrift, von einem Kind mit Füller geschrieben: *Ninchens Beerdigung, August 1976,* und darunter der Name ihrer Mutter: *HARRIET.*

Auf dem ersten Bild ist ein etwa achtjähriges Mädchen zu sehen. Yana erkennt darin ihre Mutter. Schwarzes, widerspenstiges Haar, das schon lange nicht mehr gekämmt worden ist. Von Kopf bis Fuß schwarz gekleidet. Sie sitzt in einem Großraumwagen und blickt verträumt aus dem Fenster. Neben ihr eine Kameratasche. Das nächste Bild zeigt dieselbe Situation, aus demselben Blickwinkel, nur Sekunden später. Jetzt aber sieht das Mädchen verschlossen aus, es starrt auf die Tischplatte vor sich, als würde es gleich in Tränen ausbrechen. Yana blättert um, ein weiteres Foto, eine neue Umgebung. Ihre Mutter als kleines Mädchen sitzt auf einer Bank und hat die Hände vors Gesicht geschlagen. Über ihr ein Schild mit dem Namen des Bahnhofs: *Malma* steht darauf.

Gestern Abend hat Yana auf der Bettkante ihres toten Vaters gesessen, das Fotoalbum auf dem Schoß, und da ist ihr klar geworden: Es gab mehrere Reisen nach Malma.

Die erste fand in den Siebzigerjahren statt. Da war ihre Mutter noch ein Kind und fuhr mit ihrem Vater dort hin, um jemanden namens Ninchen zu beerdigen – ein Haustier vielleicht? Die zweite Reise erfolgte am 17. September 2001. Ihre Mutter war erwachsen und todunglücklich in der Beziehung mit ihrem Vater. Mitten in ihrer schlimmsten Krise, als ihre Ehe am Zerbrechen war, beschlossen sie plötzlich, ihre Tochter allein zu Hause zu lassen und sich in einen Zug nach Malma zu setzen. Mama kehrte nicht von dort zurück.

Was ist passiert?

Und das hier ist die dritte Fahrt. Yana überlegt, was

sie von den ersten beiden Reisen weiß, sucht nach den Umrissen einer Geschichte, die sich über die Jahrzehnte spannt. Sie blättert in dem Album, und die Fotos verschmelzen mit den Bildern ihrer Mutter aus ihrem Inneren, den kurzen Erinnerungen an sie, die sie einfach nicht loslassen, und vor dem Zugfenster zieht Schweden an ihr vorüber. Yana blickt auf die feuchten Wiesen hinaus, sie nimmt Kälte in ihrer Brust und Wärme in ihrem Bauch wahr, und plötzlich ringt sie nach Luft, und sie lauscht auf den Puls, der durch ihren Körper geht. Ihr Herz überspringt jeden dritten Schlag. Es fühlt sich an, als müsse man sterben, aber das muss man nicht.

KAPITEL 4

Oskar

Was tut er hier? Wieso hat er sich bloß auf diese Reise eingelassen? Als hätten sie nicht Wichtigeres zu klären. Wieso sind sie nicht zu Hause bei Yana, die sich bestimmt schon Sorgen macht? Wo fahren sie überhaupt hin? Das Einzige, was Oskar weiß, ist der Name des Zielbahnhofs: Malma. Was dort passieren wird, weiß er nicht. Harriet hat ihn um Geduld gebeten, er werde es schon sehen, wenn sie da seien. Er blickt sich um, der Waggon wirkt beinahe komisch mit all den aufgeschlagenen Tageszeitungen. Alle lesen von den eingestürzten Zwillingstürmen, wirklich alle. Eine Woche ist seit dem Anschlag vergangen, und die Medien können nicht aufhören, darüber zu berichten. Er selbst weigert sich, sich damit zu beschäftigen, er reagiert wie immer, wenn es sich anfühlt, als würde die Welt einstürzen – er zieht sich zurück.

Vorsichtig wirft er einen Blick auf Harriet. Es sieht aus, als schliefe sie nun wirklich. Seltsam, dass sie in dieser Situation schlafen kann. Genau wie gestern, mitten in diesem ganzen Wahnsinn wurde sie plötzlich müde und ging Zähneputzen. Dann legte sie sich hin und schlief sofort ein. Er selbst fand keine Ruhe, lag wach und dachte über alles nach, was sie sich im Laufe des Tages an den Kopf geworfen hatten. Ist er zu weit gegangen? Wahrscheinlich. Er hat sie gepackt, viel zu fest, und hat im selben Moment gespürt, dass das falsch war, dass er eine Grenze überschritt. Doch was sie gesagt hatte, war so absurd und regelrecht gemein gewesen. Einige der Vorwürfe hatte er noch nie zuvor gehört. So sagte sie zum Beispiel, sie wünschte, sie hätten sich niemals kennengelernt, und es sei ein Fehler gewesen, damals zusammenzuziehen, vor allem aber sei es gegen ihren Willen geschehen. Sie habe das nicht gewollt. Sie hätten das nie richtig besprochen. »Du hast dich mir aufgedrängt«, brüllte sie. »Du standest plötzlich da mit deinen blöden Koffern, obwohl ich das nicht wollte. Du hast mich nicht um Erlaubnis gebeten. Ich wollte nie, dass du bei mir einziehst.« Da hat es ihm die Sprache verschlagen, und auch Harriet verstummte, als hätte sie gemerkt, dass sie damit eine Waffe abgefeuert hatte, die vorher noch nicht zum Einsatz gekommen war. Denn wenn das, was sie gesagt hatte, stimmte, dann beruhte ihre ganze Beziehung auf einer Übergriffigkeit. Hat sie es gesagt, um ihn zu verletzen? Oder hat sie es damals tatsächlich so wahrgenommen? Zwischen ihnen ist es schon immer so, dass sie Dinge zusammen erleben, die Harriet dann in ihrem Kopf völlig umformt, und dann kehren sie so verdreht und entstellt zurück, dass er sie nicht wiedererkennt.

Oskar erinnert sich an eine Situation ganz am Anfang, nur wenige Tage nach der legendären Zugfahrt. Sie gingen auf der Hornsgatan in Söder spazieren, die tief stehende Herbstsonne in den Augen. Harriet erzählte, dies sei die Gegend, in der sie aufgewachsen sei, und dann erzählte sie eine Menge Zeug, das nur für sie selbst interessant war. Sie kamen an ihrer ehemaligen Schule vorbei und betrachteten den Schulhof und die netzlosen Basketballkörbe, die Reste der weißen Markierungen für Ballspiele auf dem Asphalt, deren Regeln längst in Vergessenheit geraten waren. Wind kam auf, Laub wehte raschelnd über den Hof. Harriet zeigte ihm die engen Gassen, in denen ihr Vater ihr Rollschuhfahren beigebracht hatte. Zuvor habe er die Bremsklötzchen abgeschraubt, denn er meinte, die seien nur was für Feiglinge, und als er ihr dann die Rollschuhe schnürte, habe sie solche Angst gehabt, dass sie beinahe in Tränen ausgebrochen sei, denn wie sollte sie jetzt bremsen? Sie habe ihren Vater gebeten, sie an der Hand zu halten, und er habe es ihr versprochen, doch dann habe er doch losgelassen, denn wie sollte sie es sonst lernen? Immer schneller sei sie auf der leicht abschüssigen Straße geworden, und genau hier sei sie gestürzt. Harriet zeigte ihm die Stelle auf dem Gehweg, wo sie gelegen hatte und wo das Blut aus ihren aufgeschlagenen Knien auf den Asphalt getropft war. Sie machte beim Gehen einen kleinen Bogen um die Stelle, als läge sie immer noch dort und wollte nicht auf sich selbst treten.

In einer Straße gleich hinter dem Mariatorget deutete sie auf eine rostrote alte Fassade.

»Da habe ich gewohnt.«

Es gab nicht viel zu sehen, eine Reihe Fenster im dritten Stock, dennoch hielt sie inne und starrte schweigend hinauf.

»Wollen wir mal klingeln?«, fragte sie.

»Das kann man doch nicht einfach machen«, sagte er.

»Doch, kann man.«

»Aber man ruft doch erst mal an und fragt, ob es okay ist.«

Harriet sagte: »Hör auf«, und zog ihn hinter sich her zum Hauseingang, und als ein Mann mit Gehstock herauskam, schlüpften sie schnell hinein, und er erinnert sich, dass sie kicherte und ihn an der Hand nahm, während sie im bleichen Licht des Fahrstuhls standen. Sie klingelten an der Wohnungstür, ein Hund jaulte, und eine dunkle Stimme befahl ihm, ruhig zu sein. Es war eine alte Frau, die ihnen öffnete, der kleine Hund lag starr vor Angst in ihren Armen. Harriet erklärte, sie habe als Kind hier gewohnt, und fragte, ob sie sich mal umsehen dürfe, und die Frau lächelte.

»Wir haben uns doch schon mal gesehen«, meinte sie.

»Tatsächlich?«, fragte Harriet.

»Ich glaube schon. Sie stehen doch immer mal vor dem Haus und schauen hinauf.«

»Ja, kann sein.«

»Kommen Sie ruhig herein.«

Im Flur stellte Harriet ihre Handtasche ab und ging hinein, ein kleiner Rundgang, wie wenn man in ein Hotel eincheckt, wo man für eine Weile bleiben will. Sie schaute in einen der Räume hinein. »Hier war Papas Schlafzimmer«, sagte sie und strich mit der Hand über den Türrahmen. »Als ich klein war, hatten wir keine Türen. Das war Papas Idee, er fand, wir sollten keine Geheimnisse voreinander haben. Kein einziges Zimmer hatte eine Tür.« Sie lachte. »Selbst das Bad nicht, auch da gab es nur einen Vorhang.« Anschließend ging sie in die Küche, öffnete einen Schrank und schaute hinein, Oskar wurde langsam nervös, er fand, sie würde die Gastfreundschaft überstrapazieren. Doch es gab noch ein Zimmer in der Wohnung, Harriets ehemaliges Kinderzimmer. Sie öffnete auch diese Tür und versuchte, sich zu orientieren. »Hier standen zwei Betten«, sagte sie. »Da lag ich«, sie zeigte in die eine Ecke, »und gegenüber meine Schwester.«

Dann entdeckte sie etwas an der Wand, kurz über dem Boden, und kniete sich hin, beugte sich hinab. »Oh, mein Gott«, sagte sie. »Fühl mal.«

Oskar strich mit den Fingerspitzen am Sockel entlang, das Holz war zerkratzt, und obwohl es mit weißer Farbe überstrichen war, konnte er spüren, dass da Scharten waren.

»Was ist das?«, fragte er.

»Das war mein Kaninchen.«

Es war das erste Mal, dass Oskar von diesem Kaninchen hörte, das Harriet als Kind von ihrem Vater geschenkt bekommen hatte. Der Käfig hatte in dieser Ecke des Zimmers gestanden, und das Tier hatte mit seinen Krallen an der Wand gekratzt.

»Ich hatte eine Klassenkameradin, die Esther hieß«, sagte Harriet. »Sie war beliebt, alle wollten mit ihr befreundet sein. Als sie mitbekam, dass ich ein Kaninchen hatte, fragte sie, ob wir nach der Schule zu mir gehen könnten. Sie hat es sofort aus dem Käfig genommen. Und dann hat sie es geschüttelt, ungefähr, wie wenn man Kniffel spielt. Anschließend setzte sie es auf den Küchentisch, und das Kaninchen war völlig durcheinander, wahrscheinlich war ihm auch schwindlig, jedenfalls stampfte es immer wieder mit einer Pfote auf den Tisch. Und Esther rief: ›Guck mal, es tanzt, es tanzt!‹ Ich wollte es hochnehmen und festhalten, aber ich habe mich nicht getraut. Dann machte Esther das Gleiche noch mal. ›Es tanzt! Es tanzt!‹«

Die ältere Frau wusste nicht, was sie sagen sollte, und Oskar auch nicht, es kam ihm vor, als erzählte Harriet die Geschichte eher sich selbst. Anschließend ging sie wieder in den Flur und von da ins Esszimmer, wo sie sich auf einen Stuhl setzte, und erst nachdem sie schon eine Weile so gesessen hatte, fragte sie: »Darf ich mich einen Augenblick hierhersetzen?« Und dann saß sie ganz still da und schaute aus dem Fenster. Sie hatte Schweiß auf der Stirn und räusperte sich ein paarmal merkwürdig.

»Ganz schön schwer, hier zu sein«, sagte Harriet. »Man kommt nicht weiter.«

»Ja, das muss sich merkwürdig anfühlen …«, begann die ältere Frau, dann verstummte sie.

Kurz darauf bedankten sie sich und gingen zu Slussen zurück, und Oskar legte einen Arm um Harriet, wusste aber nicht, was er sagen sollte, denn er begriff nicht, was er da eben miterlebt hatte. Sie kamen am Medborgarplatsen vorbei, und plötzlich wollte sie einen Film schauen. *West Side Story* war gerade angelaufen, sie hatte ihn schon einmal gesehen, es war, als wolle sie ihn ihm noch einmal zeigen, denn zu Beginn des Films sah sie immer wieder zu ihm herüber, wie um seine Reaktion zu prüfen. Dann aber wurde sie ganz in die Geschichte hineingesogen. Ihr Gesicht leuchtete blau, und er sah, wie Tränen ihren Hals hinunterliefen. Sie weinte so heftig, dass sie zitterte, aber nicht an der Stelle, an der alle weinen, wenn Tony stirbt, sondern ganz am Anfang, als sie sich auf dem Balkon verlieben. Das war schön, Harriet weinte nicht wegen der Trauer, sondern wegen der Liebe.

Auf dem Rückweg redete sie viel und schnell über den Film und kickte dabei kleine Steine aus dem Weg, und da hatte er das Gefühl, noch nie jemanden getroffen zu haben, der so intensiv, so ganz und gar im Moment lebte und doch so weit weg war. Sie war immer woanders und mit längst vergangenen Ereignissen beschäftigt, atemlos über Blutflecken auf dem Asphalt in Södermalm oder

Haustierkratzspuren an Kindheitswänden gebeugt, und dann ging es weiter in eine andere Märchenwelt, die der Kinoleinwand, ganz und gar davon verschlungen und in Tränen aufgelöst. Nach dem Kino lief Oskar dicht neben ihr her, doch sie war nicht da, sie war nicht bei ihm, es kam ihm vor, als bekäme er sie nie richtig zu fassen, denn sie war mit ihrem Blick immer schon woanders. Harriet bat ihn, sein Jackett ausleihen zu dürfen, und er sah, dass es ihr nicht gut ging. Er legte ihr die Hand an die Stirn und sagte: »Du glühst ja.« Sie beschlossen, zu ihr nach Hause zu gehen. Es dämmerte schon bald, und im Schein der Straßenlaternen, die eingeschaltet wurden, kondensierte die Luft, der Himmel über ihnen war zwar noch hellblau, doch der Mond war bereits aufgegangen. Auch ein paar erste Sterne entdeckte Oskar, und der Wind blies vom Meer, und es war kalt und ungemütlich. Sie gingen Hand in Hand.

Oskar brachte Harriet in ihre Wohnung und sagte, er wolle noch mal los, um Schmerztabletten, Milch und Honig für sie zu holen, er werde sich um sie kümmern, damit sie schnell wieder gesund würde.

»Ich will nicht, dass du gehst«, sagte Harriet.

»Aber ich komme doch wieder.«

»Ja, aber trotzdem.«

Er brachte sie angezogen zu Bett und deckte sie zu, dann ging er und klingelte zwei Stunden später wieder an ihrer Tür. Als sie ihm öffnete, stand er mit drei Koffern davor. Sie schwieg kurz, dann begann sie zu lachen.

»Ziehst du hier ein?«

»Das habe ich mir so gedacht.«

Gemeinsam bugsierten sie die Koffer in ihre Wohnung, und Harriet konnte gar nicht aufhören zu lachen, denn das war wieder einer dieser Einfälle, der von ihr hätte kommen können.

Ihre Wohnung hatte einen kleinen Balkon, sie nahmen Tee mit und setzten sich mit Wolldecken über den Knien nach draußen. Zwischen zwei Häusern konnte man einen Zipfel des Meers sehen, es war schwarz und glitzerte nur, wenn die Fähren nach Djurgården vorbeifuhren. Harriet zündete eine Kerze an, die von der kalten Brise immer wieder gelöscht wurde. Es war spät, und in den Häusern ringsum waren die Lichter bereits erloschen, und so saßen sie in diesem dunklen kleinen Kasten und unterhielten sich leise.

Jetzt war Harriet ruhig, nur ihre Zigarette wirkte nervös, ein glühender Punkt, der sich in der Dunkelheit bewegte. Sie erzählte von einer Kindheitserinnerung und blieb dann daran hängen, und er unterbrach sie und fragte, wie es komme, dass sie immer wieder dort landete, in irgendwelchen Geschichten aus ihrer Kindheit.

Und sie erklärte, dass ihre Mutter ihr von klein auf beigebracht habe, dass man nie etwas bereuen solle, was man bereits getan habe. Das sei ihr Mantra gewesen, und plötzlich ahmte sie die Stimme ihrer Mutter nach, ein gellendes Klagen, das zwischen den Fassaden widerhallte: »Was passiert ist, ist passiert – das lässt sich nicht mehr ändern«, rief sie. Man müsse nach vorne blicken, habe ihre Mutter immer gemeint, denn die Zukunft sei ungeschrieben und schön und voller Möglichkeiten. Doch ihre Mutter habe unrecht gehabt, wie sie später festgestellt habe – inzwischen sei sie sich sicher, dass es genau umgekehrt sei. Jedes Mal, wenn sie an Dinge denke, die ihr widerfahren seien, denke sie auf eine neue Weise daran. Die Geschichten würden sich permanent verändern. Vielleicht sei das der Grund, weshalb sie so besessen von ihrer Kindheit sei, weil es ein lebendiger Ort sei, an dem die Dinge sich bewegten. Und auch was die Zukunft betreffe, habe ihre Mutter sich geirrt. Sie selbst spüre immer öfter, dass sie die Richtung des Weges, auf den sie gestellt worden sei, nicht ändern könne. Sie sei eine Gefangene der Entscheidungen, die andere für sie getroffen hätten, und übertrage lediglich das Gift an die nächste Generation.

»Dann ist alles, was passiert, vorherbestimmt?«, fragte Oskar.

»Ja, genau.«

»Was wird dann aus dir und mir?«

»Ich fürchte, wir sind am Arsch.«

Oskar lachte.

»Ich will nicht, dass wir am Arsch sind«, sagte er.

Harriet umfasste mit beiden Händen ihre Teetasse, beugte sich darüber und ließ sich vom Dampf die Wangen wärmen.

»Vielleicht haben wir uns deshalb kennengelernt. Weil du mich befreien sollst?«

Und sie spürten die ersten Tropfen eines Schauers. Sie blickten auf, Harriet streckte eine Hand nach oben. Dann hüllte sie sich fester in ihre Decke, es war ganz still, der Hof unten menschenleer. Sie sahen einander an, und keiner von ihnen wich mit dem Blick aus. Nach einer Weile lachte Harriet verlegen und schaute runter und dann wieder hoch, zu ihm. Da waren nur er und sie und ihre Augen, die weit, weit in den anderen hineinblicken konnten.

»Endlich«, sagte er. »Jetzt habe ich dich.«

»Wie meinst du das?«

»Jetzt bist du hier.«

Sie küssten sich, und unten auf dem Innenhof öffnete sich eine Tür, ein älterer Mann mit einem Müllbeutel kam raus, er blickte zu ihnen hoch, und Oskar dachte, wie seltsam, der hat überhaupt keine Ahnung, er geht da lang und weiß nicht, was hier gerade Entscheidendes passiert.

»Sind wir jetzt zusammen?«, fragte Oskar.

»Ja«, antwortete Harriet, »jetzt sind wir zusammen.«

Er kann sich nicht an Euphorie oder ein Glücksgefühl erinnern, in jenem Moment auf dem Balkon, er kann sich nicht einmal erinnern, verliebt gewesen zu sein, er erinnert sich lediglich an eine diffuse Melancholie. Da war eine Unruhe, wie man sie verspürt, wenn man etwas bekommen hat, das zu kostbar ist, um es zu verlieren.

»Erzähl mir was aus deiner Kindheit«, bat Harriet.

»Ich kann mich an fast nichts erinnern.«

»Irgendetwas wird dir doch einfallen. Egal, was, das Erste, was dir in den Sinn kommt.«

»Ich erinnere mich, dass ich als ganz kleines Kind bei einer Tagesmutter war. Bei Ulla und ihrem Mann Dag. Manchmal fuhren wir einkaufen. Dag fuhr, ich erinnere mich an seine braunen Lederhandschuhe am Lenkrad. Er machte oft Quatsch mit mir und tat, als hätte er sich verfahren. Direkt vor dem Geschäft fing er an zu jammern, er hätte sich total verfranzt und keine Ahnung, wo denn jetzt dieses Geschäft sei, und ich zeigte auf die Tür und lachte und zog ihn am Arm: Wir sind doch schon da! Wir sind doch schon da!«

Harriet stieß einen kleinen Laut aus und lächelte. »Noch eine«, sagte sie.

»Noch eine …«, murmelte Oskar. Er nahm ihr die Zigarette ab und zog daran, blies den Rauch in die Nacht.

»Ich erinnere mich an einen heißen Sommertag. Ich war sechs oder sieben. Meine Mutter war arbeiten, und ich legte mich den ganzen Tag in die Sonne, holte mir absichtlich einen Sonnenbrand.«

»Wieso?«

»Weil ich wollte, dass meine Mutter mich mit Nivea einschmierte, wenn sie nach Hause kam. Wenn ich mir die Haut verbrannte, würde sie mich berühren, das wusste ich.«

»Ach, du«, sagte Harriet nur. Schweigen. Dann legte sie eine Hand auf seine Schulter, und er lächelte sie an – und dann begann er plötzlich zu weinen. Wie aus dem

Nichts. Er, der nie weinte, er wusste nicht einmal, ob er das als Erwachsener überhaupt je getan hatte. Und er wusste auch nicht, wieso er weinte, aber es kam ihm vor, als wüsste sie es genau. Harriet hielt ihn und tröstete ihn und flüsterte, es sei gut zu weinen, man müsse das manchmal tun.

»Ich passe auf dich auf«, flüsterte sie. »Ich passe immer auf dich auf.« Und er weinte und konnte nicht aufhören. Und er traute sich nicht zu fragen, traute sich nicht, sie zu fragen, wieso er so traurig war.

Der Zug steht immer noch still, eine Lautsprecherstimme bedauert die Verspätung, sie warten immer noch auf den entgegenkommenden Zug.

Im Waggon: vage Geräusche von draußen, von einem Sommer, der sich bis in den September hinein hält. Ein Traktor, der weit entfernt über ein Feld tuckert. Der Wind, der nach den schweren Baumkronen greift. Eine Hummel fliegt zu einem der Fenster herein und verbreitet Nervosität unter den Fahrgästen, sie folgen ihr mit dem Blick, jemand rollt eine Zeitung zusammen. Sie ist dem Tode nah, doch das weiß sie nicht, und sie hat Glück, sie entwischt durch ein anderes Fenster, wird von einem Luftzug ergriffen und ist verschwunden. Sie warten auf einen entgegenkommenden Zug, und eine stille Verärgerung wächst, je länger das Warten dauert, Zeit tropft durch den Zug direkt auf die Schienen, als wäre er undicht. Oskar stößt versehentlich an Harriets Fuß und sorgt sich, dass er sie geweckt haben könnte. Als hätte sie seine Rücksicht verdient. Es ist so unfassbar, dass sie mitten in alldem schlafen kann.

Endlich taucht der Zug aus der Gegenrichtung auf, fährt mit einem Knall und in gerade mal zehn Zentimetern Abstand vorbei wie eine blitzschnelle Sonnenfinsternis. Der Waggon schaukelt, und dann setzt sich der Zug langsam wieder in Bewegung, gleitet lautlos aus der Dunkelheit hinaus.

Der Knall hat sie geweckt, sie blickt sich um und versucht, sich zu orientieren, dann treffen sich ihre Blicke. Er möchte sie hassen, doch das geht vielleicht nicht. Sie ist das Mädchen, dem die Bremsklötzchen abmontiert wurden, und seitdem hat sie einfach nicht mehr anhalten können. Wie soll irgendetwas von alldem ihre Schuld gewesen sein?

Sie schauen sich an, und es gibt nichts anderes mehr, nur Harriets dunkelbraunen Blick. Sie lächelt ihn an.

Er denkt: Jetzt habe ich dich.

Dann schließt sie die Augen, und kurz darauf schläft sie wieder.

KAPITEL 5

Harriet

Harriet versucht, mit dem Zeigefinger ihren Namen auf die schmutzige Fensterscheibe zu schreiben, doch es passiert nichts, und sie merkt: der Dreck sitzt an der Außenseite. Durch den Grauschleier sieht sie, wie die Landschaft sich hebt und senkt, und nur manchmal sind Wolken am Himmel, weiß und hoch wie im Märchen. Sie würde die Wiesen gerne zeichnen, aber Papa hat ihren Rucksack mit den Filzstiften oben auf der Gepäckablage verstaut, und sie traut sich nicht, ihn zu bitten, dass er ihn herunterholt. Sie folgt mit dem Blick einem Stromkabel, wie Wellen geht es über die Felder. Zwischen zwei Masten bildet das Kabel ein Lächeln, auf das noch eins folgt und noch eins. Diese dünnen schwarzen Lippen. Es ist ein gemeines Lächeln. Harriet ist tief in den Sitz hineingerutscht, und durch die Geräusche des Zugs, das Rattern der Räder oder den Wind, der durchs geöffnete Fenster hereinströmt, fällt es ihr schwer, die Augen offen zu halten. Sie weiß, dass sie nicht einschlafen darf, denn dann könnte Papa verschwinden. Ihre

Augen brennen, und sie kneift sie zusammen, bis alles schwarz wird und glühende Punkte darin tanzen wie Wunderkerzen, dann öffnet sie sie wieder. Papa sitzt ihr gegenüber. Die Leitungen lächeln höhnisch, und die Wolken bauschen sich, und der Wind pfeift düster zum Fenster herein, und vielleicht könnte sie doch ein klein wenig schlummern, nur ein paar Sekunden. Sie schließt die Augen, und sie weiß, dass es gefährlich ist, was sie da tut, sie muss sie bald wieder öffnen, doch der Zug wiegt sie, und der Sitz wärmt ihren Rücken, als würde jemand sie in den Armen halten, und sie schläft ein und träumt, dass sie in einem Zug sitzt und jemand sie warnt, es könnte regnen, dass er sie anschreit, sie solle das Fenster schließen, und das ist Papa. Es gelingt ihr jedoch nicht, und Papa ist genervt, dass er ihr zeigen muss, wie das geht, dabei ist es so leicht, Papa wischt einmal mit der Hand, und das Fenster ist zu, und der Regen trommelt auf das Waggondach.

Sie schreckt auf, orientiert sich, wo ist Papa? Er sitzt noch da. Er schaut über die Wiesen, hebt das Kinn, als hätte er etwas entdeckt, verliert dann aber wieder das Interesse. Harriet überlegt, ob sie etwas zu ihm sagen, ihn vielleicht etwas zum Thema Fotografieren fragen soll, denn dann hat er manchmal Lust zu reden. Doch ihr fällt nichts ein.

Sie darf nicht wieder einschlafen.

Diese Autofahrt, sie erinnert sich an so viele Einzelheiten, auch solche, die keine Bedeutung haben. Allein mit

Papa im Volvo, dessen Blinker in doppelter Geschwindigkeit tickten, wodurch es sich immer anfühlte, als würde das Auto hysterisch, sobald es abbiegen sollte. Harriet durfte auf dieser Fahrt vorne sitzen, der Gurt schnitt ihr in den Hals. Jedes Mal, wenn Papa sich eine Zigarette ansteckte, schlingerte das Auto kurz, ansonsten fuhr er ruhig und besonnen. Er wusste, wie immer, wo er hinmusste, nichts schien ihn überraschen zu können. Bevor er schaltete, wartete er, bis der Motor sich beruhigt hatte, dann gab er wieder Gas. Sie selbst spielte, dass sie durch ein Muster fuhren. Die weißen Linien an unterschiedlichen Stellen der Fahrbahn, kurz und nervös an den Seiten, lang und träge in der Mitte. Ein geheimes Spiel, das nur sie kannte; bei jeder Bake biss sie sich auf die Zunge. Das Spiel wurde schließlich zu einem Zwang, sie konnte nicht mehr damit aufhören. Ein neues Spiel fiel ihr ein. Sie teilte die entgegenkommenden Wagen ein – in *böse* oder *dämlich*. Man sah schon an den Scheinwerfern, welches Auto in welche Gruppe gehörte, und sie sortierte sie im Stillen bei jeder Begegnung. Böse. Dämlich. Dämlich. Böse.

»Was hast du gesagt?«, fragte Papa.

»Nichts«, antwortete sie schnell.

»Ich kann mich nicht konzentrieren, wenn du ständig was vor dich hin brabbelst.«

Kurz darauf fuhren sie auf die Autobahn. Die Schilder mit den Hinweisen, wie weit es bis da und da hin war – mehrere Hundert Kilometer – unbegreiflich weit entfernt. Jedes Mal, wenn der Hinweis *Ende des Wildzauns* auftauchte, diese Unruhe, denn dann konnte ihnen jederzeit ein Tier vors Auto laufen, es gäbe einen Unfall, und das Tier würde sterben, doch Papa fuhr unbekümmert weiter, wurde nicht einmal langsamer. Konnte es sein, dass er die Schilder gar nicht sah? Sie würde an seiner Stelle die Wälder und Straßenränder genau im Blick behalten. Papa hörte Radio, ausschließlich Nachrichten. Wenn etwas Wichtiges kam, hob er den Zeigefinger, damit sie still war, obwohl sie ohnehin kein Wort sagte. Es würde eine lange Fahrt werden, hatte Papa gesagt, und es wurde Abend, Harriet sah die Sonne tief zwischen den Baumstämmen hindurchflimmern, dann war sie verschwunden. Die Scheinwerfer fanden Halt im Wald, die Straßenschilder leuchteten jetzt zurück, und sie wusste, dass ihre Aufgabe, nach Wildtieren Ausschau zu halten, wichtig war, doch irgendwann vermochte sie die Augen nicht mehr offen zu halten und schlief ein.

Als sie erwachte, befand sie sich in einer anderen Welt.

Es war dunkel, und sie fror. Das Auto stand, und ihr Vater saß nicht mehr am Steuer. Da die Scheiben beschlagen waren, konnte sie nicht hinaussehen, und als sie mit der Hand darüber wischte, erkannte sie draußen nichts als Dunkelheit, nur etwas weiter weg ein paar verschwommene Lichter. Ihr Herz klopfte. Sie öffnete die Autotür, hörte das Brüllen der Autobahn gleich nebenan. Der Boden war feucht, hatte es geregnet? Sie musste auf einem Parkplatz sein. Harriet begann, in Richtung der

Lichter zu laufen, es war eine Tankstelle, wie sie jetzt sah, ein großes Dach, das von vier weißen Pfeilern getragen wurde, und ein Schild, das zum Himmel aufragte, und ganz oben an der Spitze die Benzinpreise, damit die Leute sie von der Autobahn aus lesen konnten. Die Tanksäulen, die in einer Reihe standen, brummten dumpf, sie klangen wie Tiere, die sich bedroht fühlen. Harriet lief zum Shop, die Tür war abgeschlossen, und sie legte die Hände um ihr Gesicht, um hineinschauen zu können, drinnen brannte kein Licht. Sie löste sich von der Scheibe und sah sich um. Wo war Papa? Der Verkehr klang jetzt lauter, und das Neonlicht brannte scharf in ihren Augen. Sie rannte vom Parkplatz fort, entdeckte ein weiteres Gebäude, lief auf die Lichter zu. Eine Raststätte, die Tür war schwer, und die Gäste, die ihr am nächsten saßen, blickten auf und warteten darauf, dass sie wieder zufiel. Nirgendwo konnte sie ihren Vater entdecken, da waren nur Fremde, die über ihre Tabletts gebeugt aßen. Sie lief durch den Gastraum, kam an einer dicken Frau vorbei, die an der Kasse saß, eilte weiter, und ganz hinten in der Ecke, am Fenster und angestrahlt vom gelben Schein der Autobahnbeleuchtung, saß Papa. Er blickte von seinem Teller auf und entdeckte sie, die Gabel in seiner Hand erstarrte mitten in der Bewegung. Harriet ging noch ein paar Schritte und blieb vor dem Tisch stehen.

»Aber Liebes«, sagte Papa. »Bist du wach?«

Sie nickte, bohrte die Fingernägel in den Oberschenkel, um nicht loszuweinen.

»Bist du traurig?«, fragte er.

Sie schüttelte den Kopf.

»Komm her.«

Harriet trat zu ihm, und er musterte sie. Dann legte er eine Hand auf ihren Kopf, ließ sie auf ihren Nacken fallen.

»Du hast geschlafen, ich wollte dich nicht wecken.«

Harriet nickte. Sie wusste, dass sie jetzt auf keinen Fall weinen durfte, sonst würde er sich für sie schämen. Sie kniff die Augen fest zusammen und schaute dann nach unten, sah Papas Stiefel, die bis zum Schienbein hinauf geschnürt waren. Papa stand auf. »Komm, lass uns weiterfahren«, sagte er. Sie folgte ihm, sie erinnert sich an seine langsamen Schritte in der Dunkelheit auf dem Rückweg zum Auto.

Dann fuhren sie auf die Autobahn, und es begann wieder zu regnen, die Scheibenwischer wischten von rechts nach links, und sie fuhren jetzt schneller. Sie redeten nicht über das, was passiert war, aber Harriet merkte, dass sich etwas verändert hatte, Papa ließ sie im Radio hören, was sie wollte, normalerweise drehte er es leiser, wenn ein Song kam, jetzt aber ließ er die Musik einfach weiterlaufen. Er fragte, ob sie ihre Schwester vermisse, und sie antwortete: Ja. Seit der Trennung der Eltern waren drei Monate vergangen, und nun würde sie ihre Mutter und ihre Schwester zum ersten Mal wiedersehen. Harriet hatte abends oft lange wachgelegen und versucht, sich vorzustellen, wie ihre große Schwester noch mal aussah, hatte aber in ihrer Erinnerung kein Bild von ihr gefunden. Sie bekam sie einfach nicht zu fassen. Mama und Papa sagten immer, sie sei vom Aussehen her genau das Gegenteil von Harriet. Harriets dunkles Haar, Amelias helles. Harriets schmale Nase, Amelias breite. »Ihr seid wirklich total gegensätzlich!«, sagte Mama immer. Oft lachte sie dabei und schüttelte ratlos den Kopf darüber, wie verrückt das doch war. Aber jedes Mal, wenn sie es sagte, bekam Harriet Angst. Sie wollte so sein wie ihre Schwester, sie wollte, dass sie zusammengehörten. Seit sie denken konnte, hatte sie versucht, sich zu verändern, damit ihre Schwester sie mochte, hatte aber immer das Gefühl gehabt, als wollte Mama sie daran hindern.

Ihr seid wie Tag und Nacht!

Harriet war diejenige, die sie süß fanden, manchmal nannten sie sie Prinzessin oder unsere Große – wenn du weiter so schnell wächst, kannst du Model werden, Hauptsache, du bekommst nicht zu früh deine Regel, denn von dem Zeitpunkt an hört man auf zu wachsen. Amelia dagegen war diejenige der Schwestern, aus der mal etwas werden würde. Sie konnte eins und eins zusammenzählen. Wenn Amelia auf dem Bett lag, um für eine Prüfung zu lernen, schlichen Mama und Papa manchmal zu ihrer Zimmertür, nur um sie zu bewundern. Einmal hatte Harriet abends mitbekommen, wie sie in der Küche überlegten, was Amelia wohl später für einen Beruf ergreifen könnte.

Sie könnte Anwältin werden. Ja, Anwältin, auf jeden Fall!

Über Harriet sprachen sie nie so. Harriet liebte Bücher, hatte aber oft das Gefühl, es stünde ihr nicht zu, darin zu lesen, als wäre das nicht für sie vorgesehen.

Nun hatte sie Amelia seit drei Monaten nicht gesehen, sie hatten nicht einmal miteinander telefoniert. Harriet hatte Papa gefragt, ob sie sie anrufen dürfe, aber er meinte immer, es passe gerade nicht. Erst in den letzten Wochen hatte sich etwas getan. Ihre Eltern hatten wieder etwas häufiger Kontakt. Ein angespannter Tonfall, sie telefonierten mit leiser Stimme und schienen nie einer Meinung zu sein, einmal wurde Papa laut und schimpfte: »Die Kinder müssen sich doch sehen dürfen!« Und nun waren sie also unterwegs.

Fehlte ihr ihre Schwester? Es gab Augenblicke mit ihr, die sie vermisste.

Amelia hatte immer auf dem Bett Musik gehört, und dann stand Harriet in der Tür, um zu zeigen, dass sie verfügbar war. Meistens brüllte Amelia nur, sie solle weggehen, und Harriet brüllte zurück: »Das ist auch mein Zimmer.« Aber manchmal ließ sie sie auch mit aufs Bett, und dann schauten sie gemeinsam an die Decke und hörten Musik, die Harriet nicht kannte, die sie aber seltsam berührte. Amelia flüsterte den Text mit, und Harriet schloss die Augen und hoffte, die Platte möge nie zu Ende sein, sondern einfach immer so weitergehen. Sie vermisste die Momente, in denen sie ihre Schwester für sich hatte, in denen sie spürte, dass Mama unrecht hatte – sie waren nicht wie Tag und Nacht, sie gehörten zusammen und waren einander wichtig.

Die Landstraßen wurden schmaler, und der Wald neigte sich von beiden Seiten zu ihnen herab. Papa hatte eine Straßenkarte auf dem Schoß, und manchmal musste er anhalten, um zu schauen, wo er war und wo er hinmusste. Das gelbe Licht des Blinkers erleuchtete die Wand aus Bäumen, rann durch die Ritzen in den Wald. Dann fuhren sie weiter. Als sie ankamen, war es schon später Abend, ein kleiner Ort irgendwo im Nirgendwo, ein Bahnhof und eine Straße mit Straßenlaternen, die aussahen wie aufgefädelte Monde, dann ging es durch den Wald einen Hügel hinauf, und schließlich waren sie am Ziel. Mama nahm sie draußen in Empfang, ihr Atem bildete Rauchwolken, obwohl es mitten im Sommer war. Harriet wollte sich ein Bild von dem Gebäude machen, doch das ging in der Dunkelheit schlecht. Zwei Etagen und grellgelbes Licht aus den Fenstern. Der Rest war einfach nur schwarz. Ihre Eltern redeten leise miteinander, dann wandte sich Mama ihr zu und legte eine Hand an ihre Wange.

»Schön, dass du endlich da bist«, sagte sie. »Du kannst es nicht sehen, weil es so dunkel ist, aber da unten gibt es einen See, wo wir morgen baden können, wenn du möchtest.«

Mama deutete in die Dunkelheit, und Harriet nickte.

Papa drehte sich um und ging zum Auto.

»Sonntag hole ich dich wieder ab«, sagte er. Dann

setzte er sich in den Wagen, und sie schaute ihm nach, als er davonfuhr, lauschte dem Motorgeräusch, das im Dunkeln verschwand. Sie gingen hinein, und Harriet blickte sich im Flur um. Wo war Amelia, schlief sie vielleicht schon?

»Ich hole dir eine Matratze«, sagte Mama und verschwand.

Der Geruch eines fremden Zuhauses, von einem Haustier vielleicht? Und die ganzen Schuhe im Flur, die sie nicht kannte. In einem Zimmer lief der Fernseher. Harriet zog sich langsam die Schuhe aus, es war schön, etwas zu tun zu haben. Mamas neuer Freund stand in der Küche und räumte Teller in die Spülmaschine, und erst dachte Harriet, er tue so, als hätte er nicht bemerkt, dass Besuch gekommen war. Er machte einfach weiter. Dann aber kam er herüber und hielt seine nassen Hände hoch, um zu zeigen, warum er ihr nicht die Hand gab. Er wandte sich wieder seiner Arbeit zu. Irgendetwas war mit ihm, das wusste Harriet. Aus den Telefonaten zwischen ihren Eltern, die sie belauscht hatte, hatte sie geschlossen, dass er irgendwie Teil des Problems war. Einmal hatte Papa gezischt: »Er kann ja wohl nicht entscheiden, ob die Kinder sich sehen dürfen oder nicht!«

Harriet blickte sich um, überall waren Dinge, die sie kannte. Da war die Kommode, die bei ihnen im Flur gestanden hatte, solange Mama und Papa zusammen waren, zu Hause hatte sie eine seltsame Leerstelle hinterlassen, man sah ihre Umrisse im Schmutz an der Wand.

Diese Kommode stand jetzt hier im Flur, in diesem Zuhause, als wäre das ganz natürlich. Zwei Stühle mit Leopardenmuster, die Harriet immer zum Höhlenbauen benutzt hatte, standen jetzt in der fremden Küche. Sie hörte Geräusche von oben. Kam Amelia herunter? Zwei andere Kinder, Jungen, erschienen schweigend auf der Treppe, doch als sie sie sahen, drehten sie sich um und verschwanden wieder.

Mama kehrte mit einer Matratze zurück, die vom Luftzug ganz kalt war und voller seltsamer erwachsener Flecken. Dann zeigte sie ihr das Zimmer, wo sie schlafen sollte, ein Arbeitszimmer mit einem Schreibtisch und einem Bücherregal voller Ordner. Mama breitete ein Laken über die Matratze und bezog das Bettzeug.

»Ist das für dich in Ordnung?«, fragte sie.

»Ja«, sagte Harriet. »Wo ist Amelia?«

»Sie schläft«, sagte Mama. »Sie hat es nicht geschafft, so lange aufzubleiben. Ihr seht euch ja morgen.«

Harriet zog sich den Schlafanzug an und kroch unter die Decke. Die Matratze war dünn, sie lag direkt auf dem Teppich, der nach einem Hund roch, den sie noch nicht gesehen hatte.

Mama setzte sich neben sie auf den Boden, legte eine Hand an ihre Wange.

»Ich hoffe, es geht gut.«

Harriet atmete vorsichtig ein, Mamas Haar roch nach einem Shampoo, das nur ihr gehörte, und als sie das merkte, kitzelte es in ihrem Bauch.

Am nächsten Morgen wachte sie früh auf, sie spürte die Dielen unter ihrem Rücken und lauschte auf die Geräusche im Haus. Hinter den Jalousien schien bereits die Sonne, und Harriet ließ den Blick über die Rücken der Ordner im Regal gleiten, sie waren nach Jahreszahlen geordnet, beginnend mit 1971, 1972, 1973, 1974, 1975. Irgendwann erwachte jemand, sie hörte das Schlagen einer alten Tür, die geöffnet wurde, Schritte auf der Treppe und einen Wasserhahn in der Küche. Sie schlich in den Flur und schaute hinein, und in der Küche stand Mama in einem Bademantel, den sie aus dem Zuhause gestohlen hatte, in dem sie davor gelebt hatte. Sie machte sich einen Tee, und als eins der Eier im Topf sprang, sagte sie »Shit«, und das hatte Harriet sie noch nie sagen hören. Sie beobachtete, wie ihre Mutter das Frühstück zubereitete, ihre raschen Schritte zwischen den verschiedenen Stationen. Was war das eigentlich für ein Mensch? Harriet erkannte ihre Bewegungen nicht wieder, auch ihre Stimme kam ihr anders vor, greller. Sie wirkte hier nervöser als zu Hause. Harriet wurde plötzlich traurig, denn sie dachte, dass dies wahrscheinlich Mamas richtige Version war. Sie hatte all die Jahre nur so getan, als wäre sie Mama, gefangen in einem Zuhause, von dem sie sich fortgesehnt und in dem sie Frühstück für ein Kind zubereitet hatte, dessen Mutter sie gar nicht sein wollte. Hier aber, in dieser Küche, war sie sie selbst. Harriet sah zu, wie sie Teller auf den Tisch stellte. Dieser neuen Mama fiel es schwer, mit ihr zu reden.

Dann kamen alle nacheinander herunter. Zuletzt Amelia. Harriet nahm sich vor, sie an diesem Wochenende so viel wie möglich anzusehen, um sich ihr Gesicht einzuprägen. Sie dachte, sie könnte ihre Schwester umarmen, wenn sie kam, aber Amelia machte keinerlei Anstalten, auf sie zuzugehen, und vielleicht war das auch gar nicht so erstaunlich, sie hatten sich ja nie umarmt. Amelia setzte sich ans Ende des Tisches und goss Milch in eine Schüssel. Harriet lauschte den Gesprächen am Tisch über Menschen, die sie nicht kannte, und Dinge, die ihr fremd waren. Sie schaute Mama an, wenn sie sich sicher war, dass die es nicht merkte, beobachtete sie heimlich. Mama sprach mit Amelia über ein Ferienlager, auf das sie nächste Woche fahren würde. Und Sachen, die für den Schulstart besorgt werden mussten. Es war seltsam und irgendwie abstoßend: der Gedanke, dass das Leben hier nach dem Wochenende, wenn sie wieder weg war, einfach weitergehen würde. Die Küche kam ihr immer komischer vor, die Gerüche intensiver. Einer der Jungen schnitt dem anderen eine Grimasse, um ihn zu ärgern, den Mund voller Dickmilch, daraufhin begannen sie, sich zu prügeln. Mamas neuer Freund brüllte, sie sollten das lassen, und als sie es nicht taten, packte er einen von ihnen. Mama schrie, etwas fiel zu Boden. Harriet hatte nicht bemerkt, dass Amelia aufgestanden war und ganz dicht bei ihr stand.

»Wollen wir baden gehen?«, flüsterte Amelia.

Sie liefen eine abschüssige Wiese hinunter, jetzt sah

Harriet den See, im Morgenglanz spiegelte er den Himmel. Sie stellten sich auf den Holzsteg und schauten auf den schlammigen Grund, und Amelia holte einen Zweig und steckte ihn in den Schlamm, und Bläschen stiegen auf. Harriet tat es ihr nach, und bald blubberte das Wasser, als wäre es mit Kohlensäure versetzt. Sie zogen sich aus und gingen in das knietiefe Wasser, Harriet sah Kaulquappen, die träge davonschwammen, dicht unter der Wasseroberfläche. Sie gingen ein Stück in den See hinein, der Schlamm fühlte sich angenehm an, leistete ein klein wenig Widerstand, es war, als wollte der Boden sie ein bisschen festhalten, bevor sie weiterdurfte. Harriet blickte den Hang hinauf und sah das Haus. Auf dem Holzdeck der Veranda entdeckte sie Mama, die sich hingesetzt hatte, um in der Morgensonne Zeitung zu lesen. Die beiden Jungen taumelten aus der Tür, während sie miteinander rangen – ob im Spiel oder im Ernst, war nicht zu erkennen. Ihre Rufe hallten über den See.

»Diese Vollidioten sind so was von anstrengend«, sagte Amelia.

»Der Kleinere ist doch ganz süß«, meinte Harriet. »Vielleicht kommt ihr ja zusammen.«

Amelia lachte laut auf, dann streckte sie die Hände aus und machte Krebszangen daraus, schnappte mit den Fingern in die Luft. »Das gibt jetzt die Krabbe für dich.«

Es zog in Harriets Bauch, sie erinnerte sich an einen anderen See in einem anderen Leben, in dem sie als Geschwister in einer Familie zusammengelebt hatten. Harriet kreischte glücklich und versuchte zu fliehen, Amelia setzte ihr nach, und das Wasser spritzte, und ihr Lachen hallte über den stillen See. Im grünen Wasser fielen sie übereinander, und Harriet schwamm davon, aber ganz langsam, und sie ließ sich fangen, denn sie wollte die Nähe ihre Schwester spüren.

Sie kehrten zum Steg zurück und hüllten sich in Handtücher. Später fragte Papa Harriet immer wieder, was eigentlich dort am Wasser passiert sei, was zu der Katastrophe geführt habe. Er wollte genau wissen, was sie zueinander gesagt hatten und wie es so schief hatte gehen können. Harriet weigerte sich, es zu erzählen, obwohl Papa ihr keine Ruhe ließ, obwohl er wütend wurde und sie anbrüllte. Sie sagte kein Wort, und sie wusste, dass sie es niemals tun würde. Dabei erinnerte sie sich an jede Einzelheit. Sie weiß noch genau, wie Amelia sich umgedreht und zum Haus hochgeblickt hatte, um sicherzugehen, dass niemand sie hören konnte. Und wie sie sich dann zu ihr herübergebeugt und ihr gesagt hatte, sie müsse ihr etwas erzählen. Und Harriet hatte reagiert, ohne nachzudenken. Sie hatte sich einfach auf Amelia gestürzt und begonnen, ihr ins Gesicht zu schlagen. Mit den Fäusten hämmerte sie auf sie ein, und Amelia schützte sich mit den Armen, versuchte, Harriet an den Handgelenken festzuhalten. Und schließlich schlug sie zurück. Papa hatte ihnen immer gesagt, es sei in Ordnung, sich zu prügeln, man müsse aber fair bleiben. Das hier war keine faire Prügelei. Es war bitterer Ernst. Sie kratzten einander, zielten auf die Augen, rissen sich an den Haaren, Harriet erinnert sich an Amelias verblüfften Gesichtsausdruck, als ein ganzes Büschel in ihrer Hand zurückblieb. Und dann am Ende; die Handtücher waren ihnen längst von den Körpern gerutscht, sie rangen nackt miteinander, und Harriet war es gelungen, ihre Schwester auf den Rücken zu zwingen, und Amelia packte sie im Nacken, presste ihren Kopf an ihren Brustkorb, und Harriet lag da, mit dem Ohr am Herzen ihrer Schwester, sie hörte es schlagen, und da biss sie Amelia in die Brustwarze, so fest sie konnte. Die Brustwarze wurde abgerissen, landete in ihrem Mund. Sie fühlte sich wie Gummi an zwischen ihren Zähnen, sie erinnert sich, wie sie sie überrascht ausspuckte, und da lag sie auf dem Steg und glänzte in der Morgensonne. Dieser Geschmack nach Eisen. Und alles war still, und dann war nur noch Chaos. Das wilde Gebrüll ihrer Schwester, noch nie hatte Harriet jemanden so brüllen hören. Amelia lag zusammengerollt da, die Hand auf die Brust gepresst, und Harriet erinnert sich, dass sie neben ihr saß, wie erstarrt, und sah, wie ihre Mutter oben auf der Veranda aufstand, und dann füllte sich die Steintreppe oben mit Menschen, Mamas neuer Freund und diese Jungen standen da und schauten. Alle miteinander kamen die Wiese heruntergelaufen, und als Mama bei ihnen angelangt war, zwang sie Amelia, ihre Brust zu zeigen, und als sie das viele Blut sah, drehte sie sich zu Harriet um.

»Was hast du getan?«, brüllte sie. »Sag schon, was hast du getan?«

Harriet antwortete nicht auf die Frage, nicht dieses Mal und auch alle darauffolgenden Male nicht. Mama presste ein Handtuch auf Amelias Wunde, und ihr Freund suchte auf allen vieren nach der Brustwarze. Schließlich fand er sie und legte sie auf seine Handfläche. Sie trugen Amelia den Hang hinauf und eilten mit ihr zum Auto. Sie wollten zum Krankenhaus, um die Brustwarze wieder annähen zu lassen. Da wussten sie noch nicht, dass das nicht ging, dass man eine Brustwarze nicht wieder annähen kann, wenn sie erst einmal abgebissen ist. Sie trugen sie schnell davon, und Amelia stand immer noch unter Schock und schrie vor Schmerz.

»Du fährst nach Hause«, rief Mama vom Auto aus. »Du fährst sofort wieder nach Hause!« Das waren die letzten Worte, die Harriet je von ihr hörte. Amelia wurde ins Auto gesetzt, die beiden Jungen auf die Rückbank verfrachtet, und dann waren sie verschwunden.

Es wurde still, absolut still, nur die Geräusche des Sommers blieben und kamen ihr jetzt noch viel intensiver vor. Vögel, die viel zu laut sangen, Bäume im Wald, die seltsam knarrten, kleine Steine, die auf größere zurollten, an einem Ort, den sie nicht ausmachen konnte. Wind kam auf, und der See vor ihr begann, sich zu kräuseln. Harriet ging zum Haus hinauf, setzte sich mit dem Rücken zum Zaun und wartete auf Papa. Sie wartete viele Stunden, sah, wie die Sonne ihrer Bahn über dem

Wald folgte. Ein Hund kam angelaufen und schnaufte ihr ins Gesicht. Das Tier, dessen Spuren sie im Haus gesehen hatte. Sie beugte sich vor, um ihn zu streicheln, doch da verschwand er Richtung Wald. Am späten Nachmittag hörte sie die bekannten Motorgeräusche von Papas Auto hinter den Bäumen. Und während es Abend wurde, fuhren sie wieder zurück Richtung Stockholm. Und die ganze Zeit über hielt sie das Versprechen, das sie sich selbst gegeben hatte: Sie würde es nicht erzählen, und am Ende hatte Papa keine Lust mehr, immer das Gleiche zu fragen, ohne eine Antwort zu bekommen, und es wurde endlich still im Auto. Nicht einmal das Radio lief, man hörte nur noch das Brummen des Motors und das Zischen, wenn ein entgegenkommender Wagen vorbeifuhr. Es wurde spät und begann zu dämmern, die Sonne flimmerte zwischen den Bäumen, und diesmal hielt Harriet sich wach, schlief nicht ein einziges Mal ein, lautlos trieben sie in den Abend hinein, und in dieser Stille wusste sie, wusste bereits in diesem Moment, dass sie von nun an auf der Flucht sein würde, dass sie alles andere hinter sich lassen musste, jetzt gab es nur noch Papa und sie.

Der Zug hält an einem Bahnhof in einer Stadt, die vollkommen menschenleer wirkt. Eine Trillerpfeife ertönt weit draußen auf dem Bahnsteig, dann fahren sie wieder los, in den Sommer hinein. Papa steht auf, sagt, er müsse pinkeln, und sie nutzt die Gelegenheit, ihn zu fragen, ob er ihren Rucksack herunterheben könne, sie wolle die Wiesen draußen zeichnen, und er reicht ihn ihr. Sie blickt ihm hinterher, der Zug schaukelt, und Papa muss sich an den Nackenstützen der Sitze festhalten. Der Gedanke, dass ihr Vater alt ist, kommt und verschwindet wieder, bleibt aber gleichzeitig irgendwo hängen. Sie öffnet ihren Rucksack und nimmt das Etui mit den Filzstiften und den Malblock heraus. Ganz unten im Rucksack entdeckt sie die Urne. Sie sieht das kleine Kreuz auf dem Deckel, das zugleich als Handgriff dient, wenn man die Urne öffnen möchte. Vorsichtig nimmt sie sie heraus und stellt sie auf ihren Schoß. Sie ist hellgrau und außen rau wie Sandpapier. Sie umfasst sie mit den Händen und hat das Gefühl, sie wäre immer noch warm, als wäre Glut darin, die noch nicht erloschen ist. Doch das bildet sie sich wahrscheinlich nur ein – die Urne hat sehr lange bei ihnen im Flur gestanden. Sie stellt sie auf den Tisch. Als sie sich vorbeugt und näher hinschaut, kommt ihr das Kreuz plötzlich sehr groß vor. Sie nimmt die Stifte heraus und malt eine Sommerwiese, und darüber malt sie Wolken, weiß und hoch, und in eine Ecke des Bildes eine Schar Vögel unter einer knallgelben Sonne. Mitten auf dem Feld lässt sie ein großes Kreuz in den Himmel ragen, mit Jesus daran.

»Mein Gott, was machst du denn da?«, fragt Papa.

Er steht im Mittelgang, die kleinen Augen weit aufgerissen.

»Pack das ganz schnell wieder ein.«

Rasch stopft sie die Urne in den Rucksack zurück, und Papa nimmt ihn ihr ab. Er legt ihn wieder auf die Ablage und lässt sich auf seinen Sitz sinken. Das Blut rauscht durch ihren Körper, ihr ist heiß, und sie kommt sich blöd vor. Und der Zug fährt jetzt schnell, man kann draußen keine Einzelheiten mehr erkennen, alles verwischt, sie fahren immer schneller durch die Welt. Scharfe Geräusche direkt außerhalb des Zugs, es knackt und knirscht und heult. Soll der Zug tatsächlich so schnell fahren? Harriets Stifte rollen durcheinander, rutschen über den Tisch, sie muss sie festhalten, damit sie nicht hinunterfallen. Sie sieht ihr Bild vor sich, die Sommerwiese und die Sonne und die Vögel und Jesus am Kreuz, mit zwei schwarzen Punkten als Augen und einem Strich als Mund. Die dünne schwarze Linie bildet ein Lächeln. Es ist ein gemeines Lächeln.

KAPITEL 6

Yana

Ihr reservierter Sitzplatz befindet sich direkt neben der Zugtoilette, und sofort bildet sich eine kleine Schlange, drei, vier, fünf Menschen müssen anscheinend ihrem morgendlichen Harndrang nachgeben. Yana zieht das Album heraus und legt es sich auf den Schoß. Sie möchte sich die Bilder in Ruhe ansehen und fühlt sich durch die Toilettengänger gestört. Die vollen Blasen der Mitreisenden auf Augenhöhe, ihr Urin unangenehm nah. Yana steht auf und geht den Gang entlang. Im Ruhebereich sitzen die beiden Soldaten, die sie auf dem Bahnsteig gesehen hat. Sie haben die langen Beine unter dem Tisch zwischen sich ausgetreckt, die groben Stiefel liegen durcheinander am Boden. Einer von ihnen hat rotes Haar. »Ist hier noch frei?«, fragt Yana.

»Ja, klar«, sagt der Rothaarige und räumt die Sachen vom Sitz neben sich. Yana lässt sich nieder, das Polster ist durchgesessen, sie spürt das Metall durch den Stoff. Die Männer schauen nach draußen, auf die Landschaft. Als sie in einen Tunnel fahren, wissen sie nicht mehr, wohin mit ihren Augen. Die Felswände brüllen durch die geöffneten Fenster.

»Sitzt ihr im Ruhebereich, weil ihr eure Ruhe haben wollt?«, fragt Yana.

»Nein, nein«, antwortet wieder der Rothaarige. »Wir haben die Plätze nicht selbst gebucht, keine Ahnung, wieso wir hier gelandet sind.«

»Aha. Dann muss man also nicht absolut still sein.«

Der Mann lacht.

»Nein, nein«, sagt er wieder.

Yana schlägt die Beine übereinander und muss dabei ein wenig nachhelfen, fasst sich rasch mit beiden Händen unters Knie, um es über das andere zu heben. Sie spürt, dass die beiden Wehrpflichtigen sie beobachten. Sie kennt diese Art von Blicken, so diskret sie auch sein mögen, denn die Situation ist ihr vertraut; aus dem Augenwinkel wird konstatiert, dass sie dick ist.

Früher hat sie als Sicherheitsmitarbeiterin bei der U-Bahn gearbeitet, und der Grund, weshalb sie sich dort nicht wohlgefühlt hat, waren genau diese ersten Sekunden, wenn die Menschen, denen sie begegnete, sie kurz musterten und dann so taten, als hätten sie nichts bemerkt. Bei den Abendschichten war es weniger subtil zugegangen, da war es vorgekommen, dass betrunkene Jugendliche ihr hinterherriefen, wenn sie vorbeiging. Schließlich hatte sie um ihre Versetzung gebeten und bekam den Ticketschalter an der U-Bahn-Haltestelle Hägerstensåsen zugeteilt. Dort gefällt es ihr besser, sie fühlt sich in ihrem Käfig geschützt, ihre Oberschenkel bleiben unter dem Tisch verborgen.

Ihre Psychologin hat zu ihr gesagt, sie müsse raus aus ihrer Einsamkeit, sie müsse versuchen, Begegnungen mit anderen Menschen auszuhalten. Doch das ist schwierig. Sie ist noch nie besonders gesprächig gewesen. Am Sonntag vor einigen Wochen wurde ihr bewusst: Sie hatte ihre Stimme das ganze Wochenende nicht benutzt. Nicht ein Laut war in den letzten achtundvierzig Stunden über ihre Lippen gekommen. An diesem Abend lag sie im Bett und probierte ihre Stimme aus, lange Vokale im dunklen Schlafzimmer.

Ein anderes Beispiel: Vor ein paar Tagen hat sie im Lebensmittelgeschäft an der Kasse angestanden, und als die Kundin vor ihr bezahlen wollte, stellte sie fest, dass sie ihr Portemonnaie vergessen hatte. Sie stand eine Weile ratlos da und wandte sich dann an Yana.

»Entschuldige, könntest du vielleicht zahlen, und ich überweise dir gleich den Betrag?«

Yana erstarrte.

»Ich habe mein Portemonnaie vergessen«, erklärte die Frau. Yana begann zu stottern, aus irgendeinem Grund wollte sie nicht, ohne eigentlich zu wissen, wieso. Irgendwie hatte sie Gefühl, etwas stimme da nicht. Jemand hinter ihr rief: »Du kannst mir das Geld überweisen.« Und dann hatten die beiden Frauen auf ihren Handys herumgetippt und locker und mühelos miteinander geplaudert, es wirkte alles so einfach, und die Kundin verschwand, und Yana stand da und kam sich einfach nur dumm vor.

Als Kind schlug sie mit der Faust auf den Fernseher, sobald er flimmerte, genau wie ihr Vater, um ihn auf magische Weise wieder zum Funktionieren zu bringen, doch irgendwann schaltete sie ihn stattdessen aus, denn ein Zwangsgedanke hatte sich in ihr eingenistet: Was, wenn nicht der Fernseher kaputt war, sondern mit ihren Augen etwas nicht stimmte? Und so begann sie die Welt um sich herum fortan zu sehen: Vielleicht sind gar nicht die Leute merkwürdig, sondern eher ihr Blick auf sie.

Yana wirft den beiden jungen Männern einen Blick zu, dann zieht sie das Fotoalbum heraus und legt es vor sich auf den Tisch.

»Wo seid ihr stationiert?«, fragt sie.

»Linköping.«

»Linköping«, wiederholt sie. »Ich muss noch weiter nach Westen, bis Malma.«

»Was willst du da?«

»Tja, das ist eine lange Geschichte.«

Einer der Männer fingert an seiner Mütze herum, die er abgesetzt und sich auf den Schoß gelegt hat. Und Yana beginnt zu erzählen, berichtet mit einer Leichtigkeit, die sie selbst überrascht, was in letzter Zeit alles passiert ist. Vielleicht hat es etwas mit dem wachen Blick der beiden zu tun, ihrem freundlichen Lächeln. Sie sind neugierig, was sie zu erzählen hat, Yana spürt ein echtes Interesse, und das gibt ihr Kraft.

Sie beginnt ganz von vorn. Als sie ein kleines Mädchen war, sei einmal ein Zirkus in die Stadt gekommen. Jeden Tag, wenn ihr Vater sie zur Schule brachte, habe sie verfolgen können, wie in Gärdet nach und nach alles aufgebaut wurde: ein Pferdegehege und ein weiteres für die Elefanten. Pfosten und Popcornstände seien errichtet worden. Immer wieder habe sie ihren Eltern davon vorgeschwärmt. Sie habe sich aber nicht getraut zu fragen, ob sie nicht hingehen könnten, aber wahrscheinlich hatten sie ihr auch so angemerkt, wie sehr sie es sich wünschte. Zu dieser Zeit ging die Ehe ihrer Eltern in die Brüche. Eines Tages stritten sie sich noch heftiger als sonst, sagten Unverzeihliches zueinander, Dinge, die nicht wiedergutzumachen waren. Sie selbst saß in ihrem Zimmer und hörte, wie ihre Eltern sich anschrien. Mitten im größten Tumult verließen ihre Eltern die Wohnung. Sie wollten spazieren gehen, sagten sie zu ihr, und als sie am Nachmittag zurückkamen, schauten sie zu ihr herein. Mama hielt die roten Eintrittskarten in der Hand und wedelte damit vor ihrem Gesicht herum, als wollte sie sich Luft zufächeln. Versöhnt und vielleicht auch mit schlechtem Gewissen hatten sie anscheinend beschlossen, dass Yana zum ersten Mal in ihrem Leben in den Zirkus gehen sollte. Also zog sie ein rotes Kleid an und ließ sich von ihrer Mutter die Haare bürsten, und dann gingen sie alle drei zusammen in den lauen Abend hinaus. Die Sonne war bereits untergegangen, doch es war immer noch heiß, irgendetwas stimmte nicht an diesem Sommer, er zog sich bis in den Herbst, und es war jeden Tag beinahe unerträglich heiß.

Bereits von Weitem konnte Yana die Scheinwerfer sehen, und als sie näher kam, nahm sie auch den Geruch nach Zuckerwatte, Tierkot und Heu wahr. Das Zelt war so weiß, dass es beinahe blau wirkte, und fest im Boden verankert. Sie gingen an einer langen Reihe von Zirkus- und Wohnwagen vorbei, und Papa erzählte, dass darin die Artisten wohnten. Yana fand, dass es romantisch aussah, und stellte sich vor, wie abends alle ums Feuer saßen, immer noch silbern gekleidet und stark geschminkt, wie sie Wein tranken und sangen, es war noch früh in der Nacht und ewig bis zur nächsten Vorstellung. So sieht Freiheit aus, dachte sie da.

Mama hatte Karten für die besten Plätze direkt an der Manege gekauft. Darüber regte Papa sich gleich wieder auf. Von der Tribüne aus sehe man doch genauso gut, wieso solle man so viel Geld bezahlen? Doch so war Mama, sie wollte immer ein Leben führen, das sie sich eigentlich nicht ganz leisten konnte, und Yana nimmt an, dass sie es tat, um sich selbst oder das Leben, in dem sie gelandet war, besser zu ertragen. Über ihnen auf der Tribüne saß eine Gruppe von Jugendlichen, die Bier mit hereingenommen hatten. Und um sie herum war kaum ein Wort Schwedisch zu hören, die meisten Zuschauer schienen Deutsche zu sein. Ein Clown kam rein und kommunizierte ausschließlich über Körpergeräusche, er quiekte und grunzte. Die Geräusche machten Yana Angst, es war, als hätte er seine Sprache vergessen und nur noch diese Laute zur Verfügung. Die Musik kam ihr verzerrt und schief vor und drang viel zu laut aus den krächzenden Lautsprechern. Und in der Stille zwischen den einzelnen Nummern hörte sie schrilles Schreien von verängstigten Tieren hinter den Kulissen, von Tieren, die eingesperrt waren und rauswollten. Ein Heulen vor dem Zelt, Drahtseile, die in der Dunkelheit rissen. Ein Mann in weißem Anzug trat mit einem Affen auf der Schulter und einem kalten Lächeln auf den Lippen in die Manege. Der Affe trug eine goldene Weste und lief seinem Besitzer ständig weg. Der Mann zog einen Ball heraus und warf ihn dem Affen zu, doch als er ihn anschließend aufforderte, ihn zurückzuwerfen, warf der Affe den Ball einfach fort, er landete in den Sägespänen mitten in der Manege, und das Publikum applaudierte so künstlich, als bestünde es aus Schauspielern. Der Mann holte sich den Ball und warf ihn erneut dem Affen zu, der ihn wieder auffing, doch da wandte das Tier sich dem Publikum zu und warf den Ball in die Menschenmenge.

»Ich wollte ihn wirklich nicht fangen«, sagt Yana zu den Wehrpflichtigen. »Aber der Ball flog direkt auf mich zu.«

Sie sei also aufgestanden und habe ihn gefangen.

»Eine perfekte Ballannahme, das Publikum klatschte. Und der Mann im weißen Anzug rief mir zu, ich solle den Ball dem Affen zuwerfen, aber ich stand einfach nur da. Ich war wie gelähmt.«

Yana nimmt die Tabakdose mit dem Snus vom Tisch und demonstriert, wie es war, hält sie ratlos in der rechten Hand.

»Der Ball war aus Gummi und schwerer, als ich gedacht hatte. Und er war geriffelt, ein Zickzackmuster, an das ich mich noch genau erinnere, und der Mann schrie, ich solle endlich werfen. *Throw the ball! Throw the ball!*«

Ein Scheinwerfer habe sich wie aus dem Nichts auf sie gerichtet, und das grelle Licht habe sie geblendet. Ihrer Mutter habe es einen Energieschub verpasst, so im Mittelpunkt der Aufmerksamkeit zu stehen, sie habe Yana geschüttelt und ihr zugezischt, sie solle den Ball endlich werfen, die unverständlichen Aufforderungen der Deutschen kamen immer näher, die Farben intensivierten sich, überall Signalfarben, als wollte das Zelt sie warnen. Sie habe zur Kuppel des Zirkuszelts hinaufgeschaut, wo die glänzenden Heliumballons hingen, die den Kindern aus der Hand gerutscht waren. »*Throw the ball!*«, habe der Mann im weißen Anzug erneut gerufen.

Und da habe sie ihn geworfen.

»Der Ball traf den Affen am Kopf. Er fiel um und begann zu zucken, als wäre er tödlich getroffen. Der Mann im weißen Anzug lief zu ihm, und ein paar andere folgten, alle versammelten sich um das Tier. Und die Deutschen auf den Rängen schrien: ›*You killed the monkey!*‹ Meine Eltern standen auf und zerrten mich mit sich, sie wollten sofort gehen. Ich weinte und sah vor lauter Tränen den Ausgang nicht.«

Durch den dunklen Septemberabend seien sie nach Hause geeilt, ihre Eltern hätten kein Wort gesprochen. Schwül sei es gewesen, und auf dem Weg durch Gärdet habe der Sternenhimmel dicht über ihnen gehangen. Zu Hause hätten ihre Eltern sie gleich zum Zähneputzen und ins Bett geschickt.

»Ich lag da und versuchte zu schlafen. Meine Eltern stritten sich wieder und brüllten herum. Der Streit dauerte lang, länger als sonst. Und dann wurde es still. Meine Mutter öffnete plötzlich meine Zimmertür, blieb eine Weile stehen und schaute herein. Als sie merkte, dass ich wach war, trat sie ein paar Schritte näher und streckte die Arme aus. ›Ich habe dein Armband an‹, flüsterte sie und zeigte mir das Armband, das ich ihr aus rosa und blauen Perlen gemacht hatte. ›Ich werde es immer tragen.‹ Als ich am nächsten Morgen aufwachte, waren beide weg.«

Sie blickt zu den jungen Männern auf.

»Spätabends kam mein Vater zurück. Ohne meine Mutter.«

Yana legt eine Hand auf das Album. Der Einband ist von der Sonne, die durchs Fenster fällt, ganz warm geworden.

»Mein Vater hat mir nie erzählt, was passiert ist, meine Mutter war einfach weg, und lange Zeit habe ich gedacht, es wäre meine Schuld gewesen. Ich dachte, sie wäre nicht zurückgekommen, weil sie sauer auf mich war. Weil ich den Affen getötet hatte.«

Sie lacht, schaut auf die Tischplatte.

»Und mein Vater hat keine Anstalten gemacht, es mir zu erklären, kein einziges Mal hat er das gesagt, was ich hören wollte: Es war nicht deine Schuld. Kein einziges Mal haben wir darüber gesprochen, was an dem Tag wirklich passiert ist.«

Langsam streicht sie über das Kunstleder.

»Aber nun ist er vor ein paar Wochen gestorben. Und gestern habe ich das hier in seiner Wohnung gefunden.«

Sie schlägt die erste Seite auf. Das dünne Schutzpapier ist vergilbt, darunter zeichnen sich die Konturen der Fotos ab, und Yana spürt, wie ihr Herz klopft. Wie albern der Zufall doch ist, und was für große Dinge er in Bewegung setzen kann. Die Härchen an ihren Unterarmen richten sich auf, als sie die dunklen Quadrate hinter dem dünnen Papier betrachtet.

»Dieses Fotoalbum ist von 1976«, sagt sie. »Und schon, als ich die ersten Bilder gesehen habe …«

»Entschuldigung …«, sagt der Rothaarige.

Sie blickt zu ihm auf.

»Das ist alles wahnsinnig interessant.« Er beugt sich zu ihr vor. »Aber wir haben gestern gefeiert, weil es unser letzter Urlaubstag war. Wir haben nicht viel geschlafen. Und ich glaube, wir müssen uns noch ein bisschen ausruhen, bevor wir ankommen.«

Sie sieht den Rothaarigen an und dann den anderen. Erst jetzt nimmt sie die Blicke wahr, die sie tauschen, eigentlich hat sie sie schon die ganze Zeit gesehen. Einer von ihnen dreht sich mit einem leichten Lächeln auf den Lippen zum Fenster. Yana klappt das Album zu und stopft es in ihre Tasche. Dann steht sie auf und geht davon.

KAPITEL 7

Oskar

Oskars Handy vibriert, auf dem Display steht »YANA«. Er schaltet auf lautlos und lässt es klingeln. Bevor es ausgeht, blinkt es noch ein paarmal. Oskar schaut aus dem Fenster. Der Zug hat gerade wieder an einem Bahnhof gehalten, Kleinstadtgeräusche dringen herein. Ein Junge fährt auf einem Skateboard vorbei, und jedes Mal, wenn ihm ein Trick misslingt, klingt es wie ein Pistolenschuss. Ein unschlüssiger Wind fährt in die Fahnenstangen auf dem Marktplatz, die Nylonschnüre schlagen schlaff gegen das Holz. Ein paar Gartenzäune weiter ist ein Rasenmäher zu hören, dann ein ähnliches Geräusch, aber näher, Oskars Handy schon wieder, durch die Vibration gleitet es langsam über die Tischplatte. Er nimmt es hoch, auf dem Display steht wieder »YANA«, er drückt das Gespräch weg und legt das Handy zurück.

Im Bordbistro hat er zwei Becher Tee gekauft und versucht nun zu trinken, aber das Wasser ist immer noch zu heiß. Wie kann man ihn so kochend heiß ausschenken? Wieder klingelt Oskars Handy, »YANA«, und wieder drückt er den Anruf weg. Wahrscheinlich sollte er drangehen, aber er weiß nicht, was er zu ihr sagen soll. Bestimmt macht sie sich Sorgen, nach allem, was gestern passiert ist, und dann sind am nächsten Morgen auch noch beide Eltern fort. Er merkt ihr ja an, dass das alles sie nicht kaltlässt. Sie hört und sieht einfach alles. Mitten im Streit spürt er manchmal irgendetwas, und wenn er Richtung Flur guckt, steht da ein Schatten und lauscht, und dann verschwindet Yana wieder in ihrem Zimmer. Dort hält sie sich in letzter Zeit häufig auf. An manchen Nachmittagen bekommt Oskar sie fast gar nicht zu Gesicht. Und wenn er abends zum Essen ruft, kommt sie heraus, isst schweigend und verschwindet wieder. Sie begrüßen sich auch immer seltener, wenn er von der Arbeit nach Hause kommt. Neulich hat Oskar zu ihr hineingeschaut, und da saß sie in der Fensternische und hat geweint. Ihre Mascara war verlaufen. Er hatte gar nicht gewusst, dass sie sich bereits schminkte, wann hatte sie damit angefangen? Tat man das schon mit elf?

»Wie geht es dir?«, hatte er gefragt.

»Gut.«

»Hast du geweint?«

»Nein.«

Und dann sagte sie nichts mehr, saß nur da und schaute ihn an, und er suchte nach Worten, irgendetwas, das sie einander näherbringen könnte, aber ihm fiel nichts ein.

Wann weiß man, dass man ein Kind verloren hat?

Wahrscheinlich gibt es keinen festen Zeitpunkt, so etwas geschieht schrittweise, kaum spürbare, merkwürdige kleine Verschiebungen. Aber irgendwann muss es doch angefangen haben, mit einer Distanz, die sich plötzlich auftat. Ein Spalt zwischen Kind und Elternteil, und wenn der einmal entstanden ist, lässt sich die Trennung nicht mehr aufhalten. Denn so war es doch nicht von Anfang an zwischen ihnen gewesen? Oder doch? Ein Gespräch zu später Stunde in der Küche, vor langer Zeit. Er und Harriet wohnten noch in dieser engen kleinen Wohnung, er besaß nur einen Anzug, den er jeden Morgen trug, wenn er zur Arbeit ging, um Besichtigungstermine für die unwichtigsten Objekte des Maklerbüros durchzuführen. Yana war zehn Monate alt, ein Säugling, der tagsüber keinen Laut von sich gab, nachts aber schrie, sie scherzten oft darüber. Wenn sie still in ihrem Wagen lag, sagten sie zueinander, sie sammelt wohl Kraft für die Nacht. Es war ein kalter Abend, immer noch Januar, es war dieser Winter, der ihnen dunkler vorkam als andere. Wenn sie auf den Balkon traten, konnten sie manchmal die Milchstraße sehen, sie wirkte so greifbar, wie ein Silbertunnel zwischen den Welten. An jenem Abend hatten sie einen Kindheitsfreund von Oskar zu sich eingeladen. Er hieß Joakim, wurde jedoch von allen Bornholm genannt, seit er sich ein Häuschen auf der gleichnamigen Insel gekauft hatte. Ein paar Jahre später verkaufte er es schon wieder, doch der Name blieb ihm erhalten. Nach dem Abendessen saßen sie noch lange zusammen und öffneten eine Flasche Wein nach der anderen, und da wachte Yana wieder auf.

Es geschah immer so unvermittelt, von null auf hundert, kein leises Wimmern als Vorwarnung, sondern sofort Chaos. Oskar und Harriet hörten das Geheul und schauten beide in den Aschenbecher, er flüsterte: »Ich pack es einfach nicht …« Harriet erhob sich mit einem Seufzer, der weniger verärgert als resigniert war, und ging, um das Kind wieder zum Schlafen zu bringen.

»Die hat ja ein krasses Organ«, sagte Bornholm und lachte.

»Man hört es durch jede Wand.«

Bornholm blickte ihn forschend an, senkte die Stimme und sagte: »Ich glaube, sie braucht einfach Nähe.«

»Ja«, sagte Oskar. Und nach ein paar Sekunden Stille: »Oder wie meinst du das?«

»Nimm sie auf den Arm«, erwiderte Bornholm. »Nimm sie, sooft du kannst, auf den Arm.«

Oskar lachte. »Mach ich doch. Das machen wir beide.«

»Ja«, sagte Bornholm, und dann wurde es still, und das schwache Licht veranstaltete Kunststücke mit seinem Gesicht, die Brillenbügel zerflossen an seinen Schläfen. »Wenn wir uns mit den Kindern zum Grillen im Park treffen, fällt mir auf, dass ihr sie immer in ihrem Wagen lasst.«

»Dann schläft sie doch«, sagte Oskar.

»Ist dir das wirklich noch nie aufgefallen?«, flüsterte

Bornholm. »Alle anderen nehmen ihre Kinder aus dem Wagen. Ihr dagegen fasst Yana gar nicht an. Ich weiß nicht, ob ich sie überhaupt je auf deinem Arm gesehen habe.«

Oskar lächelte und schüttelte den Kopf, ganz langsam sickerte es in ihn ein, wie unverschämt das war, was Bornholm da sagte, ein Gift, der Raum wurde immer enger, diese Küche, von der aus man zwischen den Häusern einen Zipfel vom Meer sehen konnte, die breiten, warmen Dielen am Boden, der Tisch voller Weinflaschen, die Schatten an die Wand warfen. Er zog seine Marlboros heraus, und Yana schrie immer lauter, und er hörte Harriets gedämpftes Murmeln aus dem Schlafzimmer nebenan, und sie beide saßen stumm in der Küche, und Oskar schüttelte noch einmal den Kopf, dann lächelte er kurz und sagte, während er seine Zigarette anstarrte:

»Ich glaube, es ist besser, wenn du jetzt gehst.«

»Aber Oskar ...«

»Was willst du mir eigentlich sagen, verdammte Scheiße?« Oskar sprang auf und begann, die Teller zusammenzustellen. Bornholm erhob sich ebenfalls und versuchte, noch etwas zu sagen. Als er keine Antwort bekam, half er beim Abräumen.

»Ich schwöre«, sagte Oskar. »Wenn du nicht sofort abhaust, garantiere ich für nichts.«

Der Abschied fiel kurz aus, und später in der Nacht, nachdem Oskar abgewaschen und er und Harriet sich umgezogen hatten, trat Oskar an Yanas Gitterbett und sah auf sie herab, wie sie schlief, der kleine Brustkorb hob und senkte sich. Er nahm sie heraus und trug sie zu sich ins Bett.

»Was machst du denn da?«, flüsterte Harriet.

»Sie kann doch ein bisschen bei uns liegen.«

Und dann legte er sie neben sich. Mit der Nase an ihrem Kopf sog er den Duft ein, der ihm bis dahin nie aufgefallen war: nach Pfirsich, aber irgendwie intensiver, schwieriger zu benennen. Er überlegte, ob das vom Weichspüler kommen konnte, mit dem sie ihre Sachen wuschen. Doch als er mit der Nase über ihr weiches Haar fuhr, begriff er, dass Babys am Kopf so riechen. Und er blieb die ganze Nacht dicht neben ihr liegen, spürte ihren warmen Körper an seinem und wusste, dass er sie nie wieder loslassen würde.

Wann verliert man ein Kind?

Yana lernte früh sprechen, hörte aber schnell wieder damit auf. Sie ist eine richtige Beobachterin!, sagten sie immer über sie und tun es heute noch. Als wäre es etwas Bewundernswertes, als machte es sie zu etwas Besserem. Sie ist kein Kind, das Quatsch macht und herumlärmt, nein, sie registriert und merkt sich alles, lernt alles über die Welt und sammelt Informationen, die sie vielleicht brauchen kann. So soll es aber doch nicht sein? Ein Kind muss doch spielen? Wann hatte sie aufgehört, sich an ihrer eigenen Kindheit zu beteiligen?

Dieses Schweigen zwischen ihm und Yana – wann hat

das angefangen? Sie ist ständig vor ihm auf der Hut. Einmal stand er in der Küche und schälte Kartoffeln, und Yana kam herein. »Hallo Papa, wie geht's? Du siehst traurig aus.« Er versicherte ihr, das sei er nicht. Nachdem sie wieder gegangen war, sagte er zu Harriet: »Sie ist immer so einfühlsam.« Doch Harriet beugte sich vor und flüsterte: »Hast du jemals gehört, dass sie mich gefragt hätte, wie es mir geht, oder dass sie gesagt hätte, ich sähe traurig aus?«

»Nein. Was meinst du damit?«

»Sie fragt mich nicht, ob ich froh oder traurig bin, weil es keine Auswirkung auf unsere Beziehung hat. Sie hat keine Angst vor mir.«

Zur Einschulung hatte er Yana einen neuen Rucksack gekauft, rosa mit weißen Kaninchen, in die Vordertasche hatten sie ein Federmäppchen, Duftradiergummis und ein Lineal gesteckt. Auf dem Weg zur Schule sprach Yana kein Wort, konzentriert ging sie neben ihm her, schaute auf den Asphalt, ihre Hand kalt und schweißnass. Alle künftigen Erstklässler waren bereits auf dem Schulhof versammelt. Und die Lehrerinnen und Lehrer standen mit Schildern da, unter denen sich die Kleinen klassenweise versammelten. Yana bekam einen Heliumballon von ihrer Lehrerin, den sie auf ein vereinbartes Signal loslassen und gen Himmel steigen lassen sollte, als Zeichen dafür, dass jetzt die Schulzeit begann. Alle anderen Kinder rannten herum und waren Kinder, Yana aber stand nur da, drückte sich mit ihrer Schulter an seine Hüfte. Dann hielt die Schulleiterin auf der Eingangstreppe eine Rede, die in Teilen vom Wind davongetragen wurde. Am Ende rief sie, nun sollten die Kinder die Ballons loslassen. Oskar musste Yana ermahnen, es wirklich zu tun, dann ging ein Raunen durch die Menge, die Ballons stiegen in den blauen Himmel auf und wurden immer kleiner und kleiner. »Du musst nach oben schauen«, rief Oskar ihr zu und versuchte, sie dazu zu bringen, den Blick vom Boden zu heben. »Du musst zu den Ballons schauen, Yana!«

Die anderen Eltern verabschiedeten sich von ihren Kindern, setzten sich ins Auto und waren fort, und er selbst hockte sich vor Yana hin und strich ihr über die Wange.

»Na los, mein Schatz. Ich weiß, dass du nervös bist, aber es wird bestimmt gut gehen.«

Yana blickte weiterhin zu Boden und nickte, und Tränen traten ihr in die Augen.

»Ich will nicht, dass du gehst«, sagte sie.

»Und wenn ich dich noch bis zum Klassenraum bringe? Dann verabschieden wir uns eben dort.«

Sie gingen ins Schulgebäude und die steinerne Treppe mit den Abdrücken von Fossilien aus der Zeit der Erdentstehung hinauf, Sonne fiel durch die hohen Fenster und erleuchtete die weißen Wände. An der Tür des Klassenzimmers wartete die Lehrerin und musterte die Kinder, die hineingingen, mit dem Schlüsselbund in der Hand und demselben breiten Lächeln wie schon zuvor auf dem

Schulhof. Yanas Widerstand wurde immer stärker, je näher sie kamen. Oskar wechselte einen Blick mit der Lehrerin, und sie nickte, sie begriff die Situation, ging ins Klassenzimmer und stellte sich ans Lehrerpult. Er beugte sich zu Yana hinab und sagte: »Jetzt aber«, und da begann sie wieder zu weinen, diesmal lauter, und er sagte: »Doch, jetzt musst du wirklich rein.« Sie klammerte sich an seinem Nacken fest, er versuchte, sich aus ihrem Griff zu befreien. »Du musst jetzt reingehen«, flüsterte er, aber sie hielt ihn nur noch fester.

»Nein, Papa, bitte nicht.«

»Doch.«

»Papa, bitte!«

»Okay, dann halt nicht«, sagte er und richtete sich schnell auf. »Dann gehen wir eben wieder.« Er packte sie am Arm und zog sie barsch über den Flur, auf den Ausgang zu. Und da überlegte sie es sich anders. »Nein, Papa. Ich trau mich jetzt, jetzt trau ich mich.«

Sie zogen und zerrten aneinander, jeder in seine Richtung, Yana wollte zu ihrer Klasse zurück, und er wollte mit ihr auf den Schulhof. Natürlich war er viel stärker, und so schleppte er sie in seinem Zorn hinter sich her, weinend und unter immer verzweifelterem Protest. »Bitte, Papa. Ich habe keine Angst mehr, ich kann das jetzt.«

»Hör auf«, sagte er kurz. Sie waren bereits an der Treppe.

»Ich kann es jetzt, Papa«, rief sie. »Versprochen, ich kann.«

»Du wolltest doch nicht.«

»Aber jetzt will ich.«

»Und ich habe keine Zeit für so etwas«, sagte er. Und er blieb stehen und fasste sie an den Schultern und brüllte: »Ich muss nämlich zur Arbeit!«

»Ich kann jetzt reingehen«, brüllte sie zurück.

Er zog sie weiter, vom Schulgelände fort. Setzte sich mit ihr auf eine Bank am Springbrunnen, und erst jetzt, nachdem sie sich hingesetzt und eine Weile schweigend auf das sprudelnde Wasser geschaut hatten, begriff er, was er getan hatte. Er sah ihren ängstlichen Blick und das lange Haar, das an ihrem tränenverschmierten Gesicht klebte. Sie blickten sich an.

»Tut mir leid«, sagte sie.

»Nein, du brauchst dich nicht zu entschuldigen. Es war blöd von mir.«

Er drückte sie an sich, spürte ihren Körper unter der dünnen Daunenjacke, und der Springbrunnen vor ihnen rauschte.

»Weißt du was«, sagte er. »Wir vergessen das alles und gehen erst mal Kuchen essen.«

Sie setzten sich ins Café, und er nahm einen Kaffee und bestellte für sie ein Marzipanteilchen, er registrierte, dass sie rasch und wie unter Zeitdruck aß, das Stück Kuchen war innerhalb von Minuten verdrückt, und er begriff, dass sie so schnell aß, weil sie Angst hatte, Angst, dass er sich verspäten könnte. Sie stand auf. »Komm, wir gehen, Papa. Ich schaffe das jetzt.«

Nachdem er sie zur Schule zurückgebracht hatte und wieder auf der Straße stand, stellte er fest, dass er ihren Ranzen noch über der Schulter trug, und er ging mit den Kaninchen auf dem Rücken weiter und wusste nicht, wohin mit sich. Planlos lief er durch die Straßen in der Umgebung der Schule. Er setzte sich noch einmal auf die Bank am Springbrunnen und blickte auf das Wasser. Dann öffnete er den Ranzen seiner Tochter, das Klappern des Federmäppchens erinnerte ihn an seine eigene Kindheit. Er nahm die Radiergummis heraus und roch daran. Eins hatte die Form eines Pfirsichs, und als er es sich an die Nase hielt, erinnerte es ihn an das eine Mal vor langer Zeit, als er mit seinem Baby im Bett gelegen und dessen Duft eingesogen hatte. Und er vergrub den Kopf zwischen den weißen Kaninchen.

Wenn man sein Kind verloren hat, wie stellt man es an, es wieder zurückzugewinnen? Neulich ist er zu ihr ins Zimmer gegangen, und sie lag auf dem Bett und hörte Musik, eine Schüssel Chips auf dem Bauch, und er setzte sich neben sie auf die Bettkante, und sie lauschten eine Weile gemeinsam, er nahm sich ein paar Chips, stellte ihr Fragen, auf die sie kurz angebunden antwortete, ansonsten lag sie starr und stumm da und wartete darauf, dass er wieder ging. Immer war sie still. Eine Beobachterin. Ihre vielen Geheimnisse. Davon hat Harriet natürlich noch mehr. Sie ähneln sich, Yana und Harriet, und sind doch so verschieden. Yana bewahrt ihre Geheimnisse, indem sie schweigt, Harriet, indem sie lügt.

In der Paartherapie gelangen sie immer wieder an denselben Punkt: ihre Lügen. Harriet ist sehr geschickt, dennoch entkommt sie ihm nicht, denn er hat zu viele Beweise, und wenn er sie vor einer dritten Person aufzählt, ist das für Harriet verheerend. Die Paartherapeutin forderte sie auf, einen »Ehrlichkeitsabend« abzuhalten. »Trinken Sie ein Glas Wein zusammen, nur Sie beide, und dann reden Sie offen und ehrlich über Dinge, bei denen es Ihnen bisher schwergefallen ist, sie zu thematisieren.«

Am selben Abend kaufte er in der Markthalle Krabben, und sie öffneten eine Flasche Wein. Harriet hatte Make-up aufgelegt und trug in der Wohnung Schuhe, und er kam sich albern vor auf Socken, die ganze Situation kam ihm vollkommen schräg vor, und er war irgendwie nervös. »Worüber wollen wir reden?«, fragte er, und dann saßen sie schweigend da und zupften an den Krabben, bis Harriet den Blick hob und ihn ansah.

»Wir könnten über etwas reden, worüber du bisher nie reden wolltest«, sagte sie.

»Was denn?«

»Mit wem wir Sex hatten, bevor wir uns kennengelernt haben.«

Er lachte und schüttelte den Kopf.

»Du bist so gestört«, sagte er.

»Nein, das ist nicht gestört. Man kann über so was reden.«

»Nein. Das hat die Therapeutin auch gar nicht gemeint, als sie gesagt hat, wir sollen ehrlich zueinander sein.«

»Es ist doch ein super Beispiel. Wir sollen keine Geheimnisse voreinander haben.«

»Ich will aber gar nicht wissen, mit wie vielen du Sex gehabt hast.«

»Ich will es aber wissen.«

Er lachte.

»Du bist so gestört«, sagte er noch einmal.

Und dann fingen sie an zu erzählen, obwohl er gar nicht wollte. Bisher hatte es immer böse geendet, wenn eine ehemalige Bettgeschichte zur Sprache gekommen war. Diesmal fing Harriet an und erzählte, wie sie ihre Unschuld verloren hatte. Danach war er an der Reihe. Sie arbeiteten sich chronologisch vor, und es ging besser, als er befürchtet hatte, denn das alles lag so weit zurück, dass es sich nicht gefährlich anfühlte. Sie lachten über sich selbst und einander und schenkten sich Wein nach, und als er mit seinen Geschichten durch war, hatte sie noch jede Menge übrig, und auch darüber lachten sie. Harriet beschrieb die meisten Begegnungen als misslungen, wahrscheinlich, um ihm einen Gefallen zu tun, und es funktionierte, der Abend hatte eine gewisse Leichtigkeit, und der Wein stimmte ihn sanft und sentimental. Er betrachtete sie, wie sie sich hinter ihrem Haar versteckte, wenn sie etwas sagte, wofür sie sich schämte. Doch dann veränderte sich ihr Tonfall. Jemand anderem wäre es nicht aufgefallen, er jedoch, der schon so lange mit ihr zusammenlebte, merkte es sofort. Sie erzählte von der Begegnung mit einem Mann namens Harry. Es war an einem Bahnhof passiert, sie wollte nach Hause und war früh dran und setzte sich in einen Deli. Eines dieser Lokale, in denen der Angestellte an der Kasse die Leute namentlich aufrief, wenn das bestellte Essen fertig war, und als Harriets Name aufgerufen wurde, ging sie hin, um ihren Kaffee zu holen, aber da stand schon ein Mann und erhob ebenfalls Anspruch auf das Getränk. Nach einigem Hin und Her stellte sich heraus, dass er Harry hieß, ihre Namen waren so ähnlich, dass beide gedacht hatten, sie seien an der Reihe.

Harry fragte, ob er sich zu ihr setzen dürfe. Und dann saßen sie zusammen an ihrem Tisch, und er schlug vor, doch lieber ein Bier zu trinken. Harriet blickte ihm nach, als er an die Theke ging, um die Bestellung aufzugeben. Genau das liebte sie am Leben, dass es ganz unerwartet die Richtung ändern konnte. Und vor dem Bahnhof ging langsam die Sonne unter, und in der nachmittäglichen Rushhour bewegten sich die Leute schneller von einem Ort zum anderen. Sie könne es nicht beschreiben, meinte Harriet zu Oskar. Dieses Gefühl, dass es genau richtig war. Sie und Harry tranken noch ein paar Bier, und natürlich vergaß sie die Zeit. Plötzlich blickte sie auf die Uhr.

»Oh nein, ich habe meinen Zug verpasst.«

»Wir zwei passen ganz gut zusammen, oder?«, sagte Harry.

»Hm«, machte sie und trank lächelnd. »Ich muss mal zur Toilette.« Sie stand auf, und nach ein paar Schritten drehte sie sich zu ihm um. »Harry und Harriet«, sagte sie.

Als sie aus der Toilettenkabine trat, stand er vor der Tür. Sie zog ihn herein, und sie küssten sich. Es war eng, und er hob sie aufs Waschbecken, um in sie einzudringen. Sie erinnerte sich nicht an die Details, nur daran, dass das Waschbecken abbrach und sie haltlos zu Boden fiel und sich an einem Haken verletzte. Eine Schnittwunde über der rechten Augenbraue. Harry nahm ein Papierhandtuch, um das Blut abzutupfen. Und sie schaute auf die Uhr und sagte: »Scheiße, ich darf nicht noch einen Zug verpassen«, und so trennten sie sich, sie nahm eins der blutigen Papierhandtücher und schrieb ihre Telefonnummer darauf, und dann rannte sie los, hetzte über den Bahnsteig, voller Adrenalin und mit pulsierender Wunde, und sie rannte, bis sie den Zug nach Stockholm fand und ohne gültige Fahrkarte und mit kaum einer Krone in der Tasche hineinsprang.

»Und an Bord dieses Zugs«, sagte sie und nahm eine Krabbe, die sie langsam pulte, »habe ich dich kennengelernt.«

Er hatte sie während des gesamten Berichts ungläubig angesehen, und es war, als verginge die Zeit immer schleppender, je weiter sie mit ihrer Geschichte kam, und am Ende hörte er kaum noch, was sie sagte, nahm nur noch unangenehme Geräusche wahr.

Dann wurde es still.

»Hör auf«, sagte er. »Hör einfach auf mit diesen verdammten Spielchen.«

Sie lachte.

»Das sind keine Spielchen.«

Er schaute auf seinen Teller. Die Kerzen flackerten, irgendwo stand ein Fenster offen. Das Weinglas war fettig, und die Küche hing voller Zigarettenrauch. Oskar wusste genau: Von nun an würde die Geschichte, wie Harriet und er sich kennengelernt hatten, nicht mehr in einem Zug nach Stockholm beginnen, sondern in einer Bar am Göteborger Hauptbahnhof.

»Du bist so billig«, sagte er leise.

Sie blickte ihn fragend an, und er konnte nicht ausmachen, ob sie nur so tat oder ob sie tatsächlich von seiner Reaktion überrascht war.

»Billig wie ein Luder.«

Er erhob sich vom Küchentisch, hielt mitten in der Bewegung inne und lauschte in den Flur. Es war still in der Wohnung, aber irgendetwas hatte er gehört.

»Yana?«, sagte er halblaut.

»Ja?«, hörte er ihre Stimme in der Dunkelheit.

»Geh wieder schlafen.«

Lautlos schlich Yana zu ihrem Zimmer zurück, ein leises Klicken war zu hören, als sie die Tür hinter sich schloss.

Wann verliert man seine Tochter?

Oskars Handy klingelt erneut, es vibriert auf der Tischplatte. Schon wieder Yana, und er beschließt, dranzugehen, für einen Moment sieht er ganz klar und weiß genau, was er ihr sagen wird. Er weiß, wie es gehen kann, und er spürt eine Leichtigkeit wie in seiner Jugend, plötzlich gibt es für alles eine Lösung, sie liegt gleich hinter der nächsten Ecke. Doch der Moment der Erkenntnis verschwindet so schnell, wie er gekommen ist, alles wird wieder dunkel, die Worte zerfließen und verschmelzen miteinander. Er lässt es zu Ende klingeln, dann starrt er noch eine Weile aufs Display.

»Wer war das?«

Harriet ist aufgewacht und blickt ihn ausdruckslos an.

»Yana.«

»Wieso gehst du nicht dran?«

»Das bringt doch nichts«, sagte er. »Die Verbindung wird sowieso abbrechen. Das Netz hier ist ein Witz.«

Er blickt auf den menschenleeren Bahnsteig hinaus. Es ist ein Bahnhof, der nur selten im Einsatz ist, oft fahren die Züge nur durch, ohne zu halten, sausen weiter zu wichtigeren Orten. Doch ihr Zug unternimmt immerhin den Versuch, Leute ein- und aussteigen zu lassen. Direkt vor dem Fenster sieht er den breiten Rücken des Schaffners, der den Blick über den leeren Bahnsteig gleiten lässt, geduldig, als wüsste er, dass sich hier irgendwo noch Reisende verstecken, die er nur noch finden muss.

»Es fühlt sich nicht gut an, dass wir Yana allein zu

Hause gelassen haben«, sagt er. »Ich mache mir Sorgen um sie.«

»Ja«, erwidert Harriet. »Aber sie schafft das schon. Ich habe ihr gesagt, dass sie jederzeit zu Åkeby runtergehen kann.«

Åkeby wohnt unter ihnen, ein Rentner, mit dem Yana sich angefreundet hat. Er hat einen Cockerspaniel, und manchmal gehen sie zusammen mit den Hunden Gassi.

»Bitte«, sagt Oskar. »Kannst du mir nicht einfach sagen, was wir hier eigentlich tun?«

Harriet entdeckt den Pappbecher und legt die Hände darum, als wolle sie sie daran wärmen.

»Wir fahren an einen Ort, den ich dir schon lange zeigen wollte.«

Oskar nickt und schaut wieder aus dem Fenster. Das Bahnhofsgebäude sieht aus wie ein Sahneteilchen, das mit seinem Schatten über den Bahnsteig wacht. Oskar sieht, wie Harriet sich vorbeugt und ihm bedeutet, näher zu kommen. Sie senkt die Stimme. »Das mit dem Affen gestern. Das will mir einfach nicht aus dem Kopf. Sie hat so fest geworfen. Es war beinahe, als …«

Oskar schließt die Augen.

»Es war, als wollte sie ihn töten.«

Jemand stößt in eine Trillerpfeife, der Zug setzt sich wieder in Bewegung. Niemand ist aus- und niemand eingestiegen. Die gewaltige Energie, die nötig ist, um einen so großen Zug zu stoppen, für nichts und wieder nichts. Sie verlassen den Bahnsteig und befinden sich schon bald mitten im Wald. Oskar sieht keinen Himmel mehr, nur noch Kiefern, die zu nah an den Gleisen stehen. Der Zug beschleunigt, die Sonne blitzt in immer rascherer Folge wie ein Signallicht zwischen den Bäumen hindurch, als übermittle sie ihm einen Code, und er setzt den Pappbecher an, und gerade als er trinken will, steigt ihm der Duft in die Nase. Er riecht tropische Früchte, eine Note tritt immer markanter hervor, ein entfernter, intensiver Duft nach Pfirsich.

KAPITEL 8

Harriet

Sie lauert auf Anzeichen, dass sie am Ziel sind, etwa, dass Papa die Sachen zusammenpackt oder suchend aus dem Zugfenster schaut. Doch er bleibt schweigend sitzen, nimmt sich noch eine Zigarette. Der Waggon ist verqualmt, viele Reisende rauchen, aber keiner so elegant wie Papa, der die Zigarette so weit oben zwischen den Fingerspitzen hält, dass es aussieht, als könne sie ihm jeden Moment herunterfallen. Er raucht seine Zigaretten immer nur halb, dann drückt er sie im Aschenbecher aus, nach einer Weile hat er einfach keine Lust mehr. Jetzt nimmt er die Brille ab und schließt die Augen, sie kann ihn in Ruhe betrachten. Das karierte Hemd ist halb aufgeknöpft, die Haut an der Brust ist weiß und erinnert an die eines Hähnchens. Er hat sich die Ärmel hochgekrempelt, man sieht ein Stück der Tätowierung auf seinem rechten Arm, einen Adler, dessen Flügel wie ein Band einmal um den Oberarm herumreichen. Papa sagt immer, er sei aus dem Grund Fotograf geworden, weil er den Adlern näherkommen wolle, er mache seine

Werbefotos nur, um Geld zu verdienen, die Adler dagegen seien sein Leben. Wenn er abends später nach Hause kommt als sonst, dann immer, weil er im Naturreservat war. An solchen Tagen geht er immer sofort in die Dunkelkammer, die Filmrollen in den Plastikhülsen klappern in seinen Jackentaschen. Ein paar Stunden später zeigen sich dann schon die Umrisse, die glänzenden Papierbögen erwachen zum Leben. Harriet steht oft im Flur und beobachtet, wie Papa sich am Tisch über die Fotos beugt. Sie schaut zu, wie er die Adler anschaut.

Das Erste, was Papa getan hat, nachdem Mama und Amelia ausgezogen waren, war, das Esszimmer umzubauen. Er verhängte die Fenster mit dunklen Tüchern, brachte dicke Vorhänge an den Türen an und stellte Behälter mit verschiedenen Flüssigkeiten auf den Esstisch. Das machte Harriet Angst. Denn wie sollte sich die Familie wieder vereinen können, wenn Papa das Zimmer umgebaut hatte, in dem sie normalerweise aßen? Manchmal, wenn Papa nicht da war, ging Harriet in diesen Raum mit den roten Lampen, die immerzu brannten, und sog den strengen Geruch der Flüssigkeiten in den Stahlbehältern ein. Der Vitrinenschrank mit den Tellern und dem Besteck war noch da. Das Ganze kam ihr vor wie eine dunkelrote Gedenkstätte für ihr vergangenes Leben. Es fühlte sich an, als wäre es dazu da, dass man ab und zu herkam und trauerte.

Papa hängte die Fotos immer wie an einer Wäscheleine auf und legte sie anschließend auf den Küchentisch.

Hunderte Bilder von Adlern, immer aus so großer Entfernung, dass man nichts als schwarze Schemen erkennen konnte. Für manche Fotos hatte er eins der langen Objektive benutzt, da kamen ihr die Adler näher vor, aber zugleich auch noch weiter entfernt. Harriet fand, sie erinnerten an die körnigen Bilder, die manchmal in Zeitungen abgedruckt wurden, von Menschen, die behaupteten, Ufos gesehen zu haben. Jede Expedition ihres Vaters misslang, er kam nach Haus und stürzte sich mit einer Energie, die dann langsam von ihm abtropfte, in die Dunkelkammer. Nie kam er nah genug an die Vögel heran. Dennoch sammelte er alle Fotos in Alben, in denen Harriet gerne blätterte. Es beruhigte sie, die unscharfen Fotos zu betrachten. Schwarze Punkte ohne jede Information. Harriet mochte alles, was weit entfernt war. Früher hatte sie sich für das Weltall interessiert, hatte alle Sternbilder auswendig gelernt und seltsam schillernde Geschichten über ihre Entstehung gelesen. Zum sechsten Geburtstag bekam sie ein Teleskop. Papa baute es in ihrem Zimmer auf, richtete es auf den Mond. Doch damit kam sie diesem viel zu nah, sie konnte seine Oberfläche erkennen, die Bergkämme und die großen Wüstengebiete und wollte deshalb nicht mehr durchs Teleskop schauen. Es war so unerträglich, dass es den Mond tatsächlich gab.

Nur ein einziges Mal hatte Harriet bisher mit eigenen Augen einen Adler gesehen. Auf einem Spaziergang blieb Papa plötzlich stehen und legte ihr eine Hand auf die

Schulter. »Guck dir diesen Kerl an«, flüsterte er. Weit weg, am Rande einer großen Wiese, entdeckte sie den Vogel hoch oben in einem Baum. Sie machten ein paar Schritte in seine Richtung, doch sofort breitete er seine Flügel aus und verschwand.

»Er hat uns bemerkt«, sagte Papa.

»Wie macht er das?«, fragte Harriet. »Er hatte uns doch den Rücken zugekehrt.«

»Er hat gespürt, dass wir kommen.«

Hinterher musste Harriet noch lange über den Adler nachdenken. Eigentlich war Papa ja selbst wie ein Adler, er hörte und sah alles, was sie tat. Auch wenn er mit dem Rücken zu ihr über eine Schüssel Cornflakes gebeugt in der Küche saß, kam es ihr vor, als würde er sie sehen. Er registrierte jede ihrer Bewegungen, griff jedoch nicht ein, saß nur da und aß seine Cornflakes.

Mama hatte mal gesagt, sie glaube, Papa habe Tiere lieber als Menschen. Vielleicht war das Kaninchen ihm auch deshalb so wichtig gewesen.

Ein paar Wochen nach Harriets Prügelei mit Amelia sagte Papa, sie würden einen Ausflug mit dem Auto machen. Sie fuhren in einen Vorort, Balkone wie kleine Kästen mit Blick auf die Autobahn, Hunderte von Satellitenschüsseln an der Fassade, die alle zum selben unbestimmten Ort im Weltraum ausgerichtet waren. Papa klingelte an einer Tür im ersten Stock, und eine Frau führte sie in ein Kinderzimmer, wo ein Junge, der etwas älter war als sie, auf dem Bett lag und Comics las.

»Sie nehmen das Kaninchen jetzt mit«, sagte die Mutter mit einer Stimme, die beinahe anklagend klang. Der Junge nickte.

Auf dem Boden stand ein Käfig mit Stroh und zwei kleinen Häusern. »Und das hier ist Lasagne«, sagte die Frau. Doch ein Kaninchen war nirgends zu sehen. Sie hob ein Häuschen hoch und kicherte, als sie es dort nicht fand, dann nahm sie auch das zweite hoch, und da lag das Tier und versuchte, sich im Stroh zu verstecken.

Harriet trat näher. Es hatte ein braunes Fell mit hellen Flecken am Rücken und lange Ohren, die es angelegt hatte. Ganz still lag es da, die schwarzen Pupillen glänzten panisch. Die Mutter hob das Kaninchen mit einer Hand heraus, sodass seine Hinterbeine in der Luft baumelten.

»Willst du ihn mal halten?«, fragte sie. »Am besten setzt du dich hin.« Sie legte ihr das Kaninchen auf den Schoß, und Harriet streichelte ihm behutsam den Rücken.

»Heißt er Lasagne?«, fragte sie leise.

»Ja«, sagte die Mutter. »Jonas fand, dass er wie Lasagne aussah, deshalb hat er ihn so genannt. Stimmt's, Jonas?«

»Ja«, sagte der Junge, ohne den Blick von seinem Comic zu heben.

Die Mutter erklärte, wie man ein Kaninchen hält, wie man Wasser nachfüllt und was man ihm zu fressen gibt, doch Harriet fiel es schwer, sich zu konzentrieren, denn sie hatte es jetzt auf dem Arm. Das Tier war so klein, es wog beinahe nichts, und wenn sie die Hand um seinen Brustkorb legte, spürte sie, wie sein Herz klopfte, und zum ersten Mal hatte sie das Gefühl, etwas zu erleben, das größer war als sie selbst, eine gewaltige Verantwortung, die beinahe an Macht grenzte. Jetzt war es an ihr, das Kaninchen am Leben zu erhalten.

Papa zog ein Bündel Geldscheine aus seiner engen Jeans, und Harriet versuchte zu erkennen, wie viel das Tier kostete, doch es ging zu schnell, sie bekam es nicht mit. Auf dem Weg nach draußen trug Papa den Käfig und sie das Kaninchen. In der Tür drehte Harriet sich noch mal zu dem Jungen um. »Ich verspreche dir …«, setzte sie an, und er blickte von seinem Comic auf. Nur noch sie beide waren im Zimmer, die beiden Erwachsenen unterhielten sich im Flur.

»Ich verspreche dir, dass ich mich gut darum kümmern werde.«

»Ja«, sagte der Junge, setzte sich auf und lächelte. »Das ist schön.«

In Harriets Zimmer war das Kaninchen zunächst ängstlich und drückte sich an die Käfigwände, versteckte den Kopf in einer Ecke. Das war nicht weiter erstaunlich, schließlich war es von zu Hause weggeholt und während der Autofahrt in einen dunklen Karton verfrachtet worden. Nachdem sie den Käfig aufgestellt hatten, sagte Papa, sie solle vorsichtig mit dem Tier umgehen und abwarten, bis es auf sie zukäme. Sie öffnete die

Käfigtür und legte sich ein Stück davon entfernt auf den Rücken. Es dauerte ewig, doch am Ende kam es heraus. Kleine kratzende Geräusche, als es über den Holzfußboden hoppelte. Und dann begann es, vorsichtig an Harriet zu schnüffeln, sie legte sich auf die Seite, und es kam ganz nah an ihr Gesicht und leckte ihr das Kinn mit seiner rauen Zunge ab, die dabei fast an der Kinnspitze hängen blieb. Von da an hatte das Kaninchen nie wieder Angst vor ihr, sie beide gehörten jetzt zusammen.

Am Abend kam Papa mit einem Halsband herein, das er dem Kaninchen um den Hals legte. Ein kleines Holzmedaillon hing daran, auf das er Harriets Namen geschrieben hatte. »Das bedeutet, dass ihr beide zusammengehört«, erklärte er.

Am darauffolgenden Abend stand Harriet vor Papas Tür, sie zögerte, hineinzugehen. Vorsichtig klopfte sie an den türlosen Rahmen. Papa lag auf der linken Seite des Doppelbetts, als würde er die rechte für Mama freihalten, falls sie zurückkehrte.

»Ich habe nachgedacht«, sagte Harriet. »Ich frage mich, ob ich dem Kaninchen einen anderen Namen geben kann.«

»Lasagne gefällt dir wohl nicht?«

»Nein. Er tut mir leid, weil er so heißen muss.«

Papa lachte. Dann schaute er zur Decke.

»Natürlich kannst du ihm einen anderen Namen geben.«

»Echt?«

»Ja, klar. Such dir einen aus.«

»Dann soll er Ninchen heißen.«

»Okay, dann heißt er so.«

Der Herbst kam, und alle Tage ähnelten einander. Wenn Harriet aus der Schule kam, lief sie gleich in ihr Zimmer. Sie säuberte den Käfig, füllte Wasser und Futter nach. Es war ihr schönster Herbst, denn Papa war bei allem mit dabei. Er, der sonst immer sofort in seiner Dunkelkammer verschwand und dem anschließend von den Flüssigkeiten so schwindlig war, dass er sich hinlegen musste und den ganzen Abend zu nichts mehr zu gebrauchen war, kam jetzt stattdessen zu Harriet, legte sich auf den Boden, um mit dem Kaninchen zu spielen, und lag dann neben ihr auf dem Bauch und streckte dem Tier einen Finger hin. »Na, Kleiner«, sagte er mit brüchiger Stimme. Harriet spürte seine Wärme, wenn sie so dicht nebeneinanderlagen. Und wenn sie das Kaninchen herausnahmen und es abwechselnd auf dem Arm hielten, spürte sie Papas weiche Hände an ihren, sie konnte sie in aller Ruhe kennenlernen, sie waren immer ein wenig wärmer als ihre eigenen und weicher als alles, was sie kannte. Ihre Berührungen waren wie kleine Stromschläge, Blitze, die in sie einschlugen. Sie wusste nicht, wieso ihr Herz jedes Mal so zu klopfen begann, wenn sie sich berührten.

Eines Abends, kurz vor dem Schlafengehen, rief Harriet nach ihm, und er erschien sofort in der Tür. Sie bat ihn, reinzukommen und sich auf den Rücken zu legen.

Dann setzte sie Ninchen auf seinen Brustkorb, und dort spazierte das Tier herum, untersuchte neugierig, wo es gelandet war.

»Fällt dir was auf?«, fragte Harriet.

Papa hob Ninchen hoch, musterte ihn von allen Seiten, schaute darunter.

»Ich sehe nichts«, sagte er.

»Guck dir das Medaillon an.«

Er setzte sich auf, schob die Brille auf die Nase, und sein Blick fiel auf das Holzmedaillon mit Harriets Namen, er drehte es um und sah, dass sie »Papa« auf die andere Seite geschrieben hatte.

»Ninchen gehört nicht mir«, sagte Harriet. »Er gehört uns beiden.«

Da schloss Papa die Augen, wandte sich ab und griff sich an die Nasenwurzel.

Sie und Papa gehörten jetzt zusammen.

Draußen vor dem Zugfenster weht es inzwischen heftiger, die Bäume an den Gleisen sehen aus, als würden sie miteinander ringen. Harriet schaut auf ihre Beine, die schwarze Strumpfhose. Sie schaut auf Papas Füße. Er hat seine Stiefel ausgezogen, trägt dicke Wollsocken, obwohl es mitten im Sommer ist. Sie betrachtet ihre Hände, sie kann ihre hässlichen Finger nicht leiden, mag sie nicht ansehen. Vor ein paar Tagen hat sie sich den Daumennagel mit Filzstift angemalt, um auszuprobieren, wie es aussähe, wenn sie Nagellack trüge, aber Papa hat zu ihr gesagt, sie solle das abwaschen, und jetzt ist nur noch ein grauer Schleier geblieben. Papas Hände liegen auf dem Tisch. Braun gebrannt, als verbrächte er sein Leben an der frischen Luft. Seine Hände liegen ganz nahe bei ihren, aber sie fühlen sich weit weg an. Sie kann sie nicht berühren, nicht nach dem, was passiert ist.

Als Ninchen ein paar Monate bei ihnen gelebt hatte, saß sie eines Nachmittags in ihrem Zimmer und wartete auf Papa. Sie malte mit Filzstiften, die alle bereits an Farbkraft verloren hatten, ein Bild. Es sollte ein Haus werden und eine Sonne und Wolken am Himmel, und alles lächelte. Die Sonne bekam ein Lächeln verpasst, und die Wolken bekamen einen lächelnden Mund und schwarze Klimperaugen, die auf das Haus hinabschauten, und die Fenster des Hauses wurden auch zu Augen. Dann stand Harriet auf, um sich einen neuen Filzstift zu holen. Die Dose mit den Stiften stand hoch oben im Bücherregal, und sie musste sich strecken, um dranzukommen, und vielleicht ahnte sie etwas, direkt unter ihrer Ferse, wie sie so auf Zehenspitzen dastand, ein weiches leises Streicheln, eine Körperwärme, die plötzlich unter ihrem Fuß war. Sie kam nicht dazu, darüber nachzudenken, sondern setzte einfach die Ferse ab, nachdem sie die Dose erreicht hatte, und das Kaninchen wurde eingequetscht. Harriet warf sich sofort auf den Fußboden, hob Ninchen hoch und legte ihn auf ihren Schoß, sah, obwohl sie es nicht sehen wollte: dass Ninchens Augen nicht mehr da waren, wo sie hingehörten. Sie hielt ihn fest und spürte seinen schwachen Atem, spürte sein Herz durch das weiche Fell klopfen, und sie streichelte ihn und sagte »bitte, bitte, bitte« vor sich hin, immer und immer wieder, »bitte, bitte, bitte«, und draußen fiel der erste Schnee, in denselben unwirklich großen Flocken wie immer, wenn es zum ersten Mal schneite, und es wurde schnell dunkel, die Straßenlaternen flackerten und gingen dann an, und Harriet hielt das Kaninchen im Arm und spürte, wie sein Herz schneller schlug, bis es irgendwann langsamer schlug und dann ganz aufhörte. Der Schnee war auf dem Balkongeländer liegen geblieben. Harriet schloss die Augen ganz fest, blieb über ihr Kaninchen gebeugt sitzen, hielt es und streichelte ihm immer wieder das Fell, vor und zurück, und der Nachmittag verstrich, sie wusste, dass er bald zu Ende war, und dann würde Papa nach Hause kommen, und sie würde zur Verantwortung gezogen werden für das, was sie getan hatte.

Als Papa hereinkam, brachte er Kälte mit, einen Windstoß aus dem Treppenhaus, der bis in ihr Zimmer drang, und sie hörte seine Schritte, die Gummisohlen seiner Stiefel, die auf dem Boden quietschten, und das Klappern der Filmdosen in seinen Taschen, und er schaute zu ihr herein, und ihre Blicke trafen sich. Ein paar Sekunden Stille.

»Was ist passiert?«, fragte Papa.

Sie konnte nicht sprechen, brauchte es auch nicht, denn jetzt entdeckte er das Kaninchen auf ihrem Arm.

»Was hast du getan?«, rief er und kniete sich vor sie hin, und sofort fiel sein Blick auf den Kopf des Tiers, und er schrie auf und wandte sich ab, schaute aus dem Fenster und auf den Schnee, der aufs Fensterbrett gefallen war. Er schien sich zu sammeln, und dann schrie er noch einmal, richtig laut, und legte eine Hand auf den Kopf des Kaninchens, und dann beugte er sich vor und bohrte seine Nase vorsichtig in das Fell des toten Tiers. Harriet spürte die Winterkälte an Papas Kleidung, sie sah seinen Hinterkopf mit dem Haar, das sich lichtete.

Papa nahm das Kaninchen und ging hinaus, sie weiß nicht, wohin. In den darauffolgenden Tagen verloren sie beide kein Wort über Ninchen. Eine Woche verging, und es war, als hätte es ihn nie gegeben. Eines Tages war auch der Käfig fort. Und ein paar Tage später entdeckte Harriet die Urne im Flur, auf dem Tisch neben dem Telefon. Sie stand einfach da, wie eine Mahnung an das, was sie getan hatte, und jedes Mal, wenn sie daran vorbeikam, kniff sie die Augen zu. Irgendwann dachte sie, Papa hätte beschlossen, die Urne dort stehen zu lassen, damit sie sich immer an Ninchen erinnerten. Es wurde Frühling, und dann kam der Sommer. Und gestern Abend hatte Papa zu ihr gesagt, jetzt sei es an der Zeit, Ninchen zu beerdigen. »Du brauchst morgen nicht zur Schule zu gehen«, sagte er. »Wir fahren Zug.«

Sie sitzen auf der Sonnenseite des Zugs, die Tischplatte ist warm. Wieder nähern sie sich einer Stadt, der Zug wird langsamer. Harriet sieht eine Plastiktüte von Domus, die eine Straße entlanggeweht wird und sich ein paarmal überschlägt, dann ist sie verschwunden. Die kurz geschnittenen Hecken zittern vor Ärger im Wind. Der Zug fährt an den Vorortstraßen vorbei. Sie sieht Menschen vor ihren Häusern, die zuschauen, wie sie vorbeifahren. So nah, dass sie sehen kann, wie es ihnen geht. Hinter einer Hügelkuppe taucht ein Schotterplatz mit zwei weiß gestrichenen Toren auf, die einander angähnen. Ein Holzpfahl, eine Anzeigetafel, die auf null steht, ein Schild, mit der Aufschrift »Keine Chance dem Alkohol!«.

Der Wind wirbelt Staub über den Platz, es qualmt wie ein Steppenbrand, als sie vorbeifahren. Papa hat die Augen immer noch geschlossen, vielleicht ist er eingeschlafen. Er hat noch eine weitere Tätowierung, am anderen Arm. Einen Text, aber die Buchstaben sind ineinander verlaufen, man kann nicht lesen, was da steht. Vier kurze Wörter, die sie einfach nicht zu fassen bekommt, obwohl sie ständig darüber nachdenkt. Sie weiß, dass es etwas Wichtiges ist, dass es gut für sie wäre, wenn sie die Worte kennen würde. Sie weiß, dass er sich die Tätowierung vor vielen Jahren hat machen lassen, vielleicht sogar noch vor ihrer Geburt, aber wenn sie sie jetzt ansieht, denkt sie manchmal, da steht: *Was hast du getan?*

KAPITEL 9

Yana

War ihre Mutter unglücklich? Yana kann sich nicht erinnern. Wenn sie jetzt wieder an sie denkt, sieht sie sie immer mit einem leichten Lächeln auf den Lippen. Sobald Yana groß genug war, sich allein in der Stadt zurechtzufinden, ging sie nach der Schule immer in die Stadtbibliothek, wo ihre Mutter arbeitete. Sie setzte sich auf einen Platz, von dem aus sie sie an ihrem kleinen Schreibtisch sehen konnte. So vergingen ihre Nachmittage; Yana las ein Buch, und jedes Mal, wenn sie den Blick hob, saß Mama noch da. Manchmal konnte sie gar nicht den Blick von ihr wenden. Während andere Bibliotheksangestellte tatenlos herumsaßen, herrschte bei Mama immer Betrieb. Alle wollten zu ihr, und auch wenn nur leise geredet wurde, spürte Yana die angeregte Stimmung in Mamas Nähe. Sie kam ihr vor wie ein Rockstar, auch wenn die Fans nicht herumschrien, sondern sich nur flüsternd mit ihr unterhielten. Mama achtete sehr darauf, immer auch mit ihr in Kontakt zu bleiben, zwischen den Leuten hindurch schaute sie zu ihr herüber, lehnte sich nach links oder rechts, um sich zu vergewissern, dass Yana noch an ihrem Platz saß.

Einmal, als sie aufblickte, war Mama plötzlich nicht mehr an ihrem Schreibtisch. Vielleicht war sie in einen der Lesesäle gegangen, dachte Yana, aber als sie längere Zeit nicht zurückkehrte, machte sie sich auf die Suche nach ihr. Sie ging zu den Toiletten und hörte aus einer der Kabinen die Stimme ihrer Mutter, leise redete sie mit sich selbst. Es war eigentlich nur ein Flüstern, dennoch konnte man es durch die dünne Tür hören: »Du bist nicht allein. Du bist nicht allein.«

Immer und immer wieder. Yana schlüpfte schnell hinaus und setzte sich wieder an ihren Platz. Es war das erste Mal, dass sie Mama so vor sich hin murmeln hörte, aber anschließend kam es ihr vor, als höre sie es ständig. Als könne sie, nachdem sie einmal die Frequenz aufgefangen hatte, nicht mehr abschalten. Durch Wände, hinter geschlossenen Türen – immerzu hörte sie Mama murmeln. Sie begriff nicht, was das zu bedeuten hatte, und traute sich auch nicht nachzufragen. Aber irgendwann gewöhnte sie sich an die Wörter, sie verloren ihre Spannung und wurden zu etwas Vertrautem. Mama war einfach so – manchmal verschwand sie und redete mit sich selbst, und dann kehrte sie wieder in diese Welt zurück.

War sie unglücklich?

Yana versucht, sich an die letzten Tage vor ihrem Verschwinden zu erinnern. Sie hat schon viele Jahre lang nicht mehr darüber nachgedacht, doch in den letzten vierundzwanzig Stunden ist sie immer wieder dorthin zurückgekehrt. Sie versucht, sich die Ereignisse zu vergegenwärtigen, etwas zu sehen, was ihr bisher entgangen ist. Aber nein, nicht einmal am Ende, als die Auseinandersetzungen zwischen ihren Eltern immer mehr ausarteten, schien Mama niedergeschlagen zu sein. Auch nach dem schlimmsten Gebrüll wirkte sie wenige Minuten später wieder vollkommen unberührt, während Papa noch lange nervös war, in der Wohnung hin und her lief und Stunden brauchte, um sich wieder zu beruhigen. Und nach jeder Auseinandersetzung zwischen ihnen kam Mama zu ihr herein und setzte sich auf ihre Bettkante. Wie um eine Art Schadensbilanz zu ziehen. Diese Momente waren die besten, fand Yana, denn da sagte Mama ihr immer, dass sie sie liebte.

Nur etwa eine Woche vor Mamas Verschwinden waren Mama und Papa zum Essen eingeladen, und Yana ging mit, wie immer. Sie wurde vor dem Fernseher auf ein Sofa gesetzt und bekam eine Schüssel Süßigkeiten. Die seltsamen Gerüche eines fremden Zuhauses, die Gespräche aus der Küche, die zwischen den gefliesten Wänden blechern und verzerrt klangen. Als der Film zu Ende war, wagte Yana nicht, um einen neuen zu bitten, sondern wartete nur, bis sie endlich nach Hause durfte, und irgendwann schlief sie ein. Sie erwachte davon, dass Mama sie vorsichtig rüttelte; grelles Licht, und Menschen, die sie nicht kannte, streichelten ihr den Kopf, heisere Stimmen flüsterten: »Jetzt ist sie aber müde.« Eiseskälte, als die Haustür geöffnet wurde, und im Taxi lag sie mit dem Kopf an Mamas Brust, und durch das von Regen gesprenkelte Fenster sah sie Ampeln und Straßenlaternen vorbeigleiten. Sie erinnert sich an alles, das Flüstern ihrer Eltern, wie sie den Abend noch einmal Revue passieren lassen, ihr Lästern über das Paar, bei dem sie eben gegessen und mit dem sie zusammen gelacht hatten, Papas Wutanfall, als der Fahrer falsch abbog. Im Aufzug trug Mama sie die ganze Zeit auf dem Arm, und sobald die Wohnungstür geöffnet wurde, war das bekannte Kratzen von Losers Pfoten auf dem Parkett zu hören, er kam vom Wohnzimmer her angerannt, und Mama und Papa gingen beide auf die Knie und ließen sich von dem kleinen Tier ablecken. Erst sprang es an Mama hoch, dann an Papa, und dann wieder an Mama.

»Er begrüßt uns immer abwechselnd«, sagte Papa erfreut. »Er ist so was von demokratisch.«

Mama gab einen erstickten Schrei von sich und trat ein paar Schritte zurück.

»Ich halt es nicht mehr aus«, rief sie in die Wohnung.

»Was ist denn jetzt los?«, fragte Papa.

»Jedes Mal, wenn wir nach Hause kommen – jedes Mal.«

»Was?«

»Jedes Mal sagst du, dass Loser demokratisch ist. Wie oft musst du das noch machen? Ich werde echt noch verrückt davon!«

Mama ging ins Bad, machte die Tür zu und schloss ab. Papa blieb im Flur zurück, und Yana sah, wie Erniedrigung und Wut in ihm stritten. Dann rannte er los. Mit ein paar Schritten war er an der Badezimmertür und rüttelte daran.

»Mach auf!«, brüllte er.

Immer wieder schlug er gegen die Tür, und da wusste Yana, dass es der Beginn von etwas war, das böse enden würde. Er schlug so fest, dass Loser Angst bekam und davonlief, und irgendwann schloss Mama auf.

»Wie kann es dich so stören, dass ich das sage?«, brüllte Papa. »Wieso ist das so schlimm für dich?«

Und dann ging es richtig los. Yana lief zur kleinen Gästetoilette, sie putzte sich die Zähne und ließ das Waschbecken volllaufen, und als sie sich mit Seife die Hände darin wusch, sah das Wasser aus wie Milch. Draußen wurde der Streit immer lauter und entwickelte ein Eigenleben, es ging gar nicht mehr um Loser, er war nur der Auslöser für etwas Größeres gewesen, und die Wohnung wackelte von ihrem Geschrei, und Yana ging in ihr Zimmer, legte sich ins Bett und lauschte auf die Geräusche. Wenn ihre Eltern sich stritten, stellte Yana sich oft vor, dass das, was sie hörte, Hilferufe von Eingesperrten wären, einem Mann und einer Frau, die irgendwo gefangen gehalten wurden und verzweifelt herauszukommen versuchten. Und wenn dann Stille einkehrte, dachte sie sich, dass sie wohl aufgegeben und begriffen hatten, dass niemand kommen würde, um sie zu befreien.

Yana hatte alle Lampen in ihrem Zimmer angemacht, denn sie mochte die langen Schatten auf dem Boden nicht, und so lag sie da und starrte an die Decke. Die Abstände zwischen den Schreien wurden größer, und am Ende verstummten sie ganz, und Yana hörte, wie ihre Eltern sich in verschiedenen Zimmern bewegten. Es klopfte, und Mama kam herein und löschte das Deckenlicht. Sie setzte sich zu ihr auf die Bettkante, sagte aber nichts, saß nur da und lächelte Yana an, schob ihr ein paar Strähnen aus der Stirn.

»Seid ihr immer noch sauer aufeinander?«, fragte Yana.

»Ein bisschen.« Mama strich mit der Hand über die Bettdecke. »Ist es schlimm für dich, wenn wir streiten?«

»Keine Ahnung«, sagte Yana. »Ein bisschen.«

»Ich habe so ein schlechtes Gewissen, weil du dir das alles anhören musst.«

Durch einen Spalt zwischen den Vorhängen fiel das Scheinwerferlicht von Autos herein und erleuchtete das Zimmer, wie Silberspeere, die langsam die Zimmerdecke zerschnitten und dann verschwanden.

»Warst du schon mal verliebt?«, fragte Mama.

»Weiß ich nicht.«

»Das weißt du nicht?«, fragte Mama. »Hat es schon mal in deinem Bauch gekribbelt, wenn du an einen Jungen gedacht hast?«

»Weiß ich nicht«, sagte Yana noch einmal. »Ich glaube, ich möchte es nicht sagen.«

»Aber mir kannst du es doch sagen, mein Schatz. Ich bin deine Mama. Ich sag es niemandem weiter, versprochen.«

Yana zögerte.

»Ich verrate es keiner Menschenseele«, sagte Mama. »Komm, sag schon.«

»Es gibt einen Jungen in meiner Klasse, an den denke ich manchmal.«

»Und was denkst du dann?«

»Ich stelle mir vor, dass wir nebeneinander auf dem Bett liegen.«

»Schön«, sagte Mama. »Und dann?«

»Nichts. Wir liegen einfach nur da.«

»Das ist toll. So soll Liebe sein, wenn man noch klein ist.« Sie lächelte so, dass sie beinahe traurig aussah. »Gut. Man stellt sich vor, dass man neben jemandem liegt, sonst nichts. Wenn man älter wird, ändert sich das. Ich sage nicht, dass es schlechter wird, aber es wird irgendwie größer und ernster. Es liegt eine Schwere über allem. Und manchmal weiß ich nicht, was ich aus der ganzen Ernsthaftigkeit machen soll. Manchmal wäre ich gerne wie du und würde einfach nur davon träumen, neben einem Jungen zu liegen.«

Mama legte sich neben sie aufs Bett, und sie schauten beide zur Decke.

»Einmal, als ich klein war, sind wir zu einer anderen Familie gefahren, um ihnen ihr Kaninchen abzukaufen«, erzählte Mama. »Da gab es einen Jungen, der ein bisschen älter war als ich. Es war sein Kaninchen, wahrscheinlich hat er keine Lust mehr gehabt, sich darum zu kümmern. Er lag auf dem Bett und las Comics, als wir kamen. Wir haben kaum miteinander geredet. Trotzdem konnte ich hinterher nicht aufhören, an ihn zu denken. Ich kann ihn heute noch vor mir sehen.«

»Warst du in ihn verliebt?«, fragte Yana.

»Nein, das vielleicht nicht. Aber vielleicht hätte ich einfach gerne neben ihm auf einem Bett gelegen.«

Yana lachte. Sie spürte, wie ihre Stirn ganz kalt wurde, weil sie es erzählt hatte, und gleichzeitig war ihr warm ums Herz, weil sie ein so großes Geheimnis jetzt mit Mama teilte. Sie wusste, dass der Streit zwischen ihren Eltern nicht vorbei war, wahrscheinlich würde er gleich weitergehen, aber es kam ihr vor, als fände Mama eine kleine Atempause bei ihr im Bett, denn sie blieb einfach liegen und machte keine Anstalten zu gehen. Für einen kurzen Moment gehörte Mama ihr, und Yana wagte kaum, sich zu bewegen, aus Angst, es wäre dann vorbei und Mama würde einfallen, dass sie noch was anderes vorhatte, und gehen.

»Was willst du werden, wenn du mal groß bist?«, fragte Mama.

»Keine Ahnung«, sagte Yana. »Köchin vielleicht.«

»Gut«, sagte Mama, »dann komme ich zu dir ins Restaurant. Und jedes Mal werde ich mich über das Essen beschweren und verlangen, den Koch zu sprechen.«

Mama legte ihren Kopf auf Yanas Bauch und rieb ihre

Nase an ihrem Nabel, und Yana hielt sie an den Ohren fest. Als Mama wieder aufblickte, stand ihr das Haar zu allen Seiten ab. Erneut tauchte sie ab, und es kitzelte Yana so sehr, dass sie quiekte und versuchte, sich zu befreien. Mama setzte sich auf, beugte sich vor und flüsterte: »Wir beide schleichen uns jetzt raus und gehen ein Eis essen.«

»Aber ich habe doch schon Zähne geputzt?«

»Scheißegal«, sagte Mama.

Während sie aufstanden, befiel Yana ein Gefühl von Unwirklichkeit. Sollten sie wirklich noch mal rausgehen? Mitten in der Nacht?

Mama legte sich den Zeigefinger auf die Lippen, schlich in den Flur und zog sich die Schuhe an. Als sie die Wohnungstür öffneten, um hinauszugehen, erschien Papa in der Küchentür.

»Wo wollt ihr denn hin?«

»Nur mal kurz raus«, antwortete Mama.

»Es ist halb zwölf«, sagte Papa. »Viel zu spät, um mit ihr draußen unterwegs zu sein.«

Mama schob Yana ins Treppenhaus und knallte die Tür zu, und dann lachte sie vergnügt, und Yanas Herz klopfte heftig unter ihrer Jacke, glücklich und ängstlich zugleich, der Aufzug, der manchmal komische Geräusche machte, schepperte schlimmer als je zuvor, als wolle er ebenfalls protestieren, auch er schien zu finden, es sei zu spät, und auf dem Weg nach unten leuchtete die Deckenlampe des Lifts so, dass Mamas Augen schwarz und nervös wirkten. Vielleicht bereute sie die Aktion bereits?

Es war Nacht, dennoch war die Stadt voller Leben. Jugendliche, die unschlüssig vor Kneipen herumstanden, die eben geschlossen hatten. Sie kamen an einer Gruppe junger Männer vorbei, die einander traten, und Yana wusste nicht, ob sie Spaß machten oder ob es ernst war. Mama hielt sie die ganze Zeit an der Hand, ihre Handfläche war warm und feucht. »Da gehen wir rein«, rief sie und zeigte auf ein McDonald's-Schild weiter hinten an der Straße, und Yana wurde langsamer.

»Papa sagt, ich darf da nicht essen.«

»Quatsch«, sagte Mama. »So kann man doch nicht leben.«

Yana fühlte sich unwohl, als sie hineingingen, sie erinnerte sich so gut daran, wie oft Papa auf den McDonald's gezeigt hatte, wenn sie vorbeigegangen waren, und gesagt hatte: »Da drinnen wird man richtig fett.«

Sie betraten das nächtliche Durcheinander, Mama schien sich ganz natürlich im Chaos zurechtzufinden, als hätte sie das alles schon tausendmal erlebt und als wäre das alles nicht weiter seltsam. Dann bestellte sie das größte Eis mit extra Karamellsoße für Yana und dasselbe noch einmal für sich, und sie setzten sich an einen Fenstertisch, wo sie rausgucken konnten, nur eine dünne Glasscheibe trennte sie von der Stockholmer Nacht.

Yana aß ihr Eis langsam. Mama hatte an der Kasse ein paar Trinkhalme mitgenommen und verknotete sie konzentriert miteinander. Sie wollte nicht verraten, was sie da machte, sagte nur, es sei ein Geschenk. Nach einer Weile war sie fertig und streifte Yana die Kette über den Kopf. Dann fiel ihr ein, dass sie sich selbst auch eine machen musste, damit sie die gleiche tragen konnten und alle sahen, dass sie zusammengehörten. Also knüpfte sie eine weitere Kette aus Trinkhalmen.

»Erinnerst du dich noch an Opa, meinen Vater?«, fragte sie. »Du warst noch ziemlich klein, als er gestorben ist.«

»Ich weiß noch, wie er aussah. Er hatte eine Brille, hinter der sahen die Augen ganz klein aus.«

»Ja, genau.«

»Er hat mir mal eine Feder geschenkt.«

»Ja, eine Adlerfeder, über die er alle möglichen Geschichten erzählt hat.«

»Er war nett.«

»Zumindest gab er sich Mühe. Aber manchmal kam es mir vor, als würde er nur diese Adler sehen und vergessen, mich anzuschauen. Ich erinnere mich an seinen sechzigsten Geburtstag, da bin ich mit einer Torte zu ihm gefahren, und ausnahmsweise haben wir uns richtig unterhalten, und ich habe ihn gefragt, was für ihn das Wichtigste im Leben sei. Und weißt du, was er geantwortet hat? Freiheit. Ich wurde ganz traurig, denn ich hatte gedacht, er würde sagen, ich wäre das Wichtigste in seinem Leben.«

Mama schwieg, und die Geräusche des Schnellrestaurants wurden lauter, eine Maschine spie gecrushtes Eis aus, die Kühlschränke brummten. Yana blickte auf ihre Hände. Jemand hatte Salz verschüttet, das sich von der roten Tischplatte abhob, auch ein paar weiche Pommes frites lagen noch herum.

»Weißt du, was das Wichtigste in meinem Leben ist?«, fragte Mama.

»Nein.«

Mama blickte sie lächelnd an, und da musste auch Yana lächeln.

»Rate mal«, sagte Mama.

»Ich?«

»Ja!«

Mama streckte beide Hände in die Luft und ballte sie zu Fäusten, eine Siegergeste. Dann legte sie eine Hand auf den Tisch, und Yana ergriff sie.

»Was auch immer passiert, ich werde dich nie verlassen«, sagte Mama. »Wir beide gehören für immer zusammen.«

Yana schaut auf die Uhr, und es kommt ihr vor, als verginge die Zeit immer schneller, je mehr sie sich dem Bahnhof nähern. Vor dem Fenster zieht Schweden vorüber, Yana sieht glatt daliegende Seen, und wenn ein Wind über sie hinwegbläst, wirkt es so, als bekämen sie Gänsehaut. Warum ist sie nie herumgereist? Ihr ganzes Leben hat sie daheim in der Wohnung verbracht, vor dem Fenster zieht jetzt alles vorbei, was sie verpasst hat.

So hatte ihr Leben nicht werden sollen, so hatte sie es in jener Nacht bei McDonald's nicht vor sich gesehen, als ihre Mutter ihr versprach, sie niemals zu verlassen.

Sie erinnert sich an die Kälte des Eises, die ihr bis ins Gehirn stieg, und wie Mama, als sie es aufgegessen hatte, rief: »Jetzt kaufen wir noch eins!«

»Nein, ich möchte nicht mehr«, sagte Yana.

»Doch, eins noch!«

Mama stand auf, um zur Kasse zu gehen.

»Ich habe keine Lust mehr auf Eis, Mama.«

Mama setzte sich wieder, eine SMS traf ein, und sie suchte in ihren Manteltaschen nach dem Handy. Ihr Gesicht vom Display erleuchtet. Sie lächelte, antwortete schnell und wartete auf die Reaktion, die gleich kam, und dann schrieb sie noch mal. Nach einer Weile legte sie das Handy weg und steckte es in ihre Tasche.

»Wer war das?«, fragte Yana.

»Das war Papa.«

»Und was hat er geschrieben?«

»Ganz süße Sachen, er möchte, dass wir uns wieder vertragen.«

Und dann standen sie auf und gingen Hand in Hand die glitzernden Straßen entlang durch die Nacht. Zu Hause hatte Papa bereits das Flurlicht ausgemacht, ein gelber Schein drang aus der Küche, er hatte Kerzen angezündet, und auf dem Tisch stand ein Schneidebrett mit edlem Aufschnitt. Mama brachte Yana in ihr Zimmer und deckte sie zu.

»Ich pack dich ein wie eine Mumie«, sagte Mama und stopfte die Decke unter ihren Körper, bis Yanas Konturen sich deutlich abzeichneten.

»Was ist das Wichtigste in meinem Leben?«, fragte Mama.

»Ich«, antwortete Yana.

Mama machte erneut die Siegergeste, zwei Fäuste in der Luft. Beim Rausgehen löschte sie das Licht, eins nach dem anderen, dann war sie fort, und Yana lag allein im Dunkeln. Sie hörte, wie in der Küche eine Weinflasche geöffnet wurde, dann ihr leises Murmeln. Sie nahm Rauchgeruch wahr – Mama hatte sich eine Zigarette angezündet. Und sie unterhielten sich, und Yana hörte nicht, worum es ging, aber ihre Stimmen klangen wohlwollend und warm. Sie hatten sich wieder vertragen. Plötzlich wurden ihre Stimmen noch leiser, die einzelnen Worte verschwanden ganz in unverständlichem Murmeln. Etwas machte sie neugierig, ein Kichern, dann ein langes Schweigen. Sie stand auf und öffnete lautlos ihre Zimmertür. Dann blieb sie ganz still im Flur stehen.

»Wer war es denn?«, hörte sie Papa flüstern. Jemand schenkte Wein nach. Das vertraute Geräusch, wenn Papa das Glas ein paarmal drehte und der Fuß über das Holz der Tischplatte schabte.

»Neben wem hat sie gelegen?«, fragte Papa.

»Ich weiß es nicht«, antwortete Mama. »Sie meinte nur, es sei ein Junge aus ihrer Klasse gewesen.«

KAPITEL 10

Oskar

Die Verärgerung beginnt als kaum spürbares Ziehen in seinem Bauch. Immer wieder versucht er, sein Handy über das G-2-Netz mit dem Internet zu verbinden, doch es rödelt nur ein wenig, und die Seite schließt sich wieder, nicht ein einziges Mal, seit sie Stockholm verlassen haben, ist es ihm gelungen, ins Netz zu kommen. Er ist allein, gefangen in diesem Zug und vollkommen in Harriets Gewalt. Er will hier nicht sein, er will nach Hause, und deshalb ist die Bewegung des Zugs in die entgegengesetzte Richtung eine permanente Provokation, er weiß genau, wie es enden wird, er kennt sich inzwischen gut genug, die Alarmglocken klingeln. Bald wird ihm der Kragen platzen, und dann wird er Dinge sagen, die alles nur noch schlimmer machen.

Ein paar Wochen ist er zu einer Therapeutin gegangen, die ihm zahlreiche Übungen für den Fall empfohlen hat, dass er wieder Gefahr läuft, auszuflippen. Etwa diese: Er solle sich vorstellen, er gehe im Sommer nach dem Regen einen alten Kiesweg entlang. Der Weg sei voller

Pfützen, an denen er sich vorbeischlängeln müsse. Wenn vor ihm eine Pfütze auftauche, solle er innehalten und denken: Hoppla, da ist ja eine Pfütze. Und dann beschließen, außenrum zu gehen.

Außerdem hat die Therapeutin ihn gebeten, ihr einen Ort zu nennen, wo er sich vollkommen ruhig fühle, wo ihn nichts tangieren könne, und da hat er prompt den Stockholmer Schärgarten genannt. Mit dem Auto über die schmalen asphaltierten Straßen zu fahren, während das Meer sich zu beiden Seiten öffnet und wieder schließt. Das kann er stundenlang tun. Nachdem er seine Ausbildung zum Makler abgeschlossen hatte, hatte er sich bei einem kleinen Maklerbüro beworben, das Häuser in den Schären anbot. Er bekam den Job, und seitdem verbringt er seine Arbeitstage im Auto, mit schweren Schlüsselbünden in der Manteltasche und einem Stapel Prospekten auf dem Beifahrersitz. Er präsentiert die Häuser, als gehörten sie ihm. Er weiß, dass er es sich niemals leisten könnte, auch nur eines davon zu kaufen, doch das braucht er auch gar nicht. Was er durch den Job hat, genügt ihm. Mindestens einmal am Tag, oft, wenn er draußen ist und weit entfernt von dichter Bebauung, geht er zu einem Haus, das im Wald, aber zum Meer hin liegt, und dann trifft ihn die Erkenntnis jedes Mal mit wahnsinniger, beinahe verzweifelter Kraft: Hier gehört er hin. Hier sollte er eigentlich sein. Das tiefblaue Wasser, die sonnenverblichenen Stege, der trockene Nadelwald – das alles ist ihm auf intuitive Weise vertraut, als hätte er in einem anderen Leben hier gewohnt. Dort draußen ist er ausgeglichen, doch jedes Mal, wenn er abends nach Hause fährt, bricht der Zauber, und er fühlt sich wieder wie entsichert.

Der erste Schritt ist, sich bewusst zu machen, was genau einen Wutanfall auslöst. In diesem Moment ist das nicht schwer. Er ist unterwegs zu einem Ort, wo er nicht hinmöchte. Und diejenige, die ihn zwingt, dorthin zu fahren, will ihm nicht einmal sagen, wozu. Auf der Reise, die Harriet mit ihrem Vater hierher unternommen hat, ist etwas passiert, etwas so Entscheidendes, dass sie jetzt noch einmal mit ihm hinfahren muss.

Dass Bo etwas damit zu tun hat, war ja klar. Bo, immerzu Bo. Ihre Mutter erwähnt Harriet mit keinem Wort, aber über Bo kann sie stundenlang reden. Dass dieser Mann, der zu Lebzeiten so wenig für Harriet da war, sie immer noch so sehr beeinflussen kann. Er hat sich kaum einmal blicken lassen, dennoch ist er ständig präsent, ein unruhiger Glanz in ihren Augen, wenn von ihm die Rede ist.

Während ihrer ersten gemeinsamen Jahre hat Oskar Bo kein einziges Mal zu Gesicht bekommen. Er existierte nicht in Harriets Leben. Und so lernte er ihn zunächst nur durch die Geschichten kennen, die sie von ihm erzählte. Oskars erste reale Begegnung mit Bo fand im Treppenhaus statt. Es war Sonntag, und Yana war gerade geboren. Oskar wollte in den Keller, um in der schmuddeligen Sauna der Hausgemeinschaft zu saunieren. An die Tür zum Saunabereich hatte jemand ein Schild mit der Aufschrift SPA gehängt. Irgendwann hatte er einen Filzstift mitgenommen und das Wort mit Anführungszeichen versehen, und jetzt bekam er jedes Mal gleich bessere Laune, wenn er seine Korrektur sah. An besagtem Sonntag hatte sich Oskar gerade den Bademantel angezogen und war aus der Wohnung getreten, als er fast mit Bo zusammenstieß. Dass es sich um Harriets Vater handeln musste, sah er sofort. Die großen Kamerataschen, die kleinen Augen, die er von dem Foto im Bücherregal kannte – auf dem Foto saß Bo zusammen mit Harriet in einem Schnellrestaurant. Hatte er schon lange vor der Tür gestanden? Oskar rief Harriet, die gleich angerannt kam und völlig aus dem Häuschen war.

»Was machst du denn hier?«, fragte sie.

»Ich hatte ein Shooting, nur ein paar Straßen weiter«, sagte Bo. »Wir sind früher fertig geworden, und da dachte ich, ich komme mal vorbei.«

»Oskar wollte gerade in die Sauna runter. Vielleicht möchtest du ihm Gesellschaft leisten?«

»Ich kann die Sauna auch sausenlassen«, sagte Oskar.

»Nein, Papa geht ja auch gerne in die Sauna«, sagte Harriet. »Stimmt's, Papa?«

»Allerdings«, sagte Bo. Er grinste, hob die Kamerataschen hoch und stellte sie in die Wohnung. Oskar war bei Harriets Vorschlag eiskalt geworden. Was wollte sie damit bezwecken? Erst Jahre später wurde ihm klar, dass daran überhaupt nichts Merkwürdiges war, denn ihr wichtigstes Ziel war immer gewesen, Bo dazu zu bringen, Oskar zu mögen, und umgekehrt.

»Doch, ich komme gern mit in die Sauna«, sagte Bo.

Dann gingen die beiden Männer schweigend die Treppen hinunter, eine Tür nach der anderen musste umständlich aufgeschlossen werden, so viele unnötige Schlösser, um den Kram zu schützen, der in den Kellerverschlägen gelagert wurde.

»Die Anführungszeichen hab ich da hingemalt«, sagte Oskar, als sie die Tür erreichten. Bo sah sich das Schild an, dann ging er hinein. Sie zogen sich aus und setzten sich auf die oberste Bank.

»Was war das für ein Shooting, bei dem du warst?«, fragte Oskar.

»Werbefotos für Hundefutter«, sagte Bo und goss eine Kelle Wasser auf die Steine, und Oskar war verblüfft, mit welcher Selbstverständlichkeit er das Kommando übernahm, als wäre das hier seine Sauna und er selbst der Gast. »Drei Hunde sollten fotografiert werden. Schon als ich ins Studio kam, hörte ich sie bellen, sie waren in einen Raum gesperrt worden. Ich fragte, was los wäre, und da erklärten sie mir, die Hunde hätten zwei Tage nichts zu fressen bekommen.«

»Wieso?«, fragte Oskar.

»Damit sie sich während des Shootings auf das Futter stürzten und es aussah, als würde es ihnen wahnsinnig gut schmecken.«

»Bäh!«

»Und dann habe ich gesehen, wie sie die Hunde festgehalten und ihnen eine Art Sirup auf die Lefzen geschmiert haben, die Hunde sind fast ausgerastet und haben versucht, den Sirup abzulecken, sie wirkten vollkommen panisch, und das alles nur, damit sie sich anschließend das Maul leckten.«

»Echt widerlich.«

»Da habe ich meine Sachen gepackt und bin gegangen. Mit solchen Leuten arbeite ich nicht.«

Oskar blickte vorsichtig in seine Richtung. Bo hatte inzwischen die Augen geschlossen, sich in der Hitze mit dem Rücken an die Holzwand gelehnt, entspannt, aber jederzeit sprungbereit, sehnig, explosiv. Eine große Tätowierung am Arm, die einen Adler darstellte und vor langer Zeit gemacht worden sein musste, denn die Farbe war verlaufen. Kein einziges Haar am Körper, nur rund um sein Geschlechtsorgan, was diesem eine aggressive und gefährliche Wirkung verlieh, ein mit Stahlwolle fortifizierter Penis. Bo hatte sofort zu schwitzen begonnen und glänzte jetzt im schwachen, gelben Licht.

Da saß er also, der Mann, den Oskar bisher nur aus Harriets Erzählungen kannte, aus unscharfen Erinnerungsbruchstücken ihrer Kindheit. Seine Stimme klang etwas brüchig, so wie er sie von jenem Abend in der Vasagatan in Erinnerung hatte, als sie ihn angerufen hatte, um ihm zu sagen, dass sie ihn liebte. Wie ein umgekehrter Stimmbruch, bei dem etwas Helles, Grelles ins Dunkle hereinbrach. Doch Bo machte nicht viele Worte. Schweigend saß er da und hielt die Augen geschlossen. Einmal beugte er sich längere Zeit vor, und als er sich anschließend wieder zurücklehnte, legte sich das Metallkreuz, das er um den Hals trug, auf seine Brust, und er schrie auf. Doch er blieb einfach sitzen, nahm das Kreuz nicht ab, tat nichts, um dem Schmerz zu entgehen.

Als sie wieder in die Wohnung kamen, trat Harriet ihnen mit Yana entgegen, die im Stubenwagen lag und schlief, und Bo schaute auf sie hinunter und lächelte. »Hübsch«, sagte er, während er sich gleichzeitig die Jacke auszog.

»Sie wacht bestimmt bald auf«, sagte Harriet, »dann kannst du sie mal nehmen.«

Sie brachte ihm ein Glas Wein, das er nicht anrührte. Oskar bereitete das Essen vor, Hühnchen mit Rotweinsauce, und beobachtete dabei Bo, wie er in der Wohnung umherging. Seine Bewegungen waren langsam, aber präzise, als sparte er permanent Energie und sammelte Kraft für eine große Anstrengung. Seine Stiefel waren grob, gaben aber nicht das leiseste Geräusch von sich, Oskar musste immer wieder von der Sauce aufblicken, um sich zu vergewissern, wo Bo sich gerade befand. Plötzlich stand er am Bücherregal und überflog die Titel.

»Papa«, rief Harriet, »kannst du Oskar mit der Rotweinsauce helfen?«

»Ich brauche keine Hilfe«, sagte Oskar.

»Aber du kriegst sie nie richtig hin. Und Papa ist darin einfach der Beste.«

Bo trat zu ihm an den Herd und schaute in den Topf. Er nahm einen Kochlöffel und rührte. Kostete.

»Hast du noch ein bisschen mehr Fond?«, fragte er. Oskar holte ihn aus dem Kühlschrank und überließ Bo das Feld. Dieser musterte die Flasche und lächelte. Dann stellte er sie beiseite. »Du brauchst richtigen Fond.« Er starrte in die Sauce und rührte langsam um. Ging zum Gewürzregal und ließ den Finger über die Gläser wandern.

»Was suchst du?«, fragte Oskar.

Bo antwortete nicht. Er fand den Thymian und kehrte zum Herd zurück. Es war jetzt Bos Sauce, Oskar stand daneben und schaute zu.

Beim Essen schwiegen sie, und Oskar empfand Mitleid mit Harriet, wie sie über den Tisch gebeugt dasaß, angespannt wie eine Geigensaite. Immer wieder wischte sie sich den Mund an einer Serviette ab, ein Lächeln auf den Lippen. Es war, wie wenn man ganz am Ende in einen sehr langen, anstrengenden Film hineinschaltet, in dem die wenigen Äußerungen unverständlich sind. Bo schien das Schweigen nicht im Geringsten zu stören, er saß da, das Besteck klapperte leise, ab und zu ein Räuspern oder Murmeln, das Salz bitte, und nachdem er sein Hühnchen aufgegessen hatte, nahm er sich noch etwas Sauce, goss sie auf seinen Teller.

»Ich habe neulich Amelia getroffen«, sagte Harriet.

»Ach, wirklich?« Bo hielt mit der Gabel in der Luft inne. »Wo denn?«

»Im Schwimmbad … Doch, ich glaube, sie war es.«

Bo legte das Besteck beiseite.

»Wie meinst du das?«, fragte er.

»Ich war im Schwimmbad, und hinterher unter der Dusche stand eine Frau neben mir, der eine Brustwarze fehlte.«

»Hast du mit ihr gesprochen?«

»Ich konnte nicht, ich war so überrascht. Sie ist zu den Umkleiden gegangen, ohne mich zu sehen.«

»War sie es oder nicht?«

»Es sah genau so aus, wie ich es mir immer vorgestellt habe.«

Bo nahm sich noch eine Kartoffel und zerdrückte sie mit der Gabel.

»Das muss ja nicht heißen, dass sie es wirklich war.«

»Nein. Aber ich habe sie erkannt.«

»Sie wohnt nicht mal in Stockholm.«

»Papa!«, rief Harriet. »Es war Amelia. Ich erkenne ja wohl meine Schwester.« Ihre Augen wurden feucht, und sie beugte den Nacken, sodass ihr das schwarze Haar ins Gesicht fiel.

»Ninchen«, sagte Bo beschwichtigend.

»Ninchen«, antwortete Harriet.

Für Oskar blieb Amelia ein Geheimnis. Manchmal erzählte Harriet von ihr, frühe Erinnerungen aus der Zeit vor der Scheidung der Eltern. Doch was dann geschah, hat er nie erfahren, nur dass die Schwestern getrennt wurden und irgendwann den Kontakt verloren. Harriet wollte nicht über Amelia reden oder darüber, wieso sie noch immer keinen Kontakt miteinander hatten. Und nicht ein einziges Mal in ihrer Beziehung hatte sie den Namen ihrer Mutter genannt, bis auf das eine Mal ganz am Anfang, in der Bar. Da hatte sie sie als Monster bezeichnet.

Nach dem Essen zogen sie auf das Sofa vor dem offenen Kamin um, und Bo kramte im Korb mit dem Brennholz und stapelte ein paar Scheite im Feuerraum. Oskar bot an, Zeitungspapier zu holen, um es schneller in Gang zu bekommen. Nein, das sei nicht nötig, das könne er auch ohne Papier. Als das Feuer brannte, sprangen immer wieder Funken heraus, die Bo genau verfolgte und nicht aus den Augen ließ, bis sie auf dem Steinfußboden erloschen. »Fichte«, sagte Bo. »Man soll nicht mit Fichte anheizen.« Und sie tranken Kaffee, und der Abend war lang. Oskar beobachtete fasziniert, welche Macht Bo immer noch über Harriet hatte. Da war eine Energie, wie er sie nie zuvor erlebt hatte, mit der Bo alle im Raum auf negative Weise zu beeinflussen schien. Nach wie vor lastete das Schweigen über ihnen, lange Zeitspannen vergingen, in denen sie lediglich ins Feuer starrten, das allmählich erlosch und zu roter Glut zusammenfiel. Irgendwann ging Harriet zur Stereoanlage und kehrte zu den ersten Tönen von Lou Reeds *Perfect Day* zurück, sie sang die erste Zeile mit. Dann nahm sie sich ein Holzscheit und legte es in die Glut, blieb in dieser Position stehen, über das Feuer gebeugt, den Hintern in den Raum gestreckt. Was tat sie da bloß? Sie begann, den Hintern zur Musik hin und her zu schwenken, eine Hand auf jeder Pobacke. Dann drehte sie sich zu ihrem Vater um, und Bo erwiderte schweigend ihren Blick, und Oskar wurde so nervös, dass er anfing zu lachen. Harriet näherte sich ihrem Vater, forderte ihn heraus, und Oskar lachte immer lauter und gellender, das Feuer gab einen Warnschuss nach dem anderen ab.

Später haben Harriet und er sich noch oft über dieses Ereignis amüsiert, sie machten sich darüber lustig, als sie wieder alleine waren und sich an Bos Reaktion erinnerten, an das Feuer, das sich in seinen Brillengläsern widerspiegelte, und seinen neutralen Blick, als er versuchte, die Szene zu deuten. Doch sie haben nie ernsthaft darüber geredet, wie über so vieles in ihrer Beziehung. Harriet liebt es zwar, über Dinge zu reden, die ihr passiert sind, sie ist wie besessen von der Geschichte, aber sie will sich die Episoden selbst aussuchen.

Der Zug fährt weiter durchs Land. Harriet ist auf dem Sitz heruntergerutscht, halb im Liegen liest sie eine Zeitung, eine von der Sorte, die sich nicht zu schade ist, Nachrichten über den Einsturz der Zwillingstürme mit solchen über Justin Timberlakes Beziehung mit Britney Spears zu vermengen. Oskar schaut wieder auf sein Handy. Immer noch kein Netz. Er spielt Snake, ist jedoch zu ungeduldig, legt das Handy wieder weg. Dann schaut er auf die Uhr. Drei Stunden sind sie schon unterwegs.

»Wann sind wir da?«, fragt er.

»Keine Ahnung.« Sie blickt von der Zeitung auf. »In einer Stunde vielleicht.«

»In einer Stunde?«

Er blickt auf die Tischplatte, hoppla, da ist ja eine Pfütze. Er kratzt sich den Handrücken.

»Erinnerst du dich daran, als Yana noch ein Baby war«, fragte er, »und du vor deinem Vater diesen Pornotanz abgezogen hast?«

Harriet lacht, beugt sich über den Tisch und sieht ihn an. »Ja, ich erinnere mich.«

»Wieso hast du das eigentlich gemacht?«

»Was?«

»Wieso du das gemacht hast.«

Sie lehnt sich wieder zurück, und ihr Lächeln verschwindet. Sie betrachtet ihre Fingernägel.

»Das ist doch nicht so schwer zu verstehen«, sagt sie dann. »Ich wollte, dass er mich sieht.«

Oskar nickt. Das war ungewohnt ehrlich.

»Als Papa an dem Abend gegangen ist, dachte ich: Ach, ist doch ganz gut gelaufen«, sagt Harriet. »Erst in der Nacht hat es mich umgehauen. Ich bin in die Küche gegangen und habe stundenlang geheult.«

»Wieso?«

»Weil er Yana nicht angesehen hat. Nicht ein einziges Mal während des ganzen Abends.«

Oskar nimmt ihre Hand.

»Daran erinnere ich mich gar nicht. Wieso hast du mich nicht geweckt?«

»Es hätte dich nicht interessiert.«

»Wieso sagst du so was?«

Sie entzieht ihm ihre Hand, zuckt die Achseln.

»Ich habe noch nie jemanden wie deinen Vater getroffen«, sagt Oskar. »Er konnte alle zum Schweigen bringen, einfach nur durch seine Anwesenheit.«

Harriet beginnt zu lachen.

»Wieso lachst du?«

»Über wen redest du denn gerade? Über Papa oder über dich selbst?«

»Wie meinst du das?«

Sie antwortet nicht, schaut aus dem Fenster. Er beugt sich über den Tisch zu ihr.

»Kannst du mir das bitte erklären?«, sagt er, jetzt mit schärferer Stimme. »Kannst du mir erklären, was du damit meinst?«

Da beugt sie sich ebenfalls vor, kommt ihm ganz nah, ihre Stirnen berühren sich fast.

»Nur ein einziges Mal im Leben geschieht es, dass man einen Blick auf sich selbst erhascht«, sagt sie. »Und dies, und nur dies, wird entweder zum glücklichsten oder zum schrecklichsten Moment des eigenen Lebens.«

Oskar steht auf und geht wortlos davon. Zwischen zwei Waggons bleibt er stehen, eine ganze Weile, in diesem Zwischenraum, in dem nichts den Lärm dämpft und der Zug so laut dröhnt, dass man beinahe den Verstand verliert.

KAPITEL 11

Harriet

Papa ist jetzt schon ganz schön lange fort. Harriet schaut auf ihre Armbanduhr. Jedes Mal, wenn der Sekundenzeiger sich bewegt, muss sie blinzeln, sechzig Blinzler sind es pro Minute, und wenn sie einen verpasst, muss sie von vorne beginnen. Papa hat ihr die Uhr geschenkt, weil er wollte, dass sie sie lesen lernte, er konnte ja nicht wissen, welchen Stress das für sie bedeutete. Wenn die Zeiger in einem bestimmten Winkel zueinander stehen, bilden sie einen Mund mit herabgezogenen Mundwinkeln, dann wird sie traurig. Die Ziffern sind aufdringlich, manche von ihnen kann sie gar nicht anschauen. Diejenigen, die Augen oder einen Mund haben, sind am schlimmsten, zum Beispiel die 8 oder die 9. Und dann die ganzen Zwänge, die sich einstellen, sobald sie die Uhr erblickt, sie muss zählen und die Augen schließen und verschiedene Dinge in einer bestimmten Reihenfolge tun, ehe der Sekundenzeiger einmal herumgewandert ist. Sie hat so viele Dinge zu tun, von denen sie nicht will, dass andere sie mitbekommen. Wie etwa, dass sie jedem

Gegenstand, den sie erblickt, einen liebevollen Gedanken senden muss, bevor er verschwindet. Oft lässt sich das ganz gut geheim halten, aber nicht in diesem Zug, wenn alles so schnell geht und lauter Häuser und Schilder an ihr vorbeisausen, Papa hat wahrscheinlich längst gemerkt, dass sie in ihrem Kopf Dinge tut, von denen er nichts weiß. Noch schwieriger aber ist es, Dinge zu verbergen, die man mit dem Körper tun muss. Wenn sie einmal nach rechts schaut, ist das unfair für links, dann muss sie auch gleich noch mal nach links schauen. Wenn sie die linke Hand zweimal hebt, muss sie auch die rechte zweimal heben. Zur Kompensation, damit Gleichgewicht zwischen den Körperteilen herrscht. Andere Dinge kann sie weniger gut erklären. Manchmal muss sie aufstehen und sich ein paarmal im Kreis drehen und sich anschließend umsehen, um sich zu vergewissern, dass die Welt noch da ist, dass sie nicht irgendwo hineingefallen ist und woanders landen wird. Jetzt sieht sie Papa, der durch den Mittelgang auf sie zukommt, und sofort hört sie mit allem auf, versteckt die Armbanduhr im Ärmel. Er stellt ihr einen Teller mit einem Stück Kalten Hund auf den Tisch und eine Dose Loranga. Dazu eine Tasse Kaffee für sich selbst.

»Die Schlange war so lang«, sagt Papa und lässt sich auf den Sitz sinken. Harriet nimmt einen Bissen vom Kuchen, bemerkt den Abdruck ihrer Zähne in der Glasur. Es sieht aus, als hätte ihn eine Ratte angenagt, sie kann da nicht hinsehen. Vorsichtig öffnet sie die Loranga und trinkt, und sie erinnert sich an den Tag, an dem sie von ihren Eltern in die Küche gerufen wurde und erfuhr, dass sie sich scheiden lassen wollten. Sie bekam eine Cola, die in der Speisekammer gestanden hatte, und die Kohlensäure kitzelte sie am Gaumen, sodass sie husten musste und ihr etwas von der Cola aus der Nase lief, doch das machte Papa nichts aus. »Wir müssen dir was sagen«, hatte Mama mit diesem seltsamen Gesichtsausdruck gesagt, den man nicht richtig deuten konnte.

»Ich muss dir was sagen«, sagt Papa jetzt, und Harriet nickt und legt den Kuchen auf den Pappteller zurück. »Wir sind ja heute unterwegs, um Abschied von Ninchen zu nehmen. Es dauert nicht mehr lange. Aber bevor wir aussteigen, dachte ich, könnten wir uns noch von ein paar anderen Dingen verabschieden, wenn wir schon mal dabei sind.«

Papa wartet auf ihre Reaktion. Ein Schaffner kommt vorbei, er wartet, bis er wieder gegangen ist.

»Ich finde, wir sollten uns von allen Geheimnissen verabschieden.«

Die Sonne scheint Papa direkt in die Augen, und er schirmt sie mit der Hand ab, um seine Tochter besser sehen zu können.

»Verstehst du, was ich meine?«

»Ja«, antwortet Harriet.

»Wir müssen anfangen, aufrichtig zueinander zu sein, findest du nicht?«

»Ja.«

Harriet nimmt das Stück Kuchen und bricht diesmal ein Stückchen ab, um nicht wieder ihren ekligen Zahnabdruck sehen zu müssen.

»Ich dachte, wir könnten uns Fragen stellen, auf die wir uns ehrlich antworten müssen. Ich stelle dir eine Frage, und dann stellst du mir eine. Wie findest du das?«

»Okay.«

»Dann fange ich an.« Papa trinkt einen Schluck. »Was liest du gerade für ein Buch?«

Harriet muss lachen, jetzt kann sie Papa in die Augen schauen, und sie sieht, dass er sie anlächelt.

»Die Kinderbibel«, antwortet sie.

»Ach ja, richtig«, sagt Papa und muss ebenfalls lachen. »Okay, jetzt bist du dran.«

Harriet schaut auf ihren Kuchen hinab.

»Ja, also …« Sie überlegt. »Was … was liest du für ein Buch?«

»Ich lese gerade gar keins«, antwortet Papa. »Ich kann abends nicht mehr lesen. Ich bin danach so überdreht, dass ich nicht einschlafen kann.«

»Ich bin auch überdreht, wenn ich die Kinderbibel lese«, sagt Harriet. »Die ist nämlich manchmal ganz schön gruselig.«

Papa hat ihr die Bibel erst vor ein paar Tagen mitgebracht, und seitdem hat Harriet jeden Abend darin gelesen. Es kam ihr vor, als machten die Bilder darin Geräusche, jedes Mal, wenn sie die Bibel öffnete, hörte sie den Inhalt in voller Lautstärke: Sandalen auf dem Kies,

Menschen, die herumschrien, das Geräusch von Speeren, die durch Menschenkörper drangen. Und Gott blieb immer unsichtbar, obwohl er überall präsent war, wo Menschen unbegreifliche Dinge taten, um seinem Zorn zu entgehen. Abraham zum Beispiel fesselte seinen Sohn, um ihn bei lebendigem Leib zu verbrennen – nur um Gott eine Freude zu machen. Die Geschichte über eine verkommene Stadt, die Gott eines Tages beschloss, niederzubrennen und alle Menschen darin zu töten. Nur eine Familie sollte am Leben bleiben, denn die hatte sich richtig verhalten. Nachdem Gott begonnen hatte, Feuer zu legen und zu morden, wurde den Mitgliedern dieser Familie aufgetragen, die Stadt zu verlassen, so schnell wegzurennen, wie sie konnten, und Gottes Regel war: Sie durften sich auf keinen Fall umsehen. Und alle Familienmitglieder rannten los, während hinter ihnen die Vernichtung ihren Lauf nahm, die Mutter aber konnte nicht anders und blickte sich um, und da wurde sie zu einer Statue. Sie starb sofort, und Harriet begriff einfach nicht, wieso. Was war das für eine merkwürdige Regel? Gott tötete sie – weil sie sich umgedreht hatte? Das war doch kein Verbrechen?

Harriets Verbrechen war wenigstens klar. Sie hatte ihre Schwester gebissen und ihren Körper für immer entstellt. Als sie mit dem Rücken an den Zaun gelehnt darauf gewartet hatte, dass Papa sie abholte, hatte sie eine Art Erleichterung verspürt, denn es war ganz einfach und eindeutig. Sie hatte etwas getan, und dafür würde sie bezahlen müssen. Tage und Wochen vergingen, ohne dass etwas geschah, es wurde keine Strafe verhängt. Harriet wollte Amelia anrufen und sich entschuldigen, aber Papa meinte, das sei keine gute Idee. Mehrmals bat sie, mit Amelia sprechen zu dürfen, aber immer wurde es ihr verweigert. Schnell begriff sie, dass genau das die Strafe war. Inzwischen ist seit dem Vorfall ein Jahr vergangen, und sie hat ihre Schwester noch immer nicht gesehen. Sie durfte nicht einmal mit ihr telefonieren.

Harriet schrieb fast täglich in ihr Tagebuch über Amelia und erstellte Listen, was sie alles tun würden, wenn sie sich wiedersähen. Ihr fielen niemals neue Sachen ein, nur Dinge, die sie schon mal gemacht hatten und die sie noch einmal mit ihr tun wollte. Sie erstellte eine Rangliste von eins bis fünf, und ganz oben stand immer: »Im Bett liegen und Musik hören, die Amelia mag.«

Papa nippt vorsichtig an seinem Kaffee, taucht nur die Oberlippe ein, dann stellt er die Tasse wieder weg.

»Okay, dann bin ich jetzt wieder dran«, sagt er. »Manchmal, wenn ich in dein Zimmer komme, versteckst du ganz schnell ein Foto unter deinem Kopfkissen. Was ist das für ein Foto?«

»Das ist …« Harriets Herz klopft. Sie hat nicht gewusst, dass Papa gemerkt hat, dass sie das Foto hat. Und sie traut sich nicht zu lügen, denn vielleicht weiß er mehr, als er zugibt.

»Es ist ein Foto von dir und mir.«

Sie hat es auf Papas Schreibtisch gefunden, ein Schwarz-

Weiß-Foto von sich und Papa bei McDonald's. Sie tragen beide Ketten aus Trinkhalmen, die Papa zusammengeknotet hat, und er hat den Arm um ihre Schulter gelegt, und sie lachen, Harriet weiß nicht mehr, worüber. Sie benutzt es als Lesezeichen, und jeden Abend vor dem Lichtausmachen schaut sie es sich noch mal an. Das Fotopapier glänzt, und wenn es unter der Nachttischlampe reflektiert, kommt es ihr vor, als würde die Erinnerung dadurch vergoldet. Sie kann nicht genug davon bekommen, kann nicht aufhören, sich das Foto anzusehen.

»Wieso versteckst du das Bild?«, fragt Papa.

»Weiß ich nicht«, sagt Harriet.

»Hast du Angst, dass ich sauer werde?«

»Weiß ich nicht.«

Papa nimmt die Brille ab und massiert sich mit den Fingern die Schläfen.

»Du weißt schon, dass du dir das Foto angucken darfst, sooft du möchtest, oder? Du brauchst es nicht zu verstecken.«

»Ja.«

»Okay«, sagt Papa. »Dann bist du jetzt wieder dran.«

»Aber ich habe keine Fragen, Papa.«

»Klar hast du welche. Du darfst fragen, was du willst.«

Der Kuchen ist jetzt halb geschmolzen, die Sonne scheint auf den Tisch, und die Glasur ist auf dem weißen Pappteller zerflossen. Harriet möchte einen Finger in die

Schokoladensauce stecken und ablecken, lässt es aber bleiben.

»Wieso willst du nicht, dass ich Amelia treffe?«

Sie weiß, dass das eine gefährliche Frage ist, aber jetzt hat sie sie gestellt.

»Das stimmt so nicht«, sagt Papa. »Ich möchte, dass ihr euch seht. Ich möchte Amelia auch sehen.«

»Dann liegt es an Mama?«

»Nach unserer Trennung haben wir uns ziemlich viel gestritten. Und irgendwann hat sie sich bei mir gemeldet und gesagt, dass sie jetzt nur noch Amelias Mutter sei und ich nur noch dein Vater.«

»Wieso?«

»Ich weiß es nicht. Aber ich fand das immer falsch. Niemand hat das Recht, zwei Geschwister zu trennen oder Eltern von ihren Kindern. Ich habe wirklich gekämpft. Aber jetzt hat ein Anwalt entschieden, dass es so sein soll.«

»Wie sein soll?«

»Na ja … dass ihr aufgeteilt werdet.«

»Dann ist Mama nicht mehr meine Mama?«

»Sie wird immer deine Mama bleiben.«

In der ersten Zeit nach der Scheidung rief Mama manchmal an und fragte, wie es ihr denn gehe. Doch nach dem Streit mit Amelia auf dem Steg hat sie sich kein einziges Mal mehr gemeldet. Irgendwann begriff Harriet, dass die einzige Möglichkeit, mit ihrer Schwester Kontakt aufzunehmen, war, es heimlich zu tun. Viel später, an einem dieser langen Nachmittage, an denen Papa auf der Arbeit war, ging sie in sein Zimmer. Auf seinem Schreibtisch fand sie einen gefütterten Umschlag, auf dem Mamas Name stand. Sie sah, dass er Rechnungen enthielt, die an sie adressiert waren. Harriet setzte sich an den Schreibtisch und schrieb ihrer Schwester. Es wurde ein langer Brief, in dem sie über alles schrieb, worüber sie in dem Jahr nachgedacht hatte, in dem sie keinen Kontakt gehabt hatten. Sie schloss mit *Entschuldigung*. Und dann schrieb sie es noch einmal, aber in größeren Buchstaben, und malte mit rotem Filzstift ein Herz drum herum: *ENTSCHULDIGUNG*. Anschließend riss sie die Seiten mit den Listen der Dinge, die sie mit Amelia tun wollte, aus ihrem Tagebuch. Kleine Zettel, gefüllt mit ihren Träumen, die sie zusammen mit dem Brief in den Umschlag stopfte. Sie klebte ihn zu und hoffte, dass Papa nicht merkte, dass er dicker geworden war. Am nächsten Tag war der Umschlag verschwunden, und das Warten begann.

Die Reaktion vom anderen Ende des Landes ist gestern Abend eingetroffen. Harriet lag im Bett und las in der Kinderbibel, sie hörte das Telefon im Flur klingeln. Das war ungewöhnlich, noch dazu so spät, um diese Uhrzeit rief sonst nie jemand bei ihnen an. Sie hörte, wie Papa sich meldete, wie immer, indem er langsam ihre Nummer aufsagte. Während des Telefonats selbst redete er kaum, nur ein gedämpftes Murmeln, gefolgt von langen Pausen. Dann legte er auf, und kurz darauf stand er in der Tür, sie sah, dass er wütend war, er atmete durch die Nase, seine Augen waren noch kleiner als sonst, klein und schwarz wie bei einem Krustentier. Dennoch sprach er ganz leise.

»Was hast du getan?«, fragte er. »Ich habe dir doch gesagt, du sollst dich nicht bei Amelia melden.«

»Ich habe mich nicht bei ihr gemeldet.«

»Lüg mich nicht an! Mama hat gerade angerufen und gesagt, dass du Amelia einen Brief geschrieben und ihn in den Umschlag mit den Rechnungen geschmuggelt hast. Kapierst du nicht, dass sie nicht mit dir reden will?«

Damit ging er. Und Harriet blieb liegen. Sie schaute zu Amelias leerem Bett auf der anderen Seite des Zimmers. Eins ihrer Bücher lag noch auf ihrem Nachttisch, aufgeschlagen, mit dem Rücken nach oben, als wäre sie nur kurz rausgegangen, um auf die Toilette zu gehen. Harriet betrachtete die winzigen Fettflecken an der Wand, Spuren der Knetmasse, mit der Amelia die Poster von ihren Idolen aufgehängt hatte, Stars, von denen Harriet noch nie etwas gehört hatte. Sie hörte, dass Papa sich bettfertig machte. Und wie sie so dalag, machte sie sich wieder Sorgen, aber auf eine neue, schwere Art, und sie fand nicht heraus, woran das lag. Sie war über irgendetwas traurig, was sie nicht ganz begriff, sie wusste zwar, dass sie es ihrem Hirn entlocken konnte, wenn sie sich nur genügend anstrengte, aber das geschah nicht, sie fand einfach nicht heraus, was es war.

Der Zug legt sich in eine Kurve, und alles, was auf dem Tisch steht, setzt sich in Bewegung, Papa bemerkt nicht, dass eines seiner Objektive gerade Richtung Boden rollt, und Harriet streckt schnell die Hand aus, um es aufzufangen, aber Papa ist schneller, erwischt es im Fallen. Er hebt die Kameratasche herunter, verstaut das schwere Objektiv in seinem Fach. Harriet gefällt es, wie perfekt es da hineinpasst, es ist wie dafür gemacht, das Objektiv verschwindet sanft in seinem Nylongehäuse.

»Jetzt bin ich wieder dran mit Fragen«, sagt Papa. »Ich habe gesehen, wie du dir an den Haaren ziehst. Ich habe überall auf deinem Kissen Haarbüschel gefunden. Wieso machst du das?«

»Weiß ich nicht«, sagt Harriet. »Es tut weh, aber gleichzeitig ist es auch schön.«

»Aber, Herzchen …«

Sie blickt zu ihm auf. Papa verzieht das Gesicht und schaut aus dem Fenster.

»Du darfst dir nicht selbst wehtun, verstehst du das?«

Harriet nickt.

»Worum geht es dabei? Bist du traurig?«

Sie kann nicht antworten, schaut auf den halb aufgegessenen Kuchen.

»Bist du traurig wegen dem, was mit Amelia passiert ist?«

»Ich bin jedes Mal traurig, wenn ich an Amelia denke«, antwortet Harriet. »Ich will mich bei ihr entschuldigen für das, was auf dem Steg passiert ist.«

»Was genau ist denn passiert?«

Harriet antwortet nicht. Könnte sie es überhaupt erzählen, wenn sie wollte? Es ist jetzt über ein Jahr her, die Erinnerung verschwimmt ein wenig, und die Ereignisse verblassen. Manches kann sie noch genau wiedergeben. Wie sie Amelia gebissen hat und dass es, als das Stück Haut vom Körper abgetrennt wurde, so klang, als würde man einen nassen Stofflappen auseinanderreißen.

»Was hat Amelia zu dir gesagt?«, fragt Papa. »Was hat dich damals so wütend gemacht?«

Harriet blickt nach unten, sie wickelt sich eine Haarsträhne um den Finger, es schmerzt und brennt unter den Lidern, sie presst die Lippen aufeinander.

»Ich weiß es nicht mehr.«

Sie begegnet dem Blick ihres Vaters und weicht diesmal nicht aus, denn sie weiß, wie ihr Leben verlaufen wird, und sie muss stark sein. Sie ist ein Mädchen auf der Flucht, und sie muss immerzu in Bewegung bleiben, darf nicht über Dinge nachdenken, die passiert sind. Darf sich nicht umsehen, denn dann würde sie zu Stein werden.

KAPITEL 12

Yana

Ihr erster Flug ohne Eltern war eine Klassenreise am Gymnasium nach Gotland. Das Flugzeug mit seinen vierzig Plätzen war wirklich klein, und alle zogen beim Einsteigen den Kopf ein. Kurz vor dem Start kam eine Flugbegleiterin zu ihr. Ob sie sich vorstellen könne, sich woanders hinzusetzen? Etwas weiter vorne? Es gehe um das Gesamtgewicht und die Stabilität des Flugzeugs. Yana stand schnell auf, es war ihr furchtbar peinlich. Anschließend wollte sie nie wieder fliegen. Das Schöne am Zugfahren ist ja, dass es so viel Platz gibt und dass *sie* genug Platz hat. Sie sitzt am Fenster und streckt die Beine aus. Der Zug nähert sich ihrem Bahnhof, und sie sollte langsam anfangen, ihre Sachen zusammenzupacken, aber etwas im Fotoalbum erregt ihre Aufmerksamkeit, es ist ihr vorher nicht aufgefallen. Auf einem der Fotos sitzt ihre Mutter als kleines Mädchen auf einer Bank am Bahnhof Malma, das Gesicht in den Händen vergraben. Darunter ein weißes Rechteck, man sieht, dass dort ein weiteres Foto geklebt hat, das aus irgendeinem Grund entfernt wurde. Wieso? Yana fährt mit den Fingerspitzen über die weiße Fläche. Da ist so vieles, was sie nie erfahren wird. Diese Geschichte hat so viele Leerstellen.

Yana betrachtet noch einmal die Fotos und versucht, darin ihre Mutter zu finden, doch sie sieht immer nur sich selbst. So war sie selbst als Kind, die Nervosität in diesem ist ihre eigene, immer die Angst, etwas könnte zerbrechen oder wäre bereits zerbrochen.

Sonntags war Papa immer in den Schären unterwegs und führte von vormittags bis spätabends Hausbesichtigungen durch, Mama dagegen brauchte nicht zu arbeiten, weil die Bibliothek geschlossen war, und so war es immer ihr und Mamas Tag. Jeden Sonntag gingen sie zusammen schwimmen. Yana mochte alles daran, bis auf das Schwimmen. Sie schämte sich, weil sie dick war, und dachte, alle würden sie anschauen, wenn sie im Badeanzug herumlief. Doch das Vorher und Nachher war das Beste, was Yana sich vorstellen konnte: mit Mama allein zu sein, mit ihr zur U-Bahn zu gehen, nach dem Schwimmen noch im Eingangsbereich zu sitzen und Schokobällchen zu essen. Die Sonntage mit Mama waren einfach nur schön. Doch dieses Mal war anders. Sie spürte es sofort, Mama benahm sich nicht wie sonst, sie beeilte sich beim Umziehen, nahm sie bei der Hand und zog sie in die Schwimmhalle. Dort traf Mama einen Mann, und dann saßen die beiden am Beckenrand und redeten, und Yana musste alleine schwimmen. Mama zeigte kein Interesse für sie, winkte nur ab und zu, wenn sie sie im Wasser entdeckte. Yana begriff nicht, wieso die beiden miteinander flüsterten, ganz nah beieinander saßen sie da, ihre Schultern berührten sich. Sie schwamm näher heran, um zu hören, worüber sie redeten, aber es war zu laut in der Halle. Der Bademeister, der übertrieben Gebrauch von seiner Trillerpfeife machte, hob bei jedem Regelverstoß die Hand und blies, und die Pfiffe prallten von den gekachelten Wänden ab und fuhren ihr in den Kopf.

Hinterher unter der Dusche fragte Yana, wer der Mann gewesen sei, mit dem sie sich unterhalten habe.

»Ein Freund von mir«, sagte Mama. »Ich dachte, er kann uns vielleicht gleich noch beim Kaffeetrinken Gesellschaft leisten.«

Yana antwortete nicht, rubbelte sich nur kräftig mit dem Handtuch ab.

»Wenn das für dich okay ist?«, fragte Mama.

»Ja«, sagte Yana leise.

Dann standen sie Schlange in der Cafeteria, sie, Mama und der Mann. Yana wagte nicht, zu ihm aufzublicken, sie sah das weiße Hemd, das er sorgfältig in die Anzughose gesteckt hatte, und einen glänzenden Gürtel. Er werde sie einladen, meinte er und zog ein Portemonnaie aus der Gesäßtasche. »Was nimmst du denn immer?«

»Ich darf es mir immer aussuchen, entweder Limo oder ein Schokobällchen«, sagte Yana. »Meistens nehme ich ein Schokobällchen.«

»Weißt du was?«, sagte der Mann. »Heute kriegst du beides.«

Sie saßen an der Glasscheibe, und Yana schaute auf den Parkplatz hinunter. Der Mann stellte ihr Fragen, wo sie zur Schule gehe und welche Fächer sie am liebsten möge, und Yana antwortete erst kurz, dann ausführlicher. Nach einer Weile traute sie sich, ihm ins Gesicht zu sehen. Er hatte eine freundliche Stimme, und wenn er sie etwas fragte, hörte er sich die Antwort ganz genau an. Er nahm seine Jacke und zog eine kleine Packung Perlen heraus. Das sei ein Geschenk, meinte er. Woher wusste er nur, dass sie Perlen mochte?

»Vielleicht willst du deiner Mama ein Armband machen?«

Yana sah Mama an, und die lächelte merkwürdig. Dann öffnete sie ihr die Verpackung, und er half ihr, einen Knoten in das eine Ende einer Schnur zu machen, damit Yana anfangen konnte. Dabei fragte der Mann sie weiter aus, er wühlte auch in den Perlen und machte verschiedene Farbvorschläge, aber er hatte überhaupt keine Ahnung, er wusste nicht, was Mama mochte. Mamas Lieblingsfarbe war Blau, und Yanas Lieblingsfarbe war Rosa, deshalb nahm sie ausschließlich rosa und blaue Perlen und fädelte sie im Wechsel auf, und draußen zogen Kumuluswolken rasch über den Himmel, die Sonne wurde an- und wieder ausgeknipst, während Yana sich konzentriert über ihre Perlen beugte. Als sie fertig war, überreichte sie Mama das Armband. »Oh«, sagte sie und streifte es über ihr Handgelenk. Dann nahm Yana eine neue Schnur.

»Jetzt mache ich eins für dich«, sagte sie zu dem Mann. »Was ist deine Lieblingsfarbe?«

»Braun«, sagte der Mann.

»Was für ein Braun? Es gibt mehrere.«

»Braun wie die Augen deiner Mama.«

Yana schaute Mama an, die sich über den Tisch beugte und die Augen weit aufriss, was ganz komisch aussah, und Yana musste lachen, und dann sortierte sie die Perlen, für den Moment vollkommen glücklich, mit Schmetterlingen im Bauch, zugleich aber auch mit einer Angst, die von innen gegen ihren Brustkorb klopfte. Sie suchte die dunkelbraunsten Perlen heraus und reihte sie auf dem Tisch auf.

»Hatten die nicht auch Süßigkeiten an der Kasse?«, fragte der Mann. »Lauf und hol dir noch was.«

»Darf ich?«, fragte sie.

»Kauf dir, was du möchtest.«

Er gab ihr Geld, und sie lief zu dem kleinen Kiosk, begutachtete das Angebot. Vier weiße Plastikdosen mit Himbeerschiffchen und Zuckerzeug gab es und eine kleine Silberzange, die in einer von ihnen steckte. Von ihrem Platz in der Schlange aus konnte sie den Tisch, an dem Mama mit dem Mann saß, nicht sehen. Sie wollte sich nur vergewissern, ob sie noch dasaßen, ob alles so war, wie es sein sollte, deshalb trat sie kurz aus der Schlange und ging ein Stückchen zurück, und zwischen den Cafégästen hindurch sah sie, wie die beiden sich küssten. Yana erstarrte, sie konnte den Blick nicht abwenden, dann drehte sie sich um und rannte zu den Toiletten. Sie schloss ab und setzte sich auf den Klodeckel. Und dort blieb sie sitzen, bis Mama draußen nach ihr rief und besorgt an die Tür klopfte. Als Yana öffnete, war der Mann verschwunden, und Mama und sie fuhren nach Hause. Am Abend tat Mama, als wäre nichts Besonderes passiert, sie setzte sich an den Küchentisch und trank ein Glas Wein, während Papa Essen machte.

In dieser Nacht konnte Yana nicht schlafen, sie lag im Bett, und durch das weit geöffnete Fenster hörte sie die einsamen Geräusche der Nacht, jemand warf Flaschen in den Glascontainer auf dem Platz, eine nach der anderen wurde losgelassen und zerbrach auf einem Meer von anderen Flaschen. Ein Moped knatterte vorbei. Und in den darauffolgenden Tagen war es dasselbe, Mama gab sich vollkommen unberührt, als wäre nichts geschehen. Yana hielt sich die meiste Zeit in ihrem Zimmer auf. Einmal klopfte Papa an die Tür, als sie gerade in der Fensternische saß und weinte. Er blieb stehen und sah sie einfach nur an.

»Alles okay?«, fragte er nach einer Weile.

»Ja.«

»Hast du geweint?«

»Nein.«

Er blieb stehen, mit seinem leeren Blick. Mit ihm zu reden, war keine Option. Ihre Gespräche klangen immer verzerrt, jedes Mal, wenn sie sich unterhielten, hatte sie das Gefühl, als wären sie dabei unter Wasser. Doch als er in der Tür stehen blieb und sie noch einmal ansah, bevor er die Tür schloss, da tat er ihr zum ersten Mal leid, und dieser Blick, vor dem sie immer auf der Hut gewesen war, machte ihr keine Angst mehr. Er war ihr Papa, und da gab es etwas, das er wissen musste.

Es folgten schlimme Tage, die an normale Tage erinnerten, und sie wartete darauf, dass Mama zu ihr kam und ihr erklärte, was sie erlebt hatte. Doch die Zeit verging einfach, es war still in der Wohnung, und je näher das Wochenende rückte, desto unruhiger wurde Yana. Die Nacht zum Sonntag war die allerlängste. Am Sonntagmorgen ging Mama laufen. Papa stand noch am Küchentisch und ordnete seine Mappen, er wollte bald los, um den Interessenten seine Häuser zu zeigen. Yana saß daneben, sie wusste, dass sie und Mama gleich wieder schwimmen gehen würden. Aber sie wollte nicht dorthin zurück. Sie saß in der Küche und begann, den Blick auf den Tisch geheftet, zu weinen.

»Aber Liebes, weinst du etwa?«, fragte Papa. »Ist irgendwas passiert?«

Und da erzählte sie ihm alles. Unzusammenhängend und von Schluchzen unterbrochen, berichtete sie, was sie gesehen hatte. Er legte ihr die Hand auf den Rücken und wartete geduldig, und manchmal stellte er eine Frage, ganz behutsam, er wollte mehr Information.

Hast du Mama schon mal mit diesem Mann gesehen?

Hat er gesagt, wie er heißt?

Könnte es sein, dass du dich geirrt hast? Bist du dir sicher, dass sie sich geküsst haben?

Sie versuchte zu antworten, so gut sie konnte, und mit jedem Detail, das sie ihm lieferte, wuchs ihr Verrat an Mama.

»Mama wird so wütend auf mich sein«, sagte sie.

»Wird sie nicht«, sagte Papa. »Es ist richtig, dass du mir das erzählst. Jetzt warten wir, bis Mama wieder da ist, und dann klären wir das.«

Papa wirkte so ruhig und gefasst. Er setzte sich hin und telefonierte, sagte seine Besichtigungstermine ab, und dann wirtschaftete er in der Küche herum, als wäre es ein ganz normaler Morgen. Er machte Yana einen heißen Kakao, was er noch nie getan hatte, stellte den dampfenden Becher vor sie hin und begann, den Tisch abzuräumen. Zwischendurch trat er ans Fenster, um zu schauen, ob er Mama schon auf dem Platz entdeckte. Und schließlich kam sie und sah ganz glücklich aus, wie immer, wenn sie gelaufen war. Im Flur zog sie ihre Schuhe aus.

»Du kannst jetzt in dein Zimmer gehen«, sagte Papa zu Yana.

In der Tür fing sie Mamas Blick auf.

»Was ist passiert?«, fragte Mama und sah abwechselnd Papa und Yana an.

»Komm«, sagte Papa und setzte sich an den Küchentisch.

So war es an dem Tag, an dem sie ihre Mutter verriet.

Sie stand in ihrem Zimmer und lauschte durch den Türspalt. Die Konfrontation verlief anders als sonst. Normalerweise wogten die Anschuldigungen zwischen ihnen hin und her, und langes Schweigen senkte sich über die Wohnung, bevor sie erneut Fahrt aufnahmen. Diesmal war es eher eine langsam ansteigende Brandung, erst ein leises Gespräch, in dem Papa gefasst verlangte, zu erfahren, was vorgefallen war. Zuerst sagte Mama, sie wisse gar nicht, wovon Papa überhaupt redete.

»Zwing mich nicht, Yana zu rufen«, zischte er da. »Zwing mich nicht!«

Da gestand Mama alles, und anschließend begann eine Art Verhör, in dem Papa jedes Detail von ihr wissen wollte.

»Habt ihr gebumst?«, fragte er.

»Nein.«

Er fragte immer wieder aufs Neue, seine Stimme klang angespannt und seltsam, und dann schrie er aus vollem Hals: »Vor den Augen unseres Kindes!«

Schweigen.

»Du hast das alles vor den Augen unseres Kindes getan!«

Yana schlich sich in den Flur, auf ihren üblichen Platz, wo die beiden sie nicht sehen konnten, sie aber dennoch alles mitbekam. Mama ging jetzt zum Gegenangriff über, und Yana hörte zu, wie die Ehe ihrer Eltern zerbrach, denn sie wusste, jetzt taten sie einander so weh, dass es nie wiedergutzumachen war. Yana bekam Dinge zu hören, die sie nie zuvor gehört hatte, immer neue Vorwürfe wurden erhoben. Mama brüllte, Papa sei gegen ihren Willen bei ihr eingezogen. Sie behauptete, er hätte sich ihr aufgedrängt. Sie habe das nie gewollt. Er habe eines Tages einfach mit seinen blöden Koffern dagestanden und sie hätten noch nicht einmal übers Zusammenziehen gesprochen.

»Was behauptest du denn da!«, sagte Papa.

»Ich habe nie darum gebeten, mein Leben mit dir zu teilen«, antwortete Mama.

Yana sah, wie Papa einen raschen Schritt auf sie zu machte und sie so heftig schubste, dass sie auf den Boden fiel. Es wurde still, und Yana begriff, dass er jetzt Mama umbringen würde und danach sie selbst. Sie drehte sich um und rannte zur Tür, die Treppen hinunter und auf die Straße, sie rannte um ihr Leben, über den sonntagsschläfrigen Platz und die Rolltreppe zur U-Bahn-Station hinunter, doch als sie gerade über die Absperrung springen wollte, spürte sie eine Hand auf ihrem Rücken, und da stand Papa, völlig außer Atem.

»Wir gehen jetzt nach Hause und reden über alles«, sagte er.

Und dann gingen sie schweigend zurück, er hielt sie die ganze Zeit an der Schulter fest, und als sie die Treppen hinaufstiegen, war sie sich sicher, dass Mama tot in der Küche lag. Sie war vollkommen davon überzeugt, dass er Mama erschlagen hatte und dann losgerannt war, um auch sie einzufangen. Doch als sie in die Wohnung kamen, saß Mama am Küchentisch. Und sie redeten nicht miteinander, stattdessen wurde Yana auf ihr Zimmer geschickt, und Papa schloss die Tür hinter ihr, damit sie nicht lauschen konnte, und nach einer Weile kam er wieder zu ihr rein und sagte, Mama und er würden jetzt spazieren gehen, und hinter ihm im Flur sah sie Mama, wie sie sich die Jacke anzog und einen Fuß auf den Stuhl stellte, um sich den Schuh zuzubinden, und kein einziges Mal schaute sie in ihre Richtung. Sie würdigte sie keines Blickes. Dann gingen beide hinaus und ließen sie in der Wohnung zurück. Und der Sonntag verging schleppend, Yana setzte sich in die Fensternische, Loser im Arm, denn von dort konnte sie auf den Platz hinuntersehen, und schließlich entdeckte sie ihre Eltern, sie liefen gemächlich zur Wohnung zurück, und als sie angekommen waren, schauten sie zu ihr herein. Mama zog drei rote Zettel heraus, es waren Eintrittskarten, und sagte, sie würden am Abend zusammen in den Zirkus gehen.

Der Zug wird langsamer, draußen hängen Nebelschwaden über den Wiesen. Es ist immer noch hell, doch die Sonne kann jeden Moment hinter dem Horizont versinken. Ein stiller Regen aus gelben Blättern fällt auf die asphaltierten Straßen. Yana ist angekommen. Die Türen öffnen sich, und sie tritt auf den Bahnsteig. Sie ist die Einzige, die hier aussteigt, und es steigt auch niemand ein. Yana geht über den schmalen Bahnsteig und bleibt vor einem Schild stehen. Bahnhof Malma. Darunter steht die Bank. Jahrzehnte sind vergangen, doch sie steht noch da, es ist immer noch dieselbe Bank. Yana öffnet das Fotoalbum und blättert bis zu dem Foto, auf dem ihre Mutter auf dieser Bank sitzt und sich die Hände vors Gesicht schlägt. Sie hält es vor sich hoch, versucht herauszufinden, von wo aus es gemacht worden ist, und erkennt es schließlich. Das glänzende Rechteck ist ein Vergrößerungsglas in die Vergangenheit, sie reist durch das Wurmloch ins Jahr 1976, und für ein paar Sekunden erlebt sie alles in bewegten Bildern, sie lässt den Vater und die Tochter nicht mehr aus den Augen. Yana sieht, wie das Mädchen aufsteht und wie es dicht neben dem Vater über den Bahnsteig geht, wie sie sich vom Bahnhofsgelände entfernen. Wohin seid ihr unterwegs? Yana folgt ihnen dicht auf den Fersen und hört, wie das Kind atmet und sich nervös räuspert, sie muss ihren Schritt ein wenig verlangsamen, um dem Mädchen nicht in die Hacken zu treten.

KAPITEL 13

Oskar

Das Abbremsen spürt er im Bauch. Noch ist nichts als offene Landschaft zu beiden Seiten des Zugs zu sehen, sie kommen an einer Weide mit Elektrozaun vorbei, auf der drei schwarze Pferde im Sonnenschein glänzen. Staub steigt über einem Traktor auf, der zwischen Getreidefeldern über einen Kiesweg fährt. Rote Scheunen hier und da mit halbherzigen Hofladen- und Flohmarktschildern. Er betrachtet Harriet, die sich an das Zugfenster lehnt, die Stirn an der Scheibe.

»Wir kommen nicht weiter.«

So hat sie es gestern ausgedrückt, als sie ihm gesagt hat, dass sie nicht mehr mit ihm zusammen sein möchte. Für ihn sind solche Aussagen eine Atombombe, nichts, was man einfach so dahinsagt. Er hat so etwas nie ausgesprochen, niemals. Sie aber tut es ständig, jeder heftige Streit zwischen ihnen endet damit, dass sie ihm sagt, sie habe genug, sie könne so nicht mehr leben. Gestern aber war irgendetwas anders, sie war nicht aufgebracht. Ruhig und gefasst und ihm fest in die Augen blickend, hat sie gesagt, es wäre am besten, wenn sie sich trennen würden, und dann sagte sie noch: »Wir kommen nicht weiter.« Als wären sie auf Reisen gewesen, in Bewegung, aber gegen zunehmenden Widerstand und mit immer niedrigerem Tempo, und als wären sie jetzt stehen geblieben. Zeit zum Aussteigen.

Er weiß nicht einmal, wie es gehen soll, sich zu trennen. Er hat noch nie jemanden verlassen, die wenigen Male, die er in seiner Jugend mit jemandem zusammen gewesen ist, war er immer derjenige, der verlassen wurde. Nicht einmal, wenn er allen Grund gehabt hätte, eine Beziehung zu beenden, hat er auch nur vermocht, den Gedanken zu denken. Zu Beginn seiner Beziehung mit Harriet hat er eine SMS gesehen, die er nicht hätte sehen sollen. Sie standen vor der Tür, und er hantierte mit den Schlüsseln, und da piepte ihr Handy. Er registrierte, wie sie es sofort wieder in die Tasche steckte.

»Wer war das?«, fragte er.

»Ach, nur jemand von der Arbeit«, antwortete sie.

Doch er hatte es gesehen, da hatte »Bornholm« auf dem Display gestanden. Erst überkam ihn Verwirrung, dann wurde ihm alles klar. An dem Abend konnte er an nichts anderes mehr denken und tat die ganze Nacht kein Auge zu. Tags darauf beschloss er, es zu vergessen, nur ein leises Unbehagen blieb zurück. Am darauffolgenden Wochenende wurde er fünfunddreißig, und als er abends nach Hause kam, hatte Harriet eine Überraschungsparty für ihn vorbereitet. Ein paar Freunde hatten sich in der

Wohnung versteckt und sprangen hinter den Möbeln hervor, sobald er hereinkam. Bornholm war natürlich auch dabei. Die SMS an Harriet hatte zur Planung der Überraschungsparty gedient. Und als hinterher alle gegangen waren, lagen er und Harriet im Bett, und sie erzählte ihm triumphierend, wie sie alles in die Wege geleitet, alles organisiert und vor ihm geheim gehalten hatte. Und Oskar gestand, dass er Bornholms SMS gesehen und gedacht hatte, sie wäre ihm untreu. Dann kicherten sie noch eine Weile, und dann wurde es still.

»Aber wenn du gedacht hast, ich wäre dir untreu«, fragte Harriet, »wieso hast du mich nicht zur Rede gestellt?«

Darauf wusste er keine Antwort.

Wahr ist jedenfalls, dass er sie niemals verlassen würde, egal, was sie tut.

»Wir kommen nicht weiter«, hat sie gestern gesagt. Wie sie das heute sieht, weiß er nicht. Auf ihrer bisherigen Reise hat sie kaum ein Wort mit ihm gesprochen, und obwohl sie diejenige ist, die untreu war, fürchtet er sich vor den Konsequenzen. Er ist es auch, der jetzt einen Plan machen und herausfinden muss, was es braucht, um auch weiterhin zusammenleben zu können. Vor allem muss er zusehen, dass es Harriet bald besser geht. Sie muss irgendwie Hilfe bekommen, denn zeitweise ist sie völlig unbrauchbar. Dann steht sie morgens plötzlich nicht auf und bleibt tagelang im Bett. Er geht immer wieder zu ihr und fragt, ob er etwas für sie tun könne, er ruft in der Bibliothek an und sagt, sie sei krank, lügt ihr zuliebe, damit sie den Job nicht verliert. Und hört, wie sie im Schlafzimmer vor sich hin murmelt: »Du bist nicht allein, du bist nicht allein.« Immer dieselbe unverständliche Beschwörungsformel, wenn sie sich gerade in diesem üblen Zustand befindet.

Doch es geht nicht nur um sie und ihn, er muss auch herausfinden, wie er Yana wieder in die Familie zurückholen kann. Harriets Liebe zu ihr ist unglaublich groß, fast so, als wolle sie sie ganz für sich haben und ihn ausschließen. Die beiden haben eine eigene Beziehung, doch sie kommt ihm ungesund vor, er muss das im Auge behalten. Vieles davon hat mit Nahrungsaufnahme und Essen zu tun. Harriet scheint geradezu davon besessen, ungesundes Essen in Yana hineinzustopfen, und jedes Mal, wenn er sich einmischt, kommt es ihm so vor, als würde sie das triggern, sie noch mehr zu füttern, mit noch schlimmeren Dingen. Sie setzt Essen als Mittel ein, um schnelle, billige Liebe von ihrer Tochter zu bekommen. Essen und Trinken wird zu einer Art Bubenstreich der beiden. So kommt es vor, dass Harriet sich an den offenen Kühlschrank stellt und Yana zuflüstert, sie solle herkommen, und dann schenkt sie ihr kichernd ein Glas Cola zum Frühstück ein, das sie schnell im Stehen trinken soll, damit er nichts mitbekommt. Sie hat bei Yana eine Zuckerabhängigkeit geschaffen, die sich gerade verselbstständigt, und dem muss er dringend Einhalt gebieten. Er hat Regeln für das Essen eingeführt, die Harriet aber permanent sabotiert. Das reißt die Familie auseinander. Es entfernt Yana immer noch weiter von ihm. Und dafür hasst er Harriet.

Oskar macht sich zum Aussteigen bereit, wirft die leeren Teebecher in den Müllbeutel. Harriet unternimmt noch immer nichts, sitzt nur da und schaut aus dem Fenster. Einmal, als sie nach einem Streit Sex hatten, hat sie gesagt, sie müssten zurückfinden zu dem, was sie einmal gewesen seien. Doch er will nicht zurück. Er will vorwärts, weiter. Was hat sie überhaupt damit gemeint? Die erste Zeit ihrer Verliebtheit? Er hat sie vor allem als eine Zeit voller Unsicherheit in Erinnerung, nie wusste er, wo sie gerade stand. Einmal hat er sie damals an einem späten Nachmittag mit dem Auto abgeholt. Sie stand vor ihrer Tür und träumte vor sich hin, und er hupte, um sie auf sich aufmerksam zu machen. Dann stopfte sie ihre Reisetasche in den Kofferraum, warf die Klappe zu und setzte sich neben ihn, und es war Spätsommer draußen, ein schwüler Augusttag. Sie fuhren zu den Inseln hinaus. Die Klimaanlage röhrte, ein paar Weinflaschen klirrten hinten in einer Plastiktüte. Harriet steckte eine Kassette ins Kassettendeck und sang mit und klopfte den Takt auf ihren Knien. Es war ein Tag voller Verheißungen.

Auf der Autofähre stiegen sie aus dem Wagen und standen im Fahrtwind am Bug, das Haar wehte ihnen ins Gesicht, und sie blickten aufs Wasser hinaus, und Harriet küsste ihn, und er spürte, wie so oft in dieser allerersten

Zeit: Es muss ein Irrtum sein. Wieso will sie ausgerechnet mit mir zusammen sein?

Er erinnert sich, wie der Lotse an Deck hupte und wie er zu der getönten Scheibe hinaufblickte und sah, dass dieser über die Autos hinwegblickte, die in Reihen geparkt in der Sonne glänzten, und dann ertönte erneut das Horn, und Oskar begriff, dass er ein anderes Schiff anhupte, doch es fühlte sich an wie ein Gruß an sie, die Liebenden ganz vorn. Anschließend fuhren sie weiter, die Asphaltstraßen wurden schmaler. Das hier waren seine Inseln, er kannte jede einzelne, kannte jede Erhebung, bevor sie sich zeigte, und die kleinen Orte, die kaum Orte zu nennen waren, lediglich Ansammlungen von Häusern, er konnte ihr zu jeder einzelnen Geschichten erzählen. Die Bäume wurden weniger, sie fuhren weit in die Schären hinein.

»Wo wollen wir hin?«, fragte sie irgendwann.

»Du wirst schon sehen.«

Aus dem Asphalt wurde Schotter, ungerührt fuhr er an Schildern vorbei, die darauf hinwiesen, dass das Gelände PRIVAT sei, und plötzlich öffnete sich das Meer, lag riesig und weit vor ihnen, und auf einem Absatz über dem Wasser stand ein gelbes Holzhaus, zwei Jahrhunderte alt.

»Oh, mein Gott«, sagte sie, als er davor parkte. »Das ist das schönste Haus, das ich je gesehen habe. Wer wohnt da?«

Er fischte ein Schlüsselbund aus seiner Jackentasche.

»Heute Abend wir.«

Sie lief auf den Vorplatz, der Kies spritzte unter ihren Füßen, sie lachte und schrie, und er stieg aus und blickte zu dem kleinen Gutshaus hinauf, und gleich dahinter war alles tiefblau, und er sah Harriet, wie sie die Steintreppe hinauftanzte, in der Mitte stehen blieb, zu beiden Seiten gleich viele Fenster, es war symmetrisch, es war im Gleichgewicht.

Er hatte das Haus bereits mehreren Kunden gezeigt und kannte es in- und auswendig, und jetzt wollte er Harriet von Zimmer zu Zimmer führen, doch sie glitt durch das Haus hindurch, kam auf der anderen Seite wieder heraus und lief den Hang hinunter, wo der Fels jäh ins Meer abfiel. Oskar nahm eine Flasche Weißwein mit, und sie setzten sich ans Wasser. Die Weingläser kippelten auf dem Felsen. Und die Sonne senkte sich über den Inseln herab. Es war so windstill, dass die ganze Bucht ruhig vor ihnen lag, der Zigarettenrauch blieb über ihren Köpfen hängen. Sie benutzten ihre Pullover als Kissen und blickten auf die Inseln und die kleinen Boote hinaus, die vorbeifuhren, und schmiedeten Pläne für ihr gemeinsames Leben. Wenn ihr erstes Kind ein Junge werden würde, sollte er Benjamin heißen, meinte er. Doch sie wusste, dass es ein Mädchen werden und dass sie es Yana nennen würde, und er sagte: »Yana ist doch kein Name.« Und sie antwortete: »Doch, das ist ein Name. Es ist mir wichtig, dass sie so heißt.« Und dann lagen sie auf den Felsen und probierten den Namen ihrer Tochter aus, und Harriet stand auf und rief ihn laut über das Wasser.

Anschließend brach die Augustnacht herein, alle Lichter im menschenverlassenen Schärengarten waren erloschen, sodass keine künstliche Lichtquelle störte. Es war ein unglaublicher Sternenhimmel, wie man ihn nur ein paarmal im Leben zu sehen bekommt. Das Haus oben auf dem Hügel leuchtete zwischen den hohen Bäumen. Dann eine rasche Veränderung. Die Milchstraße zog sich zurück, die Nacht wurde dunkler. Sie hörten, wie das Meer behutsam gegen einen Steg klatschte. Ein Wind griff vorsichtig nach den Kiefern, ein Fenster oben im Haus schlug zu. Wetterumschwung.

Kichernd zogen sie einander den Hang hinauf, sie legten sich im Schlafzimmer hin, und es war immer noch so warm, dass sie die Fenster weit offen ließen, und der Himmel öffnete sich, und sie schliefen miteinander, immer wieder aufs Neue, bis die ersten Vögel in der Morgendämmerung zu zwitschern begannen. Und sie schliefen bis weit in den Tag hinein, und er erinnert sich, wie er, als sie in die Stadt zurückfuhren, dachte: Das kann nicht wahr sein, wie konnte das passieren, es wird nicht gehen, sie kann doch nicht wirklich mein sein.

Sie hatten noch nicht gefrühstückt, deshalb hielten sie an einem Schnellrestaurant. Dort war es voll, sie landeten neben zwei Jugendlichen, so nah, dass es seltsam gewesen wäre, nicht ein paar Worte zu wechseln. Sie bot den beiden Jungen ein paar von ihren Salztütchen an, als sie sah, dass sie vergessen hatten, sich welche mitzunehmen. Dann nahm einer von ihnen eine Portion Dipp, entfernte die weiße Folie von der Plastikverpackung und tauchte seine Pommes hinein. Harriet zeigte auf den Dipp und sagte zu den Jungen, der hätte dieselbe Farbe wie ihre Schamlippen. Sie ließ es ganz nebenbei fallen, wie etwas Lustiges, was ihr gerade eingefallen war. Er spürte sofort: Das war nicht gut. Doch sie aß unbekümmert weiter, und die Jungen verschwanden, und kurz darauf kam ein Security-Angestellter und fragte Harriet, was sie zu den Kindern gesagt habe. Sie sagte, sie habe nur einen Witz gemacht. Der Security-Mann bat sie, ihm zu folgen, er habe die Polizei gerufen, und als Oskar das Polizeiauto mit Blaulicht auf den Parkplatz einbiegen sah, war er keineswegs wütend, sondern nur verzweifelt. Die Polizisten erklärten Harriet, dass sie sich eines Sexualdelikts schuldig gemacht habe, sie aber konnte das nicht ernst nehmen, sondern lachte nur und schüttelte während der Vernehmung immer wieder den Kopf. Sie ließen sie laufen, und als Harriet hinterher schweigend bei ihm im Auto saß und immer noch dieses Lächeln im Gesicht hatte, konnte Oskar sie nicht ansehen.

Die erste Zeit, die ersten Jahre, die ganze Zeit lief er mit dieser Unsicherheit herum, was sie betraf. Es war eine Beziehung, die allein zu ihren Bedingungen existierte. Als sie schwanger wurde, veränderte sich einiges. Die ganzen Gespräche, die sie zu Beginn über Kinder geführt hatten, romantische wie auch ernste, und wie sie davon geträumt hatten, wie es wohl werden würde, wenn aus dem Duo ein Trio wurde. Als Harriet schwanger wurde, nistete sich ein verbotener Gedanke bei ihm ein: Jetzt würde es schwieriger für sie werden, ihn zu verlassen. Und so war es auch. Sie war die Frau gewesen, die mit dem Blick immer woanders war, die jederzeit bereit war, abzuhauen. Jetzt saß sie fest. Eines Abends, ganz zu Beginn der Schwangerschaft, kam sie nach Hause und gestand unter Tränen, sie sei unten an der Werft von einer Steinmauer gesprungen. Immer und immer wieder, denn sie habe gedacht, dann würde das Kind sterben, alles würde wieder verschwinden. Doch die panische Angst vor dem Mutterwerden war wie weggeblasen, sobald Yana geboren war. Da lag Harriet nur noch im Bett und war verliebt in ihre Tochter. Sie liebte Yana, das hatte sie immer getan. Sie blieben beide zu Hause, liehen sich Videos aus, die sich auf dem Fernseher stapelten. Harriet, wie sie in der Küche stand und sorgfältig Gurken- und Mohrrüben-Sticks zurechtschnitzte und ihren sämigen Dipp zubereitete. Und wenn sie doch einmal ausgingen, merkten sie, dass sie gar nicht mehr wussten, wie das ging. Zu Beginn ihrer Beziehung, als sie sich gerade erst kennengelernt hatten, hatte Harriet sich jedes Mal betrunken. Wenn sie essen gingen, hatten sie sich zwischen den einzelnen Gängen Shots bestellt, und anschließend musste er sie auf dem Heimweg stützen und sich bei den Leuten entschuldigen, die sie anrempelte oder beleidigte, oder ihr die Haare aus dem Gesicht halten, wenn sie sich an einem

Laternenpfahl übergab. Jetzt saßen sie schweigend in denselben Restaurants. Sie gingen nach Hause, ihre Absätze klapperten auf dem Asphalt. Er hatte nichts dagegen einzuwenden, ganz im Gegenteil. Ihre Beziehung hatte sich verändert, war reifer geworden. Eine Ruhe, die ihm behagte. Wenn Harriet jetzt sagt, sie will zurück zu dem, was sie einmal waren, dann löst das beinahe Panik in ihm aus. Er weigert sich, zu dieser Hemmungslosigkeit zurückzukehren.

Der Zug gleitet in den Bahnhof, und Harriet sitzt immer noch da und schaut aus dem Fenster. Sie hat ihr Perlenarmband ausgezogen und lässt es durch die Finger gleiten, drückt mit dem Daumen eine Perle nach der anderen in die geschlossene Faust, eine rosa, eine blaue, eine rosa, eine blaue, als wollte sie sie zählen. Als der Zug ganz zum Stehen gekommen ist, steht sie endlich auf. Sie lächelt Oskar zu, als sie an ihm vorbeigeht, und er folgt ihr auf den Bahnsteig. »Harriet«, sagt er. Mitten auf dem Bahnsteig hält er sie fest und dreht sie zu sich um. Er streicht ihr das Haar zur Seite, das ihr ins Gesicht gefallen ist, und legt es ihr hinters Ohr. Als sie einander ansehen, spürt er das Ziehen von früher, von damals am Anfang, wenn er ihr nicht direkt in die Augen schauen konnte, wenn er nicht wusste, wo er seine Augen lassen sollte.

»Ich tue alles für dich«, sagt er. »Ich bin bereit, dir alles zu geben.«

Sie nimmt seine Hand und lässt sie nach einer Weile

wieder los. Sie geht zu dieser abgenutzten Bank, die mitten auf dem Bahnsteig steht, direkt vor dem Bahnhofsgebäude. Dort bleibt sie stehen, legt eine Hand auf die Armlehne und lässt die Finger über das Metall gleiten. Sie setzt sich, lehnt sich zurück. Der Zug, den sie eben verlassen haben, gleitet langsam aus dem Bahnhof, und die Sonne scheint auf die Bank. Sie schließt die Augen und bleibt sitzen, mit dem Wind in ihrem Haar, und es raschelt in den Blättern der Eichen hinter ihr.

»Harriet«, sagt er noch einmal.

Sie antwortet nicht, denn sie ist gar nicht mehr da. Sie ist irgendwo anders, an einem Ort, den er nicht erreichen kann. Er sieht sie an, wie sie mit verschlossenem Blick dasitzt, und er erinnert sich, was sie vor langer Zeit einmal zu ihm gesagt hat, an dem Abend, als er bei ihr eingezogen ist, auf ihrem engen Balkon, von dem aus man einen Zipfel vom Meer sehen konnte. Die Zukunft ist bereits vorherbestimmt und lässt sich nicht beeinflussen, doch was passiert ist, ist veränderlich, es bewegt sich die ganze Zeit. Vielleicht hat sie deshalb beide Hände fest auf die Bank gestützt, weil die Erinnerungen sich bewegen und sie sich festhalten muss.

»Hier habe ich gesessen«, sagt sie.

Und dann sagt sie nichts mehr.

KAPITEL 14

Harriet

Der Zug bremst ab, und eine Lautsprecherstimme verkündet, dass sie in Kürze Malma erreichen. »Mein Gott«, sagt Papa leise und schließt die Augen, lehnt sich auf seinem Sitz zurück. »Endlich.« Harriet hat gemerkt, dass ihn das Reisen nervt, er ist immer gereizter geworden. Sie hat gesehen, wie er jedes Mal, wenn wieder nicht ihr Bahnhof angekündigt wurde, fassungslos zu den Lautsprechern hochgeschaut hat. Jetzt kann sie aufatmen, sie sind da. Papa hätte viel lieber das Auto genommen, aber das ging nicht. Sie weiß nicht genau, was passiert ist, aber sie weiß, dass es ihre Schuld war, damals im Winter. Wohin waren sie noch mal unterwegs gewesen? Nicht einmal daran erinnert sie sich, es war dunkel und kalt draußen, und die Straße war weiß, und es schneite, und wenn die Scheinwerfer in die Dunkelheit leuchteten, erinnerten die Schneeflocken an Sterne, und es sah aus, als führe das Auto durchs Universum. Papa fuhr konzentriert auf einer Straße mit mehreren Spuren, und plötzlich wurde das Auto von innen ganz blau, erleuchtet von einem blinkenden Licht. Direkt hinter ihnen fuhr ein Streifenwagen, und ein Martinshorn begann zu heulen, es klang traurig im Wind. Harriet schaute durch die Heckscheibe, wie das Polizeiauto blinkend durch den aufwirbelnden Schnee hinter ihnen pflügte.

»Scheiße«, flüsterte Papa.

Der andere Wagen fuhr seitlich an sie heran, und Harriet konnte ihn jetzt deutlich erkennen, mit den blauen Lichtern auf dem Dach, die sie blendeten, und vorne zwei Polizisten, einem Mann und einer Frau. Es kam ihr vor wie im Märchen, als das Auto an ihnen vorbeischwebte, getragen von dem blauen Licht ein Stück über dem Schnee. Jetzt schwenkte der Wagen vor ihnen ein, und die Polizisten gaben Papa ein Zeichen, rechts ranzufahren, und dann standen sie am Straßenrand, der Streifenwagen weit vor ihnen, und Papa sagte noch einmal: »Scheiße«, umklammerte das Lenkrad mit beiden Händen so fest, dass seine Knöchel weiß hervortraten. Und die beiden Polizisten stiegen aus und blieben ein Stück entfernt stehen, die Frau machte sich eine Notiz und verschwand wieder im Streifenwagen, während der Mann mit langsamen Schritten auf sie zukam, und als er sich durch Papas heruntergelassene Fensterscheibe hereinbeugte, wurde es dunkel im Auto.

»Sie können den Motor abschalten«, sagte der Polizist.

»Wieso?«, fragte Papa. »Es wird kalt hier drinnen.«

Der Polizist sah Papa an und beugte sich noch ein wenig weiter vor, mit etwas, das vielleicht ein Lächeln war.

»Könnten Sie bitte den Motor abschalten?«

Papa saß schweigend da und starrte in die Dunkelheit. Es vergingen ein paar Sekunden, dann stellte er den Motor aus, und alles wurde schwarz, bis auf das Blaulicht des Streifenwagens weit vor ihnen.

»Kann ich bitte mal Ihren Führerschein sehen?«

Papa kramte in seinen Taschen, und Harriet schaute den Polizisten an, der dastand und wartete, und sie sah die vielen Taschen mit den verschiedenen Werkzeugen, die an seiner Taille baumelten, verschiedene Schnallen und straff gespanntes Leder über schwarzem Metall, eine ganze Reihe gefährlicher Gegenstände, festgezurrt und gesichert, und nur der Polizist selbst wusste, wie man mit all den Risiken umzugehen hatte, die er mit sich herumtrug. Jetzt holte er seine Taschenlampe heraus, um den Führerschein lesen zu können, und dann richtete er den Lichtstrahl ins Auto, und Harriet wurde geblendet, sie hielt sich die Augen zu.

»Hallo, da hinten«, sagte der Polizist zu ihr.

»Hallo.«

»Wieso tun Sie das?«, fragte Papa. »Wieso leuchten Sie ihr mit dem Ding da ins Gesicht?«

Der Polizist knipste die Lampe aus und steckte sie ein, dann wandte er sich erneut Papa zu, wieder mit diesem merkwürdigen Blick, den Harriet nicht richtig deuten konnte. Ein seltsames Lächeln, das vielleicht gar keins war.

»Ich möchte sehen, wer im Auto sitzt.«

Das Donnern des Verkehrs draußen, ein kalter Luftzug durchs offene Fenster und das unschlüssige Schweigen des Polizisten, als könne er sich noch nicht entscheiden, wie er mit ihnen verfahren sollte. Er gab Papa den Führerschein zurück.

»Wissen Sie, warum wir Sie angehalten haben?«

»Bin ich zu schnell gefahren?«, fragte Papa.

»Ja, das kann man wohl sagen«, erwiderte der Polizist. »Mit einem kleinen Kind hinten drin so schnell zu fahren, ist nahezu unverantwortlich.«

»Ja, aber ...«

»Noch dazu bei diesem Wetter«, sagte der Polizist. »Auf der vereisten Straße.«

Papa antwortete nicht. Der Polizist machte Harriet ganz nervös. So redete man nicht mit Papa. »Wir sind Ihnen ein paar Kilometer gefolgt. Sie haben kein einziges Mal den Blinker gesetzt, wenn Sie die Spur gewechselt haben.«

»Die Straße war frei, da fand ich es überflüssig.«

»Die Straße war frei? Aber wir waren doch da?«

Die Polizistin kam ebenfalls zu ihnen herüber. Sie schien es nicht eilig zu haben, keiner von ihnen hatte es eilig, wie es aussah, alles ging so langsam, als hätte jemand die Zeit angehalten. Die Frau trat ans Auto, legte eine Hand aufs Dach und schaute herein.

»Dieses Auto unterliegt einem Fahrverbot«, sagte sie.

»Nein«, sagte Papa.

»Doch, Sie haben es nicht zum TÜV gebracht. Die Blinker funktionieren nicht, und die Bremsen müssen richtig eingestellt werden.«

»Die Blinker funktionieren sehr wohl«, sagte Papa. »Es ist eine Sicherung durchgebrannt, aber sie gehen noch.«

Papa schaltete den Motor ein und setzte den Blinker, die Polizistin reagierte streng.

»Schalten Sie den Motor aus.«

»Sehen Sie?«, sagte Papa. »Sehen Sie, dass sie funktionieren?«

»Schalten Sie den Motor aus.«

Die wild tickenden Blinker auf der rechten Seite des Autos bluteten über die Schneewehen. Papa schaltete den Motor ab.

»Wohin fahren Sie ganz allein mitten in der Nacht?«, fragte die Polizistin.

»Ich bin nicht allein, ich habe meine Tochter bei mir.«

Die Polizistin nahm rasch ihre Taschenlampe heraus und richtete sie ins Wageninnere. Erneut wurde Harriet geblendet und hielt sich eine Hand vor die Augen.

»Machen Sie das Ding aus!«, brüllte Papa sie an.

Die Frau richtete die Lampe auf Papa, sein Gesicht wurde weiß.

»Machen Sie das Ding aus! Aus, verdammt noch mal!«

»Aussteigen«, sagte die Frau.

»Was soll das denn schon wieder«, murmelte Papa. Er legte den Kopf aufs Lenkrad. »Können Sie uns nicht einfach in Ruhe lassen und mir einen Strafzettel geben, damit wir endlich weiterfahren können?«

»Steigen Sie aus dem Auto«, wiederholte die Frau, und Papa schrumpfte auf seinem Sitz, er klammerte sich am Lenkrad fest, blieb sitzen. Wieso tat er nicht, was sie sagte? Die Polizistin öffnete die Autotür, um ihn herauszuziehen. Auf einmal wurde es ernst, und es ging ganz schnell. Der Blick der Beamten schärfte sich, ihre Körper spannten sich an, Papa wollte nicht aussteigen, und als die Frau ihn am Arm packte, schlug er um sich, seine Faust traf die Polizistin an der Schulter. Papa, der immer vor allen anderen wusste, was passieren würde, der im Vorfeld alles genau berechnet hatte, wusste plötzlich gar nichts und hatte keine Kontrolle mehr, als er aus dem Auto gezerrt und zu Boden gedrückt wurde. Der Polizist stemmte ihm ein Knie auf die Schulter, während sie begannen, ihm Fragen zu stellen. Die beiden Beamten, die so langsam gewesen waren, hatten es plötzlich eilig, die Fragen folgten rasch aufeinander, ohne dass die Polizisten die Antwort abwarteten. Haben Sie getrunken, haben Sie Medikamente genommen, haben Sie einen spitzen Gegenstand bei sich? Harriet beugte sich vor, rieb die beschlagene Scheibe frei, um Papa sehen zu können. Da lag er und rührte sich nicht vom Fleck, bewegte nur noch ein wenig die Beine, hielt aber ansonsten still, er hatte aufgegeben. Wie er mit der Wange auf dem Schnee dalag, sah er ängstlich aus, wobei ängstlich das falsche Wort war, Harriet musste daran denken, wie sie zusammen fischen gewesen waren und ein Netz hochgezogen hatten, sie hatten Barsche und Hechte gefangen, und sie stellte fest, dass die Fische ihre Gefangenschaft ganz unterschiedlich aufnahmen. Die Barsche wirkten wütend, bereit, jederzeit abzuhauen, sobald sich die Gelegenheit bot, die Hechte dagegen konnte Harriet fast nicht ansehen, mit ihren geöffneten Mäulern und den weit aufgerissenen, traurigen Augen. Sie hatten aufgegeben. Als Papa die Fische töten wollte, indem er ihnen ein Messer in den Nacken stieß, versicherte er Harriet, sie würden es nicht spüren, nichts begreifen. Und die Barsche gingen wütend in den Tod, es knackte, sie zuckten, und dann war es vorbei. Die Hechte hingegen. Harriet sah das Entsetzen in ihren Augen, eine Panik vor etwas, das schlimmer als der Tod zu sein schien. So sah Papa aus, wie er mit offenem Mund und verrutschter Brille im Schnee lag und nach Luft schnappte, genau wie die Hechte. Er war für immer verändert.

Es ging so schnell, dass sie gar nicht mehr reagieren konnte, Papa wurde abgeführt, zum Polizeiwagen gezerrt, und als sie ihn nicht mehr sah, wurde die hintere Tür auf ihrer Seite geöffnet. Die Polizistin ging vor ihr in die Hocke, lächelte und sagte: »Komm mal mit.«

Richtungswechsel.

Papa fuhr in einem Polizeiauto davon, sie in einem anderen. Was mit ihrem Auto geschah, weiß sie nicht. Ist es am Straßenrand stehen geblieben? Sie sind seitdem nicht mehr damit gefahren, aber Harriet denkt manchmal daran, sie mochte es, darin zu sitzen, denn es erinnerte sie an die Zeit vor der Trennung ihrer Eltern, wenn die ganze Familie damit unterwegs war. Der Geruch von Mamas Zigaretten hing noch darin. Ein Kaugummi, das auf der Rückbank klebte. Als sie versucht hatte, es mit dem Fingernagel abzukratzen, und hinterher daran roch, war da immer noch ein Hauch von Pfefferminz gewesen, der Geruch von Amelias Atem. Für sie war das Auto wichtig, noch wichtiger aber war es für Papa. Sie wusste, wie sehr er es liebte, er kannte es ja auch so gut, schaltete so weich und freundlich den dumpfen Motor, der immer schon beim ersten Versuch ansprang, auch im Winter.

Papa hasst Züge, deshalb ist sie so erleichtert, dass sie die Fahrt endlich hinter sich gebracht haben. Jetzt steht er auf, schaut unter die Sitze, ob sie etwas vergessen haben. Harriet selbst sucht ihre Stifte zusammen, sortiert sie im Federmäppchen nach Farben und packt es in ihren Rucksack. Durchs Fenster sieht sie, dass sie sich einer Ortschaft nähern, denn die Häuser stehen dichter, und die Rasenflächen sind gemäht. Papa zieht sich die Stiefel an, an denen noch der getrocknete Schlamm von den vielen Vogelexpeditionen klebt, zu denen sie ihn nie begleiten darf. Er schnürt sie sehr sorgfältig, und als wäre es Zauberei, bindet er den letzten Knoten genau in dem Moment, in dem der Zug mit einem sanften Rucken hält. Da steht er auf und geht zum Ausgang, und Harriet folgt ihm, sie trägt die Urne im Rucksack und Papas Kameratasche über der Schulter. Auf dem Bahnsteig trifft sie die Hitze von der Seite, die Sonne steht genau über den hohen Eichen. Der Bahnsteig ist lang und sieht aus wie eine Straße, sie folgt Papa. Eine einsame Telefonzelle steht auf der Plattform. Als der Zug den Bahnhof verlässt, sind sie allein. Papa bleibt neben einer Bank mitten auf dem Bahnsteig stehen.

»Setz dich mal kurz«, sagt Papa.

Harriet stellt die schwere Kameratasche und den Rucksack ab und setzt sich auf die Bank, ganz vorn auf die Kante, sodass ihre Zehen noch den Boden berühren. Er hockt sich vor sie hin.

»Bevor wir weitergehen, will ich dir erklären, was wir hier tun werden.«

»Wir wollen Ninchen beerdigen, oder?«

»Ja, wir wollen Ninchen beerdigen. Aber dafür sind wir nicht fünf Stunden Zug gefahren.«

Papa nimmt seine Brille ab. Wenn er in die Sonne blinzelt, sieht es manchmal aus, als würde er lächeln. Harriet fühlt sich unwohl, sie möchte gerne vorher wissen, was passiert, und wird nervös, wenn Dinge geschehen, ohne dass sie sich darauf vorbereiten konnte.

»Du bist schon mal hier gewesen«, sagt Papa. »Weißt du das noch?«

»Nein«, antwortet Harriet.

Sie blickt sich nach einem Gebäude oder einer Straße um, die ihr bekannt vorkommen.

»Damals sind wir mit dem Auto gefahren, und es war dunkel.«

Harriet entdeckt die altmodischen Laternen, die entlang der schmalen Straße stehen, und eine Erinnerung taucht auf, wie sie nachts ausgesehen haben: wie aufgefädelte Monde, die dort hingen, damit sie sich zurechtfinden. Ein Regenschauer war über sie hinweggezogen, nasser Asphalt, der im Scheinwerferlicht glänzte, und durch die offenen Autofenster roch es nach Sommer und Erde.

»Amelia«, sagt Harriet.

»Ja. Sie wohnt hinter dem Hügel.« Papa deutet mit dem Finger zum Wald hinauf, der sich oberhalb des Bahnhofsgebäudes erhebt. »Du wirst sie gleich treffen.«

KAPITEL 15

Yana

Yana geht langsam den Bahnsteig entlang und blättert dabei in dem Album; das dünne Schutzpapier raschelt im Wind. Sie versucht nachzuvollziehen, was ihre Mutter auf der Reise, die sie als Kind mit ihrem Vater zusammen gemacht hat, erlebt haben könnte. Auf dieser Bank hat Mama gesessen, und dann sind sie weitergegangen. Wohin?

Das nächste Foto ist eine Nahaufnahme von einem Vogel auf einem Zaun. Es fällt Yana schwer, es sich anzusehen. Vor zwei Tagen hat sie das Album gefunden und es seitdem auf der Jagd nach Hinweisen durchkämmt, aber wenn der Vogel kommt, blättert sie schnell weiter. Sie hat ein schwieriges Verhältnis zu Vögeln, kann ihnen nicht in die Augen sehen, denn die sind einfach nur leer, es gibt nichts dahinter. Seit sie den Job an der U-Bahn-Absperrung hat, versucht sie, Nachtschichten zu vermeiden, denn die bedeuten, dass sie die Station schließen und die Türen zusperren muss – und dann muss sie als Letztes die Vögel hinaustreiben, die im Lauf des Tages vom Platz oben hereingekommen sind. Die Tauben verstecken sich immer in den Ecken, man sieht sie erst, wenn man ganz nah herangeht, ihre nachtschwarzen, glänzenden Augen, die in die Ewigkeit starren. Manchmal sind es viele, fünfundzwanzig, dreißig Stück, dann geht sie ihnen mit dem Besen entgegen, Federn stieben, wenn sie sie zum Ausgang treibt. Dabei geben sie keinen Laut von sich, sie sind stumm wie Ratten, nur die Flügel rauschen in der Nachtluft. Es gibt immer eine, die gestorben ist und liegen bleibt. Yana kann keine toten Vögel anfassen, sie nimmt Zeitungspapier, um die Kadaver aufzunehmen, und jedes Mal, wenn sie einen in die Blumenbeete draußen wirft, schreit sie laut in die Nacht hinaus.

Mama machte samstags immer Hühnchen, die am Nachmittag wie Plastikfußbälle auf der Spüle lagen. Erst am Abend öffnete sie sie und hantierte damit herum. Die nackten Beine und Flügel klebten am Körper, als hätte das Tier Schutz gesucht oder sich vor dem nahenden Tod ganz klein zusammengerollt. Mama stopfte alles Mögliche hinein, Äpfel und Möhren und Gewürze, eine Zutat nach der anderen drückte sie durch die Kehle. Einmal ging Yana ganz nah heran und untersuchte das Hühnchen mit seiner rauen Haut, das angefüllt war mit Geschmäckern, bereit, um in den Ofen geschoben zu werden. Da entdeckte sie feine Härchen am Brustkorb, es war anscheinend schlecht gerupft. Sie fuhr mit den Fingerspitzen über die scharfen Stoppeln, und nach dieser Entdeckung konnte sie nie wieder Hühnchen essen.

Wie oft hat sie schon überlegt, ihren Job zu kündigen, denn sie hasst das Zusperren, wenn sie die Vögel hinaustreiben muss, aber sie weiß nicht, was sie sonst arbeiten soll. In ihrem Glaskasten hat sie zumindest ihre Ruhe. Sie kann Bücher lesen und Radio hören. Sie nimmt jede Schicht an, die sie bekommen kann, das Rattern, wenn die Züge unter ihr hindurchfahren, steckt ihr noch in den Fersen, wenn sie nach Hause kommt. In der Morgendämmerung strömen die Fahrgäste an ihr vorbei, die Zeit vergeht wie im Flug, während der Nachtschichten hingegen ist es ein vollkommen anderer Job. Die Geräusche jedes einzelnen Passanten hallen von den Wänden wider, das Lärmen von den Betrunkenen oben auf dem Platz, Penner lösen sich von den gekachelten Wänden und nähern sich ihr.

Die Tagschichten mag sie am liebsten.

Meist gehen die Leute nur an ihr vorbei, aber manchmal will einer was fragen, und dann öffnet sie die Luke, und die Kälte von draußen dringt zu ihr herein, Gespräche, mit denen sie meist gut klarkommt. Hin und wieder einer, der seine Monatskarte vergessen hat, oder ein Jugendlicher, der nicht genug Geld dabeihat, um in die Stadt zu fahren. Meist ist sie großzügig, schaut nicht hin oder bedeutet ihm mit einem Nicken: Los, rein mit dir. Manchmal aber kann sie auch brutal sein, völlig grundlos, dann erniedrigt sie Leute, die gratis fahren wollen, durch einen giftigen Kommentar.

Einmal klopfte nachmittags ein junger Mann diskret

an ihre Scheibe, er trug Anzug und einen dünnen Mantel. Sie öffnete die Luke, und er druckste verlegen herum, mochte nicht recht sagen, was er wollte. Hinter ihm der Lärm der Rushhour, oben auf dem Platz riss ein Presslufthammer das Kopfsteinpflaster ein, und er musste die Stimme heben, um sich Gehör zu verschaffen, er sagte, er komme hier jeden Morgen auf dem Weg zur Arbeit vorbei. Sie sei ihm aufgefallen, er habe gesehen, wie sie jeden Tag den U-Bahn-Eingang betrachte. »Du siehst so schön aus, wenn du träumst.« Dabei wurde er ganz verlegen, dabei hatte er doch gar keinen Grund, so gut, wie er aussah. Der Mann erklärte, er habe so etwas noch nie getan – aber ob sie nicht mal mit ihm Kaffee trinken wolle? Oder ein Glas Wein?

Yana war vollkommen überrumpelt. Sie war es nicht gewöhnt, einfach so eingeladen zu werden.

»Sag bitte nicht Nein«, rief er, als er merkte, dass sie zögerte. »Sag Ja! Ein Glas kannst du doch wohl mit mir trinken?«

Da lachte sie und willigte ein, und als sie überlegten, wann es passen könnte, stellte sich heraus, dass sie beide am Abend noch nichts vorhatten.

Er holte sie ab, sobald sie Feierabend hatte, und sie gingen in ein japanisches Restaurant am Platz vor der U-Bahn-Station. Er war dort Stammgast und wählte für sie aus. Das Essen kam, eine Platte nach der anderen, der ganze Tisch war bald voller kleiner Teller, und es fühlte sich so großzügig an, als würde man irgendwo in Mitteleuropa essen gehen, und sie tranken Sake aus kleinen Keramiktassen, der nach mit Wasser verdünntem Benzin schmeckte. Ein tückisches, durchsichtiges Getränk, es fühlte sich an, als würde es verdunsten, noch bevor es ins Verdauungssystem gelangte, und sie wurden beide betrunken und kicherten, und als das Restaurant schloss, durften sie noch bleiben, denn er kannte den Besitzer, und so saßen sie nebeneinander und schauten auf den Platz, während das Personal hinter ihnen bereits aufräumte. Das U-Bahn-Schild beleuchtete sein Gesicht, sodass er ganz blass wirkte.

»Wieso hast du mich eigentlich eingeladen?«, fragte Yana irgendwann.

»Ich mag Frauen wie dich.«

»Was bin ich denn für eine?«, fragte sie lachend.

»Eine Frau, bei der man was zum Anfassen hat.«

Anschließend gingen sie zu ihm nach Hause. Er wohnte nur ein paar Straßen entfernt. Er schenkte Rotwein in Wassergläser ein und verschwand dann im Bad, kam nackt wieder heraus und fragte, ob sie nicht zusammen duschen wollten. Yana erinnert sich wie in Doppelbildern: Sie fühlte sich vollkommen nüchtern und gleichzeitig betrunken, die Stimmung war ernst und albern zugleich. Es war eng, und sie stießen ständig irgendwo an, Haarpflegeprodukte fielen zu Boden, und irgendwann rutschte er aus, und im Fallen packte er den Griff der Glastür, die gegen die Wand schlug und in tausend Stücke zersprang, die Scherben regneten auf ihn herab, und erst lachte er hysterisch, doch dann sah er das Blut, das in den Abfluss rann, und er stellte fest, dass er sich den Arm aufgeschnitten hatte, das Blut pulsierte aus der Wunde. »Oh Gott«, rief er und rannte zu den Badezimmerschränken, suchte etwas, um die Blutung zu stoppen, dann verschwand er in der Wohnung, sie hörte, wie Schranktüren geöffnet und wieder geschlossen wurden. In Jeans und T-Shirt kehrte er zurück.

»Rühr dich nicht vom Fleck!«, rief er. »Ich bin gleich wieder da.«

»Wo gehst du denn hin?«, fragte sie.

»Ich muss mich kurz verarzten lassen«, rief er laut und winkte ihr mit dem verletzten Arm zu. Das Handtuch, das er darum geschlungen hatte, färbte sich bereits rot. Er lächelte sie an, als würde ihn das alles irgendwie erregen und glücklich machen.

»Bleib genau da, wo du bist!«, rief er. »Mach gar nichts! Ich bin gleich wieder da!«

Er verschwand, und Yana begann zu lachen, denn das alles kam ihr so surreal vor, und irgendwie war es wohl auch romantisch: Trotz des ganzen Blutes wollte er nicht, dass ihnen dieser Moment verloren ging. Die Tür fiel ins Schloss, und es wurde still in der Wohnung, und Yana tat, wie ihr geheißen. Sie wickelte sich in ein Handtuch, setzte sich auf den Wannenrand und wartete auf ihn. Nach einer Weile wurde ihr kalt, und sie trat aus dem Badezimmer und schaute sich in der Wohnung um. Überall Anzeichen eines gehobenen Lebensstandards. Elektronik in den Ecken, kleine Leuchtdioden, die gemütlich blinkten, ein hauchdünner Computerbildschirm, der auf fast unsichtbaren Füßen auf dem Schreibtisch stand. Es sah aus wie in der Suite eines Luxushotels, lediglich an den Wänden gab es Anzeichen, dass hier jemand mit einer Seele wohnte, eine gerahmte und signierte LP von einem Künstler, den sie nicht kannte. Fotos von einer Männergruppe an verschiedenen Orten im Ausland waren am Rahmen eines Spiegels befestigt. Sie folgte der Blutspur auf dem Boden, die er auf der Suche nach Verbandmaterial hinterlassen hatte, rote Flecken auf dem Wohnzimmerteppich, über den er in die Küche gerannt war, die sehr groß wirkte, beinahe industriell, eine kleine Kücheninsel mit Barhockern, und Yana konnte sich selbst dort sehen. Sie konnte sich vorstellen, wie es wäre, hier mit ihm in dieser Wohnung zu wohnen, in diesem Bett zu schlafen, in dieser Küche zu frühstücken. Mit ihm. Alles fühlte sich bekannt, vertraut und selbstverständlich an, und sie musste daran denken, wie ihre Mutter damals bei ihr auf der Bettkante gesessen und mit ihr über Jungs gesprochen hatte und wie sie sagte, die echte Liebe komme immer aus dem Nichts und wenn man am wenigsten damit rechne, und wenn es so weit sei, zweifle man nicht, da spüre man einfach: *This is it*.

Nach einer weiteren Stunde des Wartens zog Yana sich an, setzte sich auf das Bett und wartete, und draußen wurde es trüb, als der Morgen zu dämmern begann, und als die ersten Sonnenstrahlen über die Hausdächer gegenüber wanderten, stand Yana auf und ging nach Hause.

Sie weiß nach wie vor nicht, was passiert ist, wo er damals geblieben ist, doch die logischste Erklärung ist: Er ist in die Notaufnahme des Krankenhauses gefahren und musste dort stundenlang warten, bis seine Wunde endlich genäht wurde. Bevor sie gegangen war, hatte sie sich seinen Nachnamen gemerkt, der auf dem Briefschlitz stand, es gelang ihr, seine Handynummer herauszufinden, und noch am selben Abend schrieb sie ihm: »Tut mir leid. Ich weiß, dass ich versprochen habe, im Badezimmer zu warten, aber ich konnte da ja nicht EWIG warten …« Und gleich im Anschluss eine weitere Nachricht: »Versuch's gern noch mal irgendwann.«

Anschließend trug sie das Handy immer bei sich, doch es kam keine Antwort, und irgendetwas an diesem Abend kam ihr im Nachhinein doch rätselhaft vor, wie er einfach verschwunden war, und dass er dann einfach nicht antwortete, das machte etwas mit ihr. Sie konnte nicht aufhören, an ihn zu denken. Am nächsten Tag rief sie ihn an, erreichte jedoch nur die Mailbox, sie hörte seine Stimme, diese natürliche Freude darin, dieses Sprudeln, wenn man in einem Wort schon hört, wie das nächste gebildet wird, und sie sah sein Lächeln vor sich, und dann war sie wieder mit ihm in diesem asiatischen Restaurant, sein lautes Lachen, und wie albern und gleichzeitig selbstverständlich es aussah, als er sich vor dem Essen eine Serviette in den Kragen steckte.

This is it.

Immer wieder rief sie ihn an, doch nach einer Woche hörte sie damit auf. Dennoch steckte sie hilflos in den Gedanken an ihn fest. Es wurde ein langer Frühling.

Auf dem Weg zur Arbeit stieg sie nun immer eine Station vor der aus, an der sie arbeitete, und ging das letzte Stück zu Fuß, denn dann kam sie an dem Haus vorbei, in dem er wohnte. Sie dachte, eines Tages müsste sie ihm begegnen, wenn er dort zur Tür hinein- oder hinausging. Sie verlangsamte den Schritt, sobald sie sich dem Haus näherte, warf einen verstohlenen Blick hinauf zur Wohnung im zweiten Stock, um ein Lebenszeichen zu entdecken. Zweimal täglich ging sie in diesem kalten Frühjahr dort vorbei, doch sie begegnete ihm nie, und abends blieb sie meist zu Hause, gefangen in einem Frust, wie sie ihn bis dahin noch nie erlebt hatte, ein Gefühl, das an Verzweiflung grenzte, oder sogar an Wut. Manchmal bekam sie regelrechte Anfälle, zerstörte Dinge in ihrer Wohnung, warf Bücher an die Wand oder zerbrach Teetassen im Waschbecken. Mitten in der Verzweiflung spürte sie beim Weinen aber auch noch etwas anderes, eine Art Stolz darauf, solche Gefühle zu empfinden. Es war etwas Großes, dazu in der Lage zu sein, das alles in sich zu haben.

Yanas Tagträume kreisten immerzu um ihn, und wenn sie in ihrem Glaskäfig saß, schaute sie auf den Menschenstrom, versuchte, ihn irgendwo in der Menge auszumachen. Er hatte ihr schließlich gesagt, dass er jeden Morgen an ihrem Kasten vorbeikam – dennoch entdeckte sie ihn nie. Ein Verdacht machte sich in ihr breit. Ihre Station hatte zwei Eingänge, auf jeder Seite des Bahnsteigs einen, und eines Morgens fragte sie die Kollegin, die im Glaskasten auf der anderen Seite arbeitete, ob sie nicht einmal tauschen könnten, nur für einen Tag. Und sie setzte sich dort hin und betrachtete die morgendlichen Passagiere auf dem Weg zur Arbeit, und irgendwann entdeckte sie ihn tatsächlich, da war er. Sein rascher Schritt, das Gesicht, in dem jederzeit ein Lächeln aufscheinen konnte, die Hand in der Brusttasche, wo er nach seinem U-Bahn-Ticket suchte. Yana öffnete rasch die Luke und rief ihn beim Namen, und ihr Herz klopfte wie wild in dem engen Jackett, und er drehte sich zu ihr um und lächelte, als freute er sich, sie wiederzusehen. Er winkte ihr im Laufen zu und verschwand Richtung Rolltreppe.

Und das war's.

Sie hatte ihn ertappt, doch sie war gedemütigt worden, nicht er.

Ja, dieser Frühling war lang, aber auch er ging natürlich vorüber. Am Ende spürte sie nichts mehr. Alles verläuft sich im Sand, auch Gefühle. Es kommt vor, dass sie an ihn denkt und daran, wie wichtig und entscheidend sich alles mit ihm angefühlt hatte, und dann bedeutete es plötzlich nichts mehr.

Auch dieses Armband, das sie im Schwimmbad für ihre Mutter gemacht hatte, hatte einmal alles bedeutet. Papa war ein paar Wochen nach Mamas Verschwinden in ihr

Zimmer gekommen und hatte es ihr überreicht. »Du möchtest es vielleicht aufheben?«

Yana hatte es sich übers Handgelenk gestreift und beschlossen, es ihr Leben lang zu tragen. Es war das Wichtigste, was sie besaß, doch nach ein paar Monaten riss es im Schulsport beim Hallenhockey, sie kniete sich hin und suchte weinend nach den Perlen. Sie wollte sie alle finden, jede einzelne, um das Armband zu reparieren. Zu Hause legte sie die Perlen in eine Schüssel, die sie in ihrem Schreibtisch aufbewahrte. Doch sie kaufte sich keine neue Schnur, um sie wieder aufzufädeln, und die Perlen lagen jahrelang in dieser Schüssel, und irgendwann waren sie weg. Vielleicht hatte Papa sie weggeworfen. Es war so wichtig für sie gewesen, dieses Armband hatte ihr alles bedeutet, und dann war es – nichts mehr. Und wahrscheinlich wird es mit diesem Fotoalbum genauso werden, jetzt gerade ist es ihr wichtiger als irgendetwas anderes, die Spuren zu verfolgen, doch es wird eine Zeit kommen, in der es ebenfalls im großen Vergessen verschwindet, in der diese Zugfahrt ihre Farben verliert und das Album nur noch in einem Regal liegt, wie ein unbegreifliches Irgendwas.

Yana schaut auf das Foto des Vogels und spürt wieder den Blutgeschmack im Mund. Auf der gegenüberliegenden Seite des Albums klebt ein weiteres Bild, ein Foto, das dunkler ist als die anderen. Es ist unterbelichtet, doch die Details sind in ihren Nuancen gut zu erkennen. Eine Lichtung zu einem dunklen Wald hin. Die Farben verhalten sich eigentümlich, Spuren von Sonnenschein, der über den schwarzen Bäumen funkelt, und gleichzeitig sieht es aus, als wäre es da oben schon dämmrig, der Himmel wirkt eiskalt, tiefblau. Rechts auf dem Bild steht der Mann, der Mamas Vater sein muss, ihr Großvater. Eine schwarze Gestalt vor dem Eingang zu einem schwarzen Wald. Sein Blick ist finster. Es sieht aus, als käme er auf die Kamera zu, um zu verhindern, dass das Foto gemacht wird. Schwarze Augen, ein halb geöffneter Mund. Sie mag nicht, wie er aussieht.

Yana schlägt das Album zu und blickt die kleine Straße hinunter, die entlang der Gleise verläuft. Darüber liegt der Wald, dort will sie hin. Sie sieht die hohen Kiefern, die sich wie eine Wand neben der Straße erheben, und zum ersten Mal auf dieser Reise denkt sie, dass es vielleicht besser wäre, umzukehren, denn man soll nicht nach etwas suchen, von dem man nicht sicher ist, dass man es finden möchte. Der Gesichtsausdruck ihres Großvaters will ihr nicht aus dem Sinn. Sein nervöser Blick, der gehetzte Ausdruck. Er wirkt wie jemand, der gerade etwas Schlimmes in diesem Wald erlebt hat.

KAPITEL 16

Oskar

Harriet ist nicht mehr erreichbar. Sie ist wieder in ihrer Kindheit, er kennt sie und sieht es ihren Augen an, wenn es sich nicht einmal lohnt, es zu versuchen. Dann ist es, als tastete sie sich mit dem Blick nach innen, um behutsam zu untersuchen, was sie sich ansehen möchte und was lieber nicht.

»Hier habe ich gesessen«, sagt sie jetzt und legt die Hand auf das schwarze Metall der Bank.

Er setzt sich neben sie. Sie zieht ein Foto aus der Handtasche und zeigt es ihm, darauf ist sie als Kind zu sehen. Sie steht vor dieser Bank, an diesem Bahnhof, vor langer Zeit. Sie schaut direkt in die Kamera, sie lächelt, aber man sieht ihr an, dass sie den Tränen nahe ist.

»Ist das von eurer Reise damals?«

»Ja. Ich habe es in einem Fotoalbum gefunden, das mein Vater und ich nach der Reise gemacht haben.«

»Wieso siehst du so traurig aus?«

»Mein Vater hat mich fotografiert, obwohl ich das nicht wollte.«

Oskar schaut sich das Foto an, es greift ihm ans Herz. Er sieht ihre Augen, ihren Gesichtsausdruck, es ist der Moment, kurz bevor ein Kind zusammenbricht. Harriet ist mit ihrem Vater und dennoch ganz allein auf diesem Bahnhof. Ihr Vater nimmt sie nicht etwa in den Arm, als sie traurig ist, er fotografiert sie stattdessen. Oskar schließt die Augen. Die Kindheit ist eine unbegreifliche Installation, genau wie ein modernes Kunstwerk. Sinnlos und überflüssig. Man möchte die ganze Scheiße am liebsten zertreten.

Der Wind kommt und geht, zerrt an den Markisen und knallt ein zur menschenleeren Straße hin geöffnetes Fenster zu. Der Bahnsteig liegt verlassen da, und der Sommer ist schwer.

»Weißt du, wann ich mich in dich verliebt habe?«, fragt Harriet.

»Nein.«

»Wieso haben wir nie darüber gesprochen? Es war an dem Tag, an dem wir in der Wohnung waren, wo ich als Kind gelebt habe«, sagte sie. »Weißt du noch?«

Er lacht auf.

»Ja, du warst krank, du hattest Fieber. Wir saßen anschließend die ganze Nacht auf dem Balkon.«

»Frag mich irgendwas zu diesem Abend. Ich bin zur Toilette gegangen, und als ich rauskam, standest du vor der Tür und hast auf mich gewartet. Ich war total baff, wusste nicht, was du dort wolltest. Du meintest, es wäre so eine Zeitverschwendung, wenn ich allein zum Balkon zurückginge. Du wolltest unsere gemeinsame Zeit nutzen.«

Er schüttelt den Kopf und lächelt.

»Was ist?«, fragt sie.

»Ganz schön albern.«

»Es war das Schönste, was jemals ein Mensch zu mir gesagt hat.«

»Und dann haben wir uns geküsst«, sagt Oskar. »Und ich habe dich gefragt: Sind wir jetzt zusammen?«

»Und ich habe gesagt: Jetzt sind wir zusammen.«

Sie zieht eine Schachtel Zigaretten heraus, beugt sich vor, zündet sich eine an, nach vorne gelehnt, damit sie im Wind nicht wieder ausgeht.

»Erzähl mir, was hier passiert ist«, sagt Oskar.

»Können wir nicht einfach nur eine Weile hier sitzen bleiben?«

Sie raucht ihre Zigarette weit oben zwischen den Fingern. Irgendwann hat sie ihm mal erzählt, sie rauche gern gegen den Wind. Aus irgendeinem Grund hat er sich das gemerkt, und jetzt muss er wieder daran denken, bei Gegenwind rauchen, und es ist sein erster Impuls, ihr das zu sagen, doch dann verschwindet er wieder.

»An diesem Abend auf dem Balkon hast du etwas aus deiner Kindheit erzählt«, sagt sie. »Du hast gesagt, dass du dich danach gesehnt hast, dass deine Mutter dich berührt.«

»Ja, sie hatte es nicht so mit dem Umarmen.«

»Erzähl mir noch mehr von ihr.«

»Ich erinnere mich kaum an sie.«

»Natürlich tust du das.«

»Ach«, sagt er. »Ich hab dir doch schon von ihr erzählt. Sie war einfach durchgeknallt.«

»Wie meinst du das?«

»Ich erzähl dir mal was, woran ich mich tatsächlich erinnere«, sagt er und spürt einen Energieschub, als wäre ihm etwas Wichtiges eingefallen. »Wenn wir zum Einkaufen in einem großen Supermarkt waren, bin ich ihr oft weggerannt. Plötzlich war meine Mutter nicht mehr da, und ich lief herum und weinte. Aber einmal, als ich sie verzweifelt suchte, habe ich sie hinter dem Gemüsestand entdeckt. Sie hatte sich versteckt.«

Er streckt die Hand nach Harriets Zigarette aus, und sie reicht sie ihm. Ihr Lippenstift am Filter, er nimmt einen Zug, bläst den Rauch gegen den Wind.

»Verstehst du? Sie hat sich immer wieder absichtlich versteckt, weil sie sehen wollte, wie ich weinend nach ihr suchte. Es gab ihr einen Kick, mich traurig zu sehen, und einen weiteren Kick, die zu sein, die mich rettete.«

»Ach, du meine Güte«, sagt Harriet.

»Ja«, sagt Oskar. Er lacht, legt sich eine Hand auf den Kopf und drückt sein Haar nach unten. »Ich sag doch, meine Mutter war ein bisschen durchgeknallt.«

»Ein bisschen durchgeknallt«, wiederholt Harriet leise. »Das ist schon was anderes als nur ein bisschen durchgeknallt. Das sind Dinge, die einen Menschen prägen.«

»Ach ja? Ich fand solche Dinge eigentlich nie besonders wichtig.«

»Einmal, als ich klein war, lag ich im Bett und lauschte meinen Eltern, wie sie sich in der Küche unterhielten«, sagt Harriet. »Sie hatten beschlossen, sich zu trennen, und wollten uns Kinder unter sich aufteilen. Beide wollten Amelia, keiner wollte mich. Damit lebe ich jeden Tag. Ich bin die Verschmähte, bin es immer gewesen und werde es immer sein.«

Er legt einen Arm um sie, und sie lehnt den Kopf an seine Brust, und dann verschwindet sie erneut, taucht durch die Jahrzehnte. Offenbar gefällt es ihr dort. Die geraden Linien von der Kindheit bis in die Gegenwart hinauf, alles, was man jetzt ist, kann und muss durch das erklärt werden, was einem früher widerfahren ist. Manchmal beneidet er sie fast darum, wie sicher sie sich in dieser Banalität fühlt, so überzeugt von all diesen Zusammenhängen. Es muss angenehm sein, so zu leben, denn es gibt auf alles eine Antwort, alles lässt sich erklären. Und man ist selbst niemals schuld, man ist immer nur das Opfer der Fehler und Schwächen anderer.

»Willst du deshalb immer wissen, wo ich bin?«, fragt Harriet plötzlich.

»Wie bitte?« Oskar setzt sich auf und blickt sie an.

»Damals, als du deine Mutter ständig im Supermarkt gesucht hast«, sagt Harriet. »Rufst du mich deshalb zwanzigmal am Tag an? Willst du deshalb immer wissen, wo ich bin?«

»Wovon redest du?«

»Du hast wohl Angst, dass ich ebenfalls weglaufe?«

»Hör auf«, sagt er. »Lass uns gehen.«

Er steht auf und merkt, wie sie zurückzuckt, erschrocken von seiner plötzlichen Bewegung. Und er sieht etwas in ihrem Blick aufblitzen, das rasch wieder verschwindet, als ihr aufgeht, dass er nur aufstehen wollte. Was war das? Angst? Hat sie gedacht, er würde ihr wehtun? Einmal hat sie zu ihm gesagt, dass sie es nicht mag, wenn seine Augen schwarz werden, dass sie dann weit weg von ihm sein will. In letzter Zeit hat er selbst gemerkt, dass er immer öfter in diesen Zustand gerät, in dem er vor Wut wie erstarrt ist. Sein Blick verengt sich, und wenn er die Augen schließt, bewegen sich blutrote Punkte durch sein Sichtfeld, alles klingt plötzlich verzerrt, Gelächter etwa wie das Quieken von Schweinen, und laute Geräusche werden ihm unerträglich. Dazu braucht es nicht viel, nur eine Kleinigkeit, die schiefläuft, wenn er etwa Yana bittet, Staubsaugerbeutel zu kaufen, und sie kommt mit der falschen Sorte zurück. Oder wenn er und Harriet abends Wein trinken wollen und er die Gläser rausnimmt und Spuren von Lippenstift entdeckt, obwohl die Gläser eigentlich abgewaschen und ansonsten sauber sind. Beim Anblick des fettigen roten Abdrucks ihrer Lippen fühlt er sich unfassbar provoziert.

Es kommt vor, dass er schon nachmittags nach Hause geht und sich schlafen legt, manchmal sogar mehrere Stunden, und erst aufwacht, wenn Harriet am Abend von der Arbeit kommt. Ist er möglicherweise depressiv? Über Silvester sind sie in Frankreich gewesen, gegen seinen Willen, denn was hatte es für einen Sinn, dort hinzufahren und zu frieren? Das gigantische Hotel mitten auf der Strandpromenade, das weithin leuchtete – sie hatten es bereits vom Flugzeug aus gesehen, kurz vor der Landung, und sich gefreut und laut gerufen. Doch als sie in die Lobby kamen, schlug ihnen eine solche Schwermut entgegen, ein Doorman stand an den Schwingtüren und schämte sich offenbar für das Hotel. Die Tage wurden ihnen lang, es regnete, sie spielten Karten, ab und zu zeigte sich der Hoteldirektor persönlich, saß an der Rezeption und verachtete seine Gäste dafür, dass sie in seinem schmuddeligen Hotel abstiegen. An Silvester gab es ein »Gala Dinner«, und alle putzten sich heraus, um sich mit den anderen Gästen zusammen im Ballsaal des Hotels unwohl zu fühlen. Um kurz vor zwölf rannte das Personal hektisch umher und teilte glitzernde Papiertröten aus, in die man pusten sollte, wenn es Mitternacht schlug. Und Oskar blies hinein, und der Ton, der herauskam, hatte etwas zutiefst Melancholisches. Er trötete und trötete, und auch von den anderen Tischen drangen Trauertöne herüber, und er fand, sie klangen wie verzweifelte Hilferufe von anderen unglücklichen Familien, und er blies noch mehr und noch lauter, und die Nebentische antworteten, eine Kakofonie der Lebensmüdigkeit, und er konnte nicht aufhören, darüber zu lachen, es war einfach so bizarr, und er trötete und lachte, und Harriet und Yana sahen ihn ungläubig an, denn schon bald bekam er keine Luft mehr. Er lachte und konnte gar nicht mehr aufhören, und hinterher, als sie schlafen gingen und er die Vorhänge ihres Hotelzimmers zuzog, die muffig nach Wasserschaden rochen, sagte Harriet zu ihm: »Ich kann mich gar nicht erinnern, wann ich dich zuletzt so habe lachen hören.«

Hat Yana Angst vor ihm? Treiben sie deswegen immer weiter auseinander? Einmal hat er sie dabei erwischt, wie sie vor dem Fernseher abgebrannte Streichhölzer knabberte. Er forderte sie auf, sofort damit aufzuhören. Doch sie machte heimlich weiter, verbarg die Spuren aber nur unzureichend und vergaß die abgenagten Stummel an verschiedenen Stellen in der Wohnung. Oskar sammelte ein paar davon auf und rief sie dann in die Küche. Er sagte, jetzt reiche es. Du isst keine Streichhölzer, fertig, aus. Das brachte sie so aus der Fassung, dass sie anfing zu weinen.

»Aber Liebes«, sagte er und nahm sie in den Arm. Er spürte, wie ihr Herz klopfte und sie am ganzen Körper zitterte. Warum? Was tut er, das ihr solche Angst macht?

Dabei erhebt er doch nicht einmal die Stimme.

Abgesehen von Ausnahmefällen.

Neulich ist er in ihr Zimmer gegangen, um das Geschirr einzusammeln, das dort herumstand. Im Bücherregal hatte sie eine Teetasse stehen, und dort entdeckte er auch einen Hundertkronenschein. Er war hinter Spielzeug versteckt und ein paarmal gefaltet, damit man ihn nicht gleich sah. Er wäre nie auf die Idee gekommen, dass seine Tochter ihm Geld klauen könnte. Manchmal gab er vor Freunden damit an: Yana verfüge über einen moralischen Kompass, sie wisse genau, was richtig sei und was falsch. Als Yana an diesem Nachmittag aus der Schule kam, ging sie sofort in ihr Zimmer, und Oskar folgte ihr. Er zeigte auf den Geldschein im Bücherregal.

»Was ist das für Geld?«, fragte er.

Yana blickte ihn fragend an. Er zog den Schein heraus und hielt ihn hoch.

»Woher hast du die hundert Kronen?«

»Das ist nicht mein Geld.«

»Wem gehört es dann?«

»Ich weiß es nicht.«

»Du weißt es nicht?«

Yana setzte sich auf die Bettkante und blickte zu Boden. Oskar fuhr sie streng an, er wolle die Wahrheit wissen, wo das Geld herkomme, und da sagte sie, sie habe es geschenkt bekommen.

»Erst weißt du nicht, woher es kommt«, sagte Oskar. »Und dann behauptest du, du hättest es geschenkt bekommen. Was denn jetzt, Yana?«

»Ich habe es bekommen.«

»Von wem?«

Yana antwortete nicht, und Oskar schlug mit solcher Wucht gegen eine Holzkiste, dass sie aus dem Regal flog und neben ihr gegen die Wand prallte.

»Lüg mich nicht an!«, brüllte er.

Yana protestierte nicht, saß nur stumm auf der Bettkante und wagte nicht, ihn anzusehen.

»Du hast mir Geld geklaut, und das macht mich total wütend«, sagte Oskar. »Aber was mich noch wütender macht, ist, dass du lügst.«

Und da geschah es wieder, sie brach in Tränen aus, saß da und zitterte und stammelte, aber er hatte nicht vor, sich erweichen zu lassen, nur weil sie es bereute. Er ging zur Tür, und bevor er sie schloss, sagte er zu ihr: »Du kommst nicht raus, bis ich es dir erlaube.«

Kein Laut kam an dem Nachmittag aus ihrem Zimmer, und abends kam Harriet nach Hause, und Oskar erzählte ihr, was Yana getan hatte und dass sie jetzt in ihrem Zimmer bleiben und darüber nachdenken müsse. Harriet fand die Strafe angemessen, doch er bereute es bereits, denn was ist Stubenarrest schon für eine Strafe für jemanden, der ohnehin die ganze Zeit in seinem Zimmer hockt? Als das Essen fertig war, rief Oskar sie, und sie aß schweigend, sagte kein Wort, weder zu ihm noch zu Harriet. Als sie fertig war, bedankte sie sich kurz fürs Essen und verschwand wieder in ihrem Zimmer.

»Ist sie jetzt sauer?«, fragte Oskar Harriet verblüfft.

Es dauerte noch ein paar Tage, bis sich das Ganze aufklärte. Gestern im Zirkus war Harriet auf Toilette gegangen, und Oskar kaufte mit Yana Popcorn. Als er sein Portemonnaie öffnete, bezahlte er mit dem Hundertkronenschein, den er in ihrem Bücherregal gefunden hatte, er faltete ihn umständlich auseinander und reichte ihn der Verkäuferin, und Yana sah zu, wie er mit dem Schein hantierte.

»Ich habe ihn dir nicht geklaut«, sagte sie plötzlich.

»Wir brauchen nicht mehr darüber zu reden«, sagte Oskar.

»Ich habe ihn nicht geklaut.«

»Wo kommt er dann her?«

»Ich habe ihn von dem Mann im Schwimmbad bekommen, als wir nach dem Baden Kaffeetrinken waren. Ich sollte mir davon Süßigkeiten kaufen. Aber ich habe mich nicht getraut, es dir zu sagen.«

Sie nahm ihr Popcorn entgegen. Dann gingen sie hinein, um ihre Plätze zu suchen. Er legte eine Hand auf ihre Schulter, und es fühlte sich unbeholfen und ungewohnt an, und sie erstarrte.

Wann verliert man sein Kind?

Harriet nimmt einen letzten Zug von der Zigarette und drückt die Glut an der Bank aus, dann wirft sie den Stummel auf die Gleise, steht auf und geht den Bahnsteig entlang. An einem kleinen Kiosk leuchten ihnen gelb-schwarze Schlagzeilen entgegen: USA IM KRIEG GEGEN DEN TERRORISMUS. Harriet beschleunigt ihren Schritt, als hätte sie es plötzlich eilig. Er holt sie ein.

»Wohin gehen wir?«, fragt Oskar. »Was tun wir hier?«

»Wir öffnen ein Grab«, sagt sie.

KAPITEL 17

Harriet

Die Bank ist heiß von der Sonne, durch ihr dünnes schwarzes Kleid verbrennt sie sich fast daran. Papa hat sich vor sie hingehockt und legt jetzt eine Hand auf ihr Knie. Als er ihr mitteilt, sie würde ihre Schwester treffen, sagt sie nur: »Was?«, und bereut es sofort, denn was, wenn sie es falsch verstanden hat und er jetzt etwas ganz anderes sagt?

»Du wirst deine Schwester treffen.«

Eine Weile starrt sie ihn ungläubig an, sie öffnet den Mund, um etwas zu sagen, bringt jedoch kein Wort heraus, und dann wird sie traurig. Sie freut sich auch, muss sie ja wohl, denn heute ist der Tag, an dem sie ihre Schwester sehen darf, doch vor allem ist sie traurig, denn es ist, als würden im selben Moment all die Tage, an denen sie sie nicht treffen durfte, auf sie einstürzen.

Sie weiß, was Papa vom Heulen hält, und hat nicht vor, dem Drang zu weinen nachzugeben, doch jedes Mal, wenn sie seine Hand auf ihrer Schulter spürt, kommen die Tränen ein klein wenig näher. Sie schlägt beide

Hände vor die Augen, und in dieser rötlichen Dunkelheit versucht sie, sich zu konzentrieren, an etwas Lustiges zu denken, um nicht weinen zu müssen. Plötzlich hört sie wieder das Geräusch des Auslösers, Papa hat sie fotografiert, und sie blickt auf. Er ist ein paar Schritte zurückgetreten, senkt nun die Kamera und sieht sie an.

»Darf ich dich fotografieren?«, fragt er.

»Ja.« Harriet räuspert sich. Dann steht sie auf, blickt in die Kamera und hofft, dass er das Foto bald macht, bevor sie losheult. Er hantiert mit den Einstellungen, sie muss sich zusammenreißen, damit nicht alles aus ihr herausbricht. Dann macht er noch ein Foto.

»Entschuldige«, sagt er. »Aber du sahst so schön aus.«

»Schon okay.«

Er verstaut die Kamera. Dann wendet er sich ihr wieder zu, etwas Neues in seinem Gesicht – schlechtes Gewissen? »Du kannst ja ein Fotoalbum daraus machen, wenn wir wieder nach Hause kommen. Das wäre doch schön, oder?«

Papa geht den Bahnsteig entlang, und sie folgt ihm auf den Fersen, er balanciert auf der weißen Sicherheitslinie, als wäre es ein Spiel, ohne den Asphalt zu berühren, und das gefällt ihr, sie tut es ihm gleich, wie eine Seiltänzerin. Doch dann stellt sich heraus: Es war nur ein Zufall, er hat es gar nicht absichtlich gemacht. Jetzt geht er neben der Linie, und sie tut es ebenfalls.

Sie überqueren die Gleise und folgen der schmalen Straße entlang der Bahnstrecke, die von Geschäften in den Erdgeschossen der Wohnhäuser gesäumt wird. Auf eine Fassade hat jemand USA RAUS AUS VIETNAM gesprüht, und sie weiß, dass Papa derselben Meinung ist. Anschließend geht es den schmalen Weg hinauf, der im Wald verschwindet.

»Papa«, sagt Harriet. »Weiß Amelia, dass wir kommen?«

»Nein«, antwortet er und klingt erstaunt, als wäre es eine dumme Frage, als wäre es selbstverständlich, dass Amelia von ihrem Besuch nichts weiß.

»Was wird Mama dazu sagen?«, fragt Harriet.

Papa antwortet nicht.

»Papa«, sagt Harriet. »Mama will doch nicht, dass ich Amelia treffe.«

»Doch«, sagt Papa. »Ist doch klar, dass sie es eigentlich möchte.« Er schaut auf die Uhr. »Mama wird noch nicht zu Hause sein.« Er hält inne, beugt sich herab und legt ihr eine Hand auf die Schulter. »Und wenn sie doch da ist, kümmere ich mich darum.«

Harriet weiß nicht, was sie davon halten soll. Ihr gefallen die Bilder nicht, die sich in ihrem Kopf einstellen: Mama, wie sie aufgebracht herumschreit, und Papa kümmert sich darum. Den ganzen Weg vom Bahnhof bis hierher hat sie nicht ein einziges Mal an Mama gedacht, erst jetzt, als sie im Wald nach etwas Ausschau hält, an das sie sich von jenem Sommertag erinnert. Es ist ein Jahr her, seit sie hier war. Bei Mama, die dort in der Küche nicht mehr Mama war, die anders redete, andere

Kleidung trug, komische Dinge sagte. Diese seltsame Kälte.

Sie gehen den Hügel hinauf, mit dem Nadelwald zu beiden Seiten, und dann plötzlich das Aufblitzen einer Erinnerung, die sie irgendwo abgespeichert hatte, ein Ziegeldach, das sich vor ihr erhebt. Diese Dachziegel hat sie an jenem endlosen Sommernachmittag angestarrt. Ein Glitzern zwischen den Baumstämmen, dort ist der See. Und dann das Steinhaus, das sie beim ersten Mal im Dunkeln gesehen hat, das gelbe Licht von den Fenstern. Nun steht es schweigend im Sonnenschein da, kirchenweiß. Der Steg liegt auch noch am See, und da sind Spuren von Menschen, Badehosen, die zum Trocknen über dem Geländer hängen. Kurz darauf kommen sie am Zaun vorbei, wo sie damals gesessen und auf ihren Vater gewartet hat, während die Sonne von einer Seite des Himmels auf die andere wanderte. Papa bleibt stehen, auf dem Zaun sitzt ein Vogel. Er sagt, es sei ein Rotkehlchen, und fragt Harriet, ob sie noch wisse, wie das Rotkehlchen zu seinem Namen gekommen sei. Sie sagt Ja, und er gibt sich damit zufrieden. Er fotografiert den Vogel, dann gehen sie weiter durch das Tor, an einer Sonnenuhr vorbei, einem schmiedeeisernen schwarzen Ring, der von der Skulptur eines nackten Jungen gehalten wird. Jetzt spürt Harriet die Nervosität im ganzen Körper. Wenn Mama Anwälte beauftragt hat, die entschieden haben, dass sie sich nicht sehen dürfen – dürfen sie dann überhaupt hier in diesem Garten sein?

Papa betritt den Holzboden der Veranda, geht an den geölten Gartenmöbeln vorbei und klingelt an der Tür. Er beugt sich vor und legt die Hände um sein Gesicht, um durch die Scheibe sehen zu können. Sie begreift nicht, wie er sich das traut. Er schaut auf die Uhr.

»Amelia müsste jeden Moment aus der Schule kommen. Wir können hier auf sie warten.« Er setzt sich auf einen Gartenstuhl, der zum See schaut. Daneben steht eine Hollywoodschaukel, die sehr bequem aussieht. Harriet setzt sich hinein und versinkt in dem weichen, sonnenwarmen Polster. Ihre Zehenspitzen erreichen gerade noch den Boden.

»Verdammt komische Farbe hat dieser See«, sagt Papa.

»Grün«, sagt Harriet.

»Bestimmt voller Bodenschlamm«, meint Papa. »Das kommt davon, wenn das Wasser sich nicht bewegt.«

Es ist warm, und die Sonne steht so tief, dass sie in die überdachte Hollywoodschaukel hereinscheint. Harriet hört ganz in der Nähe Vögel, von weiter weg ruft ein Kuckuck, und sie erinnert sich, wie Papa ihr das mit dem Kuckuck beigebracht hat. Wenn man herausgefunden hat, von wo er ruft, weiß man auch seinen Namen, der je nach Herkunft wechselt, und die Himmelsrichtungen können einem einen wichtigen Hinweis geben, vielleicht sogar die Zukunft vorhersagen. »Ostkuckuck, Trostkuckuck?«, fragt Harriet deshalb, und Papa schreckt aus seinen Gedanken auf, beugt sich vor, starrt auf die Tischplatte, wartet auf den nächsten Ruf. Da!

»Nein«, sagt er dann. »Osten ist da hinten.« Er zeigt auf den dunklen Wald. »Dieser Kuckuck ruft aus dem Westen.«

»Westkuckuck, Bestkuckuck«, sagt Harriet.

»Ja, genau.«

Harriet stößt sich mit den Füßen ab, die Hollywoodschaukel setzt sich leicht in Bewegung, gleitet lautlos über dem Holzboden hin und her, ganz weich, wie in einem Traum, sie ist perfekt. Harriet versetzt ihr noch ein bisschen mehr Schwung, und ein leichter Wind fächelt ihr die Stirn, sie schwebt dicht über dem Boden und wünscht sich, dass die Hollywoodschaukel noch weicher und noch schneller schwingen möge, sie will nichts mehr fühlen, nur noch die Augen schließen und spüren, wie der leichte Wind durch ihr Haar streicht.

»Das reicht jetzt«, sagt Papa, und sie hält sofort an. Er späht zum See hinunter. Legt eine Hand an die Stirn, um in der tief stehenden Sonne besser sehen zu können, sucht das Ufer ab.

»Wäre dort unten am See nicht ein schöner Platz für Ninchens Grab?«

»Doch«, antwortet sie.

»Komm«, sagt er.

Die Wiese fällt zum See hin steil ab, bei den letzten Schritten muss sie abbremsen, um nicht im Wasser zu landen. Sie stellt sich auf den Steg und betrachtet die verzogenen Planken.

»Guck dir mal diesen Kerl an«, sagt Papa plötzlich

und deutet auf einen Baum, den jemand direkt am Wasser gepflanzt hat. Er ist noch ganz klein, kaum dicker als ein Ast, und die Erde um ihn herum ist noch dunkel und weich. Papa berührt vorsichtig die kleinen Blätter.

»Das wird mal ein Apfelbaum«, sagt er. »Aber bis er Früchte trägt, wird es noch eine Weile dauern.«

Sie schauen von dem Bäumchen auf den See hinaus.

»Ist doch ein schöner Platz, oder?«, fragt Papa.

»Ja«, sagt Harriet.

Sie knien sich hin. Harriet öffnet ihren Rucksack und nimmt die Urne heraus. Papa gräbt mit beiden Händen, bohrt die Finger in die schwarze Erde.

»Komm, lass uns das zusammen machen.«

Sie knien direkt nebeneinander. Sie graben ein Loch in einem verbotenen Garten, und normalerweise wäre Harriet jetzt nervös, aber Papa ist da – sie braucht sich vor nichts zu fürchten, wenn er so dicht neben ihr ist. Tiefer und tiefer graben sie, manchmal berühren sie sich leicht, und nach einer Weile hält Papa inne und schaut wieder über den See.

»Siehst du, wie schön das ist, wenn die Sonne sich im Wasser spiegelt?«

»Ja«, sagt Harriet. »Es sieht aus wie eine Straße aus Goldmünzen.«

Papa lacht.

»Goldmünzen«, wiederholt er.

Sie graben weiter, die Erde ist locker und schwarz, und es geht ganz leicht, und den Blick fest auf ihr Tun gerichtet, sagt Papa: »Es ist schön, mit dir hier zu sein.« Und Harriet antwortet: »Das finde ich auch.«

Weit entfernt von der anderen Seite des Waldes hört sie wieder den Kuckuck, jetzt kommt sein Ruf von Osten.

KAPITEL 18

Yana

Es ist nicht weiter schwierig. Das Foto des Vogels mit der Silhouette eines weißen Hauses dahinter. Und dann das Foto ihrer Mutter als Kind, wie sie unter einem kleinen Baum sitzt, einen See mit einem Steg im Hintergrund. Schaut man bei Google Maps, findet man, wenn man Malma eingibt, nur ein einziges Gewässer in der Nähe, und das ist ein kleiner See. Und an diesem See gibt es nur ein einziges Haus, das ist das Haus, zu dem sie gehen wird. Sie folgt der Bahnstrecke, es ist Nachmittag, und es dämmert bereits. Yana geht unter mondförmigen Straßenlaternen entlang, unter denen der Asphalt glitzert, Ahornblätter kleben auf dem Gehsteig. Sie biegt auf den schmalen Weg ein, der zwischen den Bäumen hineinführt. Hier ist es dunkler. Der Wald ist still, nur ein Rieseln, Wasser unter dem Moos, zwischen den Steinen. Von der Hügelkuppe schaut Yana über die Landschaft mit ihren unterschiedlichen Blauschichten, ein Nebelschleier liegt über dem See. Sie sieht ein niedriges Haus, es schmiegt sich an den Boden. Kein Licht brennt, es scheint niemand zu Hause zu sein. Es ist aus Kalksandsteinziegeln errichtet.

Yana erinnert sich plötzlich an eine U-Bahn-Fahrt mit der roten Linie zur Halloweenparty bei einem Klassenkameraden, weiter weg, als sie je zuvor gefahren ist. Es war ein Kostümfest, und sie hatte sich als Hexe verkleidet, einen spitzen Hut auf dem Kopf und ein langes schwarzes Kleid an, das sie im Schrank ihrer Mutter zwischen den Kleidungsstücken fand, die sie zurückgelassen hatte. Sie musste den Saum anheben, damit es beim Laufen nicht über den Boden schleifte. Und sie ging im Regen an den Häusern entlang, ein Kalksandsteinziegelbau nach dem anderen, sie wirkten so einladend mit ihrer neu installierten Terrassenbeleuchtung, Lichtern, die aus kleinen Löchern in den Holzgittern drangen und die Feuchtigkeit beleuchteten, die in der Luft zitterte. Yana schaute zu den Fenstern hinein und sah nirgendwo Angst. Glückliche Familien, die etwas zusammen unternahmen, Gespräche am Küchentisch, manche kochten, Fernseher liefen, ein Vater tobte mit seinem kleinen Sohn durchs Haus. Yana ging durch die Glücksstraße. Und dann klingelte sie bei ihrem Klassenkameraden, und während sie wartete, legte sie die Hand an die weiße Fassade und dachte, dass die Ziegel warm sein würden. Doch das waren sie natürlich nicht. Als sich die Tür öffnete, entstand sofort Verwirrung, da stand die Mutter ihres Klassenkameraden, sie sah den Hut und rief nervös nach ihrem Sohn. Er tauchte wenig später auf und trug kein Kostüm.

»Hat dir niemand Bescheid gesagt?«, fragte die Mutter. »Hast du nicht mitbekommen, dass die Party abgesagt wurde?«

Nein, das hatte sie nicht. Irgendetwas war schiefgelaufen mit dem Rundruf, der anscheinend nicht jeden erreicht hatte, sie hatte als Einzige nicht erfahren, dass die Party wegen des Regens abgesagt worden war. »Du kannst doch nicht einfach wieder nach Hause fahren, nachdem du den ganzen weiten Weg gekommen bist«, sagte die Mutter und bat sie herein. Die Familie saß in der Küche, und die Mutter füllte einen Krug mit Saft und taute Zimtschnecken auf, die kurz darauf in der Mikrowelle rotierten, und der Junge aus ihrer Klasse saß da, obwohl es ihm bestimmt peinlich war. Und sein Vater kam erstaunt herunter, legte ihm eine Hand auf die Schulter, als wäre das ganz natürlich, und fragte, was passiert sei.

»Nein!«, rief er dann und sah ganz unglücklich aus. »Das ist ja blöd.«

Yana hatte ihren Hut abgenommen, kam sich aber immer noch albern vor in ihrem zu eng anliegenden und viel zu langen Kleid, doch der Junge aus ihrer Klasse, mit dem sie sich nie zu reden getraut hatte, saß einfach nur da und lächelte freundlich.

»Wie kommst du denn wieder nach Hause?«, fragte die Mutter. »Soll ich deine Mutter anrufen?«

»Nein danke, das geht schon«, antwortete Yana.

Wenig später brach sie wieder auf, die Familie verabschiedete sich im Flur von ihr, während das Essen auf dem Herd vor sich hin köchelte, und Yana ging zur U-Bahn zurück, an der langen Reihe von Kalksandsteinziegelhäusern entlang.

Jetzt ist sie fast da. Es wird schnell dunkel, doch sie kann unten am See den Steg noch erkennen und einen riesigen Baum, direkt am Ufer. Äpfel liegen um ihn herum auf dem Boden. Yana geht ein paar Schritte die Wiese hinunter, doch dann hört sie Geräusche von der Terrasse am Haus. Da ist etwas im dämmrigen Licht. Sitzt da ein Mensch? Sie sieht einen Schatten, nimmt eine kleine Bewegung wahr.

»Hallo«, ruft Yana. Keine Reaktion. Sie geht auf das Haus zu.

»Hallo«, ruft sie noch einmal.

»Ja, hallo, hallo«, ist eine Stimme aus der Dunkelheit zu hören.

Yana geht weiter Richtung Haus, und jetzt sieht sie, dass eine ältere Frau in einer Hollywoodschaukel auf der Terrasse sitzt und sachte vor und zurück schaukelt. Yana bleibt ein Stück entfernt stehen, die Frau soll sich nicht bedroht fühlen.

»Entschuldigung«, sagt Yana, »ich habe Sie nicht gesehen, ich dachte, es wäre niemand zu Hause.«

»Bist du das, die die Militärbaracken oben im Wald vollgesprayt hat?«

»Die Militärbaracken vollgesprayt? Nein, das war ich nicht.«

»Irgendjemand war's«, sagt die Frau.

Sie hustet und tastet nach dem Taschentuch, das auf ihrem Schoß liegt, hustet hinein.

»Drinnen ist es so heiß«, sagt sie. »Ich habe ihnen gesagt, sie sollen die Heizung runterdrehen, aber es passiert nichts.«

Yana blickt zum Haus, die Frau hat die Terrassentür weit offen gelassen. Im Wohnzimmer läuft ein Fernseher, schwaches Licht beleuchtet den Raum, sie sieht einen einzelnen Sessel, zum Fernseher ausgerichtet.

»Tut mir leid, dass ich hier so reinplatze. Dieser Steg da unten, gehört der Ihnen?«

»Das weiß ich doch nicht«, sagt die Frau. »Meine Tochter kommt bald, die kann dir das bestimmt sagen.«

»Wohnen Sie denn nicht hier?«, fragt Yana.

»Doch, natürlich«, antwortet die Frau und sieht Yana überrascht an. »Wer soll denn sonst hier wohnen?«

Ein leises Rattern vom Bahnhof ist bis hier herauf zu hören, ein Zug, der nicht hält, sondern rasch den Wald durchquert, dann ist es wieder still. Die Frau lauscht, schaut ins Universum, dann verliert sie das Interesse.

»Meine Tochter kommt bald«, sagt sie. »Sie ist unten bei den Pferden, glaube ich. Aber sie kommt mit dem Auto, sie fährt nie mit dem Zug.«

»Ich bin auf einer Reise der besonderen Art«, sagt Yana. »Eine lange Geschichte, die Sie nicht weiter interessieren wird, aber ich wollte fragen, ob es für Sie okay ist, wenn ich da unten am See etwas ausgrabe, von dem ich glaube, dass meine Mutter es vor vielen Jahren dort vergraben hat.«

»Wie blöd«, sagt die Frau.

Yana versucht, sie zu erkennen, aber es ist zu dunkel, da sind nur ihre Umrisse in der großen Hollywoodschaukel.

»Was ist blöd?«, fragt Yana.

»Man sollte sich in so etwas nicht so reinhängen. Was passiert ist, ist passiert.« Ihre Stimme klingt schrill und anklagend. »Das lässt sich nicht mehr ändern«, ruft sie laut.

»Nein, das ist klar«, sagt Yana.

»Ich schaue nur nach vorn«, sagt die Frau und deutet mit der Hand auf den See. »Ich arbeite bei der Bank. Aber die Bankfilialen werden eine nach der anderen geschlossen, ich werde von einer zur nächsten versetzt, inzwischen muss ich jeden Tag hundertzwanzig Kilometer fahren, um zur Arbeit zu kommen. Wissen Sie, wie viele Stunden ich da pro Jahr im Auto sitze?«

Sie lacht, und dann hustet sie, und mitten im Husten ruft sie: »Ich verbringe mein ganzes Leben im Auto!«

Sie hustet immer weiter, doch nach einer Weile hört sie auf, wischt sich den Mund mit dem Ärmel ab. Yana ist verwirrt. Diese Frau ist doch längst im Rentenalter, bestimmt fünfundsiebzig, wenn nicht noch älter. Und da arbeitet sie noch bei der Bank?

»Ich würde nicht fragen, wenn es nicht wichtig wäre«, sagt sie. »Darf ich in Ihrem Garten graben?«

»Nur zu«, antwortet die Frau.

»Ich verspreche, alles wieder so herzurichten, wie es war.«

»Ja, ja.«

»Haben Sie vielleicht einen Spaten, den ich ausleihen könnte?«

»Nein«, sagt die Alte. »Hier gibt es keine Spaten.«

Yana blickt sich um und entdeckt sofort einen, der an einem Schuppen lehnt. Sie geht hinüber und hält ihn hoch.

»Schauen Sie mal.«

»Ja klar, den können Sie nehmen.«

Yana geht Richtung See. Als sie wieder an der Frau vorbeikommt, wirft sie ihr noch einen raschen Blick zu.

»Kennen Sie meine Tochter?«, fragt die Frau.

»Nein, leider nicht.«

»Sie ist schon in Ordnung. Aber die Heizung reparieren, das kann sie nicht. Ich begreife nicht, was daran so schwer sein soll.«

Yana geht weiter zum See hinunter, der Weg ist steil und die Wiese nass und rutschig.

»Wie heißt sie?«, ruft die Frau von oben am Haus.

Yana bleibt stehen und dreht sich um. Die alte Frau schaukelt nicht mehr, sitzt ganz still.

»Wer?«, ruft Yana zurück.

»Meine Tochter«, sagt die Frau, und dann leiser, ein Murmeln, das Yana kaum versteht, als spreche sie eher mit sich selbst: »Wie heißt sie?«

Der Weltraum spiegelt sich im See. Dort steht der Apfelbaum. Auf dem Foto ist er ganz klein, jetzt ist er riesig. Yana setzt den Spaten an seiner Wurzel an und stößt hinein. Das Blatt schneidet glatt in die Erde. Sie gräbt in der Dunkelheit.

KAPITEL 19

Oskar

Als sie am Bahnhofsgebäude vorbeikommen, entdeckt Oskar an der Fassade ein großes Schild, auf dem in Dezimalzahlen die Entfernung zu den umliegenden Städten angegeben ist. Ganz genau: Das Einzige, was einen an diesem Ort interessieren kann, ist, wie weit es woanders hin ist. Sie gehen die kleine Einkaufsstraße entlang, die parallel zur Bahnstrecke verläuft, und er ist hier noch nie gewesen, gleichzeitig war er hier schon tausendmal. Er ist in genau so einer Stadt aufgewachsen und weiß alles darüber. Vor einer Konditorei bleibt Harriet stehen.

»Ich brauche schnell etwas zu essen«, sagt sie und geht hinein. Sie nehmen sich ein Tablett, und er schiebt es an den leeren Aluminiumtheken vorbei. Kondenswasser an den Scheiben, ein wenig Gebäck und ein Teller mit eingeschweißten Brötchen. Sie nimmt ein Käse-Sandwich, das Tablett gleitet lautlos weiter zur Kasse.

»Ich könnte wetten, es ist nicht frisch«, sagt Oskar leise, aber Harriet interessiert das nicht. Sie nimmt sich noch eine Limonade, und die kleine Frau an der Kasse legt eine Hand an die Flasche, um zu kontrollieren, ob sie kalt ist, bevor sie das Geld annimmt. Sie kennt ihren unzuverlässigen Kühlschrank. Oskar und Harriet setzen sich an den kleinen Fenstertisch zur Straße. Harriet pult die Folie von ihrem Sandwich.

»Total irre, dass wir hier sind«, sagt sie und schaut auf die Straße und auf den Bahnhof dahinter. »Mein Vater würde es nicht glauben, selbst wenn er es noch erfahren könnte.«

Sie nimmt die Paprika von ihrem Sandwich, und auf dem Käse bleibt ein Abdruck zurück.

»Fehlt er dir?«, fragt Oskar.

»Ach«, sagt Harriet. »Ich denke oft an ihn. Manchmal träume ich auch von ihm.«

»Was träumst du dann?«

»Da gibt es etwas, woran ich oft gedacht habe, aber ich habe mich nicht getraut, es dir zu sagen: Als Papa im Krankenhaus lag, gab es da so einen Pulsmesser, an den er angeschlossen war, weißt du noch?«

»Nein«, sagt Oskar.

»Jedenfalls gab der jedes Mal, wenn Papas Herz schlug, ein leises Fiepen von sich. Und ich erinnere mich, dass das Herz in den Minuten, bevor er starb, immer langsamer schlug, bis es schließlich stehen blieb. Dabei habe ich immer gedacht, dass es umgekehrt wäre. Ich habe gedacht, wenn der Körper aufgibt, schlägt das Herz immer schneller, bis es gewissermaßen zusammenklappt. Als würde das Herz sich selbst zerstören.«

Oskar lacht.

»Das hast du gedacht? Ich glaube, da bist du so ziemlich die Einzige.«

»Ich finde trotzdem, dass das schöner wäre. Eine letzte Explosion, dass man mit einem Knall verschwindet. Und nicht so langsam und diffus.«

Sie hat insofern recht, als Bos Tod nicht so war, wie man ihn sich vielleicht vorgestellt hätte. Erst ging es schnell, schnell in ein Taxi, nachdem das Krankenhaus angerufen hatte, dass Bo verunglückt sei. Und als sie dann da waren, verging die Zeit immer langsamer. Bo hatte laut Krankenhauspersonal einen Fahrradunfall gehabt. Harriet hatte immer gespürt, dass so etwas irgendwann passieren würde. Einmal war Oskar mit ihr in der Stadt unterwegs gewesen, als Bo plötzlich in hohem Tempo über einen Hügel geschossen kam, über den Lenker gebeugt und ohne Helm. Ein alter Mann, der nie ein alter Mann werden wollte. Er fühlte sich unverwundbar, unberührbar, nichts konnte ihm zustoßen. Harriet hatte damals auf der Straße nach ihm gerufen, und er hatte angehalten, ein kurz angebundenes Gespräch im Verkehrslärm, beide schauten beim Reden zu Boden. Sie hatten sich schon einige Jahre nicht gesehen.

Und nach einer Weile sagte sie: »Papa, kannst du bitte einen Helm aufsetzen, wenn du Fahrrad fährst?«

»Ja, ja.«

»Ich mache mir Sorgen. Ich will nicht, dass du dich verletzt.« Dann legte sie eine Hand auf seine.

»Ninchen«, sagte er.

»Ninchen.«

Als Harriet ihren Vater im Krankenhaus sah, eilte sie sofort an sein Bett, traute sich zunächst aber nicht, ihn anzufassen, denn sie wusste nicht, wo er verletzt war. Sie setzte sich nur dicht neben ihn. Bo blickte sie an, es sah aus, als ob er lächelte, aber als Harriet versuchte, mit ihm zu reden, antwortete er nicht.

Ein Arzt kam herein und sagte nicht viel, nur ein paar Worte, die umso schwerer wogen.

Ihr Vater hat eine schlimme Hirnverletzung erlitten.

Der Druck im Kopf ist wahnsinnig schnell gestiegen.

Es besteht keine Chance, das Gehirn durch eine Operation zu retten.

Wir sind zur Palliativversorgung übergegangen. Das heißt, wir werden keine lebenserhaltenden Maßnahmen ergreifen.

Er kann Sie sehen und hören, aber er kann nicht sprechen.

Sie saß auf der Bettkante und strich ihm mit der Hand über das Haar und weinte. Zwischen den Schluchzern sagte sie immer wieder: »Armer kleiner Papa.«

Dieser Mann, der so gewaltig gewesen war, der sein Leben lang einen so großen Schatten auf Harriet geworfen hatte – jetzt war er plötzlich ihr kleiner Papa. Sie legte eine Hand an seine Wange, und Bo sah sie mit einem Ausdruck an, der an Neugierde erinnerte, unfähig, auch nur ein einziges Wort zu sagen. Kleine Anfälle verwirrter Raserei von Harriet, die sich gegen das Pflegepersonal und die Ärzteschaft richteten. Wie können Sie ihn einfach aufgeben? Er lebt doch noch! Sie müssen etwas tun!

Das hatte wohl damit zu tun, dass er völlig unversehrt aussah, außerdem saß er beinahe aufrecht, und sein Blick war klar. Und dennoch wurde nichts unternommen. Eine Schwester stand in der Ecke, als wollte sie nicht stören, sie kam manchmal herüber, um auf einem kleinen Bildschirm etwas zu kontrollieren. Harriet beugte sich vor und sah sich den Hinterkopf ihres Vaters an, sie schrie auf und wandte sich schnell ab.

»Was hast du bloß getan?«, flüsterte sie. »Armer kleiner Papa, was hast du bloß getan?«

Und vielleicht begriff sie es in dem Moment, in dem sie gesehen hatte, was mit seinem Kopf passiert war, denn anschließend protestierte sie nicht länger. Bo lag vollkommen bekleidet im Bett. Jemand hatte seinen Pullover aufgeschnitten, vielleicht, um zu sehen, ob er noch weitere Verletzungen hatte. Die Schwester kam mit einer Spritze, die sie ihm in den Arm stach.

»Wir geben ihm permanent Morphium«, flüsterte sie. »Dadurch hat er keine Schmerzen und auch keine Angst.«

Oskar stand ein paar Meter entfernt und wusste nicht, was er tun sollte, er betrachtete Harriet, wie sie sich über ihren Vater beugte und die beiden sich in die Augen sahen.

»Du bist nicht allein«, flüsterte sie, in genau dem murmelnden Ton, wie sie es für sich selbst immer tat, wenn sie dachte, niemand würde sie hören oder sehen. Bo blickte zu ihr auf, vielleicht blinzelte er kurz. Sie sagte es immer und immer wieder. »Du bist nicht allein. Du bist nicht allein.« Es machte etwas mit Bo, dieses leise Summen, es erreichte ihn, er hob die Augenbrauen, Oskar sah ein Glitzern in seinen Augen.

Und die Zeit verging immer langsamer, man konnte jetzt in den Sekunden verweilen, dann eine unbedeutende kleine Reaktion, Bo hustete, versuchte, Schleim zu sammeln, ohne dass es ihm gelang, er versuchte es noch einmal – und war fort. Er starb, den Blick fest in ihrem verankert, mit etwas, das vielleicht ein Lächeln war, auf seinen Lippen.

Natürlich erbte sie keine einzige Krone. Er hatte nie Geld gehabt. Gar nichts bekam sie. Oder doch, einen Karton hatte sie bei sich, als sie ein paar Tage nach seinem Tod nach Hause kam, voll mit Fotoalben und alten Kameraobjektiven. An jenem Abend saß sie mit den Objektiven im Bett, sie sortierte und reinigte sie sorgfältig, doch anschließend bekam Oskar sie nie wieder zu Gesicht. Wahrscheinlich hatte sie sie weggeworfen. Und die Romantisierung seiner Person, die bereits begonnen hatte, nahm nun richtig Fahrt auf. Das Erzschwein wurde zum Heiligen. Die Wahrheit durfte nicht mehr ausgesprochen werden: dass er sie ihr Leben lang im Stich gelassen hatte. Denn so war es doch; er war nie da gewesen, war nie aufgetaucht. Bo hatte sich all die Jahre kein bisschen für sie interessiert, er wollte oder konnte keine Beziehung zu ihr aufbauen, dazu war er viel zu kaputt. Der Alltag, Harriets und Oskars Leben, fand ohne Bo statt. Sie gründeten eine Familie, doch Yana bekam ihren Großvater fast nie zu Gesicht. Und obwohl er sie immer wieder enttäuschte, gab Harriet die Hoffnung nie auf. Einmal, an ihrem und Yanas Geburtstag, hatte Harriet ihn vorher erreicht und zum Geburtstagsessen eingeladen. Er hatte vage versprochen zu kommen. Doch er ließ sich den ganzen Abend nicht blicken, und Oskar sah zu, wie Harriet kurz vor dem Essen Bos Teller und Besteck abräumte, schnell und diskret, damit niemand es bemerkte, wie sie zu verbergen versuchte, wie enttäuscht sie war. War das nicht die große Trauer ihres Lebens gewesen? Der schlimmste Verrat, dem sie ausgesetzt war? Und dennoch versah sie Bo, sobald er gestorben war, mit einem Heiligenschein. Oskar ertrug es nicht, eines Abends hatte er einfach genug von ihren Verfälschungen. Er widersprach, und sie stritten sich stundenlang, brüllten einander an und verletzten sich, und die Lehre, die er daraus zog, war, nie wieder mit ihr über Bo zu sprechen, daran hatte er sich fortan gehalten. Und so gab es ein weiteres Thema, über das sie nie wieder sprachen.

Nachdem Harriet gegessen hat, verlassen sie die Konditorei, die Sonne steht zur Linken. Die Wiese entlang der Fußgängerzone ist nicht gemäht, Blumen neigen sich über den Asphalt, und es ist so windstill, dass Oskar die Hummeln hören kann, die darüber kreiseln. Alles steht still, es scheint in dieser Stadt keinerlei Bewegung zu geben. Harriet biegt in einen Kiesweg ein, und er folgt ihr. Sie sind im Wald, einem Wald, der sich vertraut anfühlt, so einem, wie ihn jeder in sich trägt. Ein schwedischer Wald mit Kiefern und Fichten, und die Erde ist feucht. Während sie den Hügel hinaufgehen, kann Oskar kaum den Blick von den hohen Bäumen wenden, denn sie erinnern ihn an die Wälder in den Schären. Plötzlich taucht ein See vor ihnen auf, eine Sonnenstraße zwischen den Kiefern, und ein Garten mit kurzem Rasen. Ein niedriges weißes Haus steht dort, mit Blick auf den See. Harriet überquert das Grundstück.

»Was, wenn jemand zu Hause ist?«, sagt er, während er ihr hinterhereilt.

»Das ist mir scheißegal«, antwortet sie.

Sie gehen an einem Gemüsegarten vorbei, und in einem Eimer entdeckt Harriet einen Handspaten, den sie rasch an sich nimmt, bevor sie weiter zum See hinuntergeht. An einem Apfelbaum direkt neben einem Steg bleibt sie stehen.

»Hier.« Sie blickt sich um, dann mustert sie die Erde unter dem Baum. »Hier haben Papa und ich Ninchen begraben, als ich ein Kind war. Und jetzt werden wir das Grab wieder öffnen.«

»Wieso?«, fragt Oskar.

»Ich möchte dir etwas zeigen.«

Sie kniet sich hin und treibt den Spaten in den Boden. Das wiederholt sie ein paarmal, häuft Erde auf, ihre Bewegungen werden schneller, jeder Spatenstich verleiht ihr frische Energie. Mitten in der Bewegung hält sie inne und wendet sich ihm zu.

»Fühl mal«, sagt sie und legt seine Hand auf ihre Brust. Durch die Bluse fühlt er ihr Herz wie wahnsinnig klopfen.

»So will ich sterben«, erklärt sie. »In einer Explosion.«

KAPITEL 20

Harriet

Wenn es einen Hundehimmel gibt, muss es auch einen Kaninchenhimmel geben. Als die Familie noch eine Familie war, hatten sie einen Hund. Eines Sonntagnachmittags griff er ein Kind an, und ein paar Wochen später war er fort. Papa setzte sich an dem Abend auf ihre Bettkante und erklärte, der Hund sei jetzt im Hundehimmel. Damit wollte er sie wohl trösten, doch im Grunde war er es, der Trost brauchte. Später dachte Harriet oft an den Hundehimmel. Und als sie jetzt neben Papa kniet und ein Grab für Ninchen gräbt, denkt sie, wenn es einen Hundehimmel gibt, müsste es auch einen für Kaninchen geben. Sie versucht, sich vorzustellen, wie es dort aussehen könnte, es gelingt ihr jedoch nicht.

»Woran denkst du?«, fragt Papa.

»An nichts.«

»Man denkt immer an irgendetwas.«

»Ich denke an Ninchen.«

»Okay«, sagt Papa. »Gut.«

Beim nächsten Spatenstich hält Papa inne. Da ist alter

Kuhmist in der Erde. Er zeigt Harriet die hellbraune Erde und sagt, hier habe es vor langer Zeit bestimmt mal einen Bauernhof gegeben. Er berührt einen der dünnen Apfelbaumzweige, drückt vorsichtig eins der Blätter zusammen.

»Dieser Baum wird gut wachsen.«

Als sie mit Graben fertig sind, nimmt Papa die Urne. Die Erde an seinen Fingern hinterlässt schwarze Spuren auf dem hellen Gefäß, und Harriet bedauert, dass es schmutzig wird, obwohl das eigentlich egal ist, wie ihr dann einfällt. Es wird ohnehin gleich von Erde bedeckt sein.

»Da ist noch was, was mir echt leidtut«, sagt Harriet. »Du hast mir mal gesagt, Ninchen dürfte nur ganz wenig Schokolade bekommen, weil sein Magen keine Süßigkeiten verträgt. Dabei hat er Schokolade so gerne gegessen. Manchmal habe ich ihm deswegen etwas mehr gegeben, und dann hatte ich immer Angst, dass er krank wird.«

»Es ist ja nichts passiert«, sagt Papa. »Er ist nicht krank geworden.«

»Nein, aber einmal hat Ninchen vor dem Käfig gespielt, und ich hatte eine Tafel Schokolade auf dem Boden vergessen, und da hat er sie ganz aufgegessen.«

Ihr versagt die Stimme.

»Den ganzen Abend hatte ich Angst, dass er sterben könnte. Und am nächsten Morgen habe ich mich nicht getraut, in den Käfig zu schauen, weil ich dachte, er ist tot.«

»Und dann?«, fragt Papa.

»Nichts. Es ging ihm gut.«

»Siehst du«, sagt Papa.

»Tut mir leid, dass ich es dir nicht erzählt habe.«

»Das macht doch nichts. Es ist ja gut gegangen.«

Harriet blickt zu Boden, wagt nicht aufzusehen. Um nicht weinen zu müssen, drückt sie die Zunge fest gegen den Gaumen, das macht sie immer, und manchmal funktioniert es.

»Hör mal«, sagt Papa. »Sei nicht traurig. Du hast Ninchen ein Festmahl bereitet. Er durfte eine ganze Tafel Schokolade essen. Das war bestimmt der schönste Tag in seinem Leben.«

Harriet muss lachen und blickt zu ihm auf.

»Wollen wir die Urne jetzt reinsetzen?«, fragt Papa.

Harriet nickt.

»Er wird es mögen, seine letzte Ruhe hier zu finden.«

»Kommt er dann in den Kaninchenhimmel?«

»Da ist er längst.«

»Echt?«

»Ja, irgendwo da oben ist Ninchen.« Papa deutet in den Himmel über ihnen. »Er hoppelt im Sonnenschein über eine Wiese voller Mohrrüben.«

»Wer gibt ihm sein Stroh?«, fragt Harriet.

»Da gibt es überall Stroh. Er schläft unter freiem Himmel, auf einem Löwenzahnbett, zusammen mit all seinen Kaninchenfreunden. Morgens wachen sie auf und hoppeln zusammen über die Felder.«

»Dann gefällt es ihm bestimmt.«

»Dass wir ihn hier begraben, ist eigentlich nur für uns. Damit wir Abschied nehmen können.«

Harriet blickt nach unten. Löcher sind so unheimlich, wenn man ihren Grund nicht sehen kann.

»Wollen wir einen Brief schreiben und Ninchen mit in den Himmel geben?«, fragt Papa. »Wir können jeder einen schreiben und in die Urne legen.«

»An wen soll ich denn schreiben?«

»An wen du willst.«

Papa öffnet die Kameratasche. Aus einem der Fächer zieht er einen Notizblock und zwei Stifte. Er reißt zwei Blätter raus und reicht eins davon Harriet. Sie kniet auf der Erde.

»Ich schreibe einen Brief an Gott«, erklärt sie.

»Gute Idee«, sagt Papa.

Harriet schließt die Augen und spürt die Sonne auf der Haut. Sie hat sich immer gefragt, wie Gott wohl aussieht, doch das einzige Mal, dass sie ihn gesehen hat, war im Traum. Und da breitete sich sein Gesicht über den ganzen Himmel aus. Er war riesig.

»Sieht Gott uns jetzt?«, fragt Harriet.

»Er sieht uns immer«, antwortet Papa. »Aber vielleicht schaut er jetzt ein bisschen genauer zu uns herab. Es ist sehr gut, dass du ihm schreibst.«

Harriet sitzt ganz still, das Blatt Papier auf dem Schoß. Papa merkt vielleicht, dass sie zögert, denn er legt eine Hand auf ihren Arm.

»Schreib, was du willst. Hauptsache, du bist ehrlich. Das ist das Einzige, was Gott von dir verlangt, dass du die Wahrheit sagst.«

Sie sitzt am Ufer, die Luft ist warm und die Erde kalt, und alle Geräusche, die ihr vorhin noch weit weg vorkamen, nähern sich jetzt und verschwinden dann. Ein Rascheln im Gebüsch von einem Tier, das ihnen nicht im Weg sein möchte, Schwalben sausen über den Himmel und verstecken sich unter dem Dach des kleinen Schuppens am Haus. Ein leichter Wind versetzt die Kiefern in Bewegung, ihre Stämme knarren leise. Dann wird es still, und es gibt nur noch sie und Papa an Ninchens Grab, und sie beginnt ihren Brief an Gott.

Lieber Gott, schreibt sie, dann hält sie inne, sie fühlt sich viel leichter als eben noch. Als hätte sich etwas verändert, aber sie weiß nicht, was. Es fühlt sich an wie nach einem Sommerregen, wenn sie rausgeht und die Luft sich plötzlich leichter atmen lässt. Dieses Gefühl, das sie so oft hat, dass sich etwas Schweres in ihr festsetzt, gleich unter der Kehle, ein Stein vielleicht, der so schwer ist, dass es bis in die Füße hinein wehtut, es fühlt sich an, als müsste ihr der Brustkorb in den Bauch sacken. Sie atmet ein paarmal tief durch und merkt, dass dieses Gefühl jetzt verschwunden ist. Sie schaut zu Papa, der über das leere Blatt gebeugt neben ihr sitzt. Er ist in Gedanken. Auch er hat noch nichts geschrieben. So sind sie, Papa und Harriet. Sie ähneln sich, sie nehmen die Dinge ganz schön ernst, und jetzt schreiben sie an Gott, und die Briefe müssen genau richtig werden.

»Ich liebe dich, Papa«, sagt Harriet.

Papa schließt die Augen. Er kneift sich in die Nasenwurzel und atmet schwer. Einen Moment sieht es aus, als wollte er ihr antworten, er öffnet den Mund, aber er sagt nichts.

KAPITEL 21

Yana

Sie gräbt und gräbt. Manchmal prallt der Spaten auf eine Wurzel, und sie schreit auf, wenn der Stoß durch ihre Hand fährt. Sie lauscht auf ihren eigenen Atem. Lehnt den Spaten an den Stamm, um einen Moment auszuruhen, blickt nach oben, es ist der größte Apfelbaum, den sie je gesehen hat. Ein paar Äpfel hängen noch in den Zweigen, die meisten aber liegen am Boden, leuchtende Kugeln im Gras, überall. Vom Wasser kommt Wind auf, und ein fauliger Geruch weht über die Wiese. Noch ein Windstoß. Diesem See geht es nicht gut. Yana gräbt weiter, stößt jedoch nur auf Erde, und hätte sie nicht das Foto mit der genauen Position des Lochs, würde sie denken, sie grabe an der falschen Stelle. So aber weiß sie: Es ist genau hier, am Steg, direkt unter dem Apfelbaum. Auf einem der letzten Bilder des Albums sitzt ihre Mutter als kleines Mädchen genau hier vor einem frisch ausgehobenen Grab, die Nachmittagssonne steht tief und lässt ihre braunen Augen geheimnisvoll leuchten. Die Urne im Arm, deren Deckel geöffnet ist, hält sie dem

Fotografen einen Zettel hin. Darauf steht etwas geschrieben. Was, lässt sich nicht erkennen, aber Yana weiß, dass der Zettel noch hier in der Erde direkt unter ihr sein muss. Sie wird ihn jetzt ausgraben.

Papa wollte nie mit ihr darüber sprechen, was an jenem Sommernachmittag passiert ist, an dem ihre Mutter damals verschwand. Er selbst kam an jenem Abend erst spät nach Hause. Yana hatte den ganzen Tag gewartet. Mit Loser auf dem Schoß saß sie in der Fensternische ihres Zimmers, als Papa nach Hause kam. Der Hund rannte sofort zur Tür, und da stand Papa, und das Erste, was sie ihn fragte, war: »Wo ist Mama?« Er ging in die Küche und setzte sich an den Tisch, zog einen Stuhl für sie heran. Erst, als sie ihm gegenübersaß, bemerkte sie, wie verstört er aussah, mit dem Blick ganz woanders.

Er umarmte sie, und sie saß da, den Kopf an seiner Brust, er zitterte, es ging wie Wellen durch seinen Körper, vielleicht weinte er. Sie jedoch nicht. Sie weinte nicht ein einziges Mal.

In der ersten Zeit war Papa oft in seinem Zimmer, sie hörte sein wütendes Stöhnen durch die Wände. Und sie dachte immer nur an ihn und wie es ihm ging, sie wollte für ihn da sein, und erst viel später begriff sie, wie sehr er sie damals im Stich gelassen hatte. Dieses Schweigen, sein selbstsüchtiges Weinen, allein in seinem Zimmer, und dann die Jahre, die folgten, in denen er ganz aufhörte, mit ihr zu sprechen. Sobald sie volljährig war, zog sie aus, und Papa hatte nichts dagegen einzuwenden. Er meldete sich nie bei ihr, bis auf die pflichtschuldigen Anrufe zum Geburtstag mit den inhaltsleeren Glückwünschen. Und selbst in diesen kurzen Gesprächen erwähnten sie Mama nie, bis auf ein einziges Mal. Es war Yanas fünfundzwanzigster Geburtstag, sie hatte am selben Tag Geburtstag wie ihre Mutter.

»Mama hat heute runden Geburtstag«, sagte Yana.

»Ja«, sagte Papa.

»Herzlichen Glückwunsch, Mama«, sagte Yana, und am anderen Ende wurde es still. Papas schweres Atmen. Er hielt sich das Telefon beim Sprechen immer ganz nah an den Mund, das machte sein Schweigen so greifbar, beinahe physisch, er war mit seinem Mund, seinen Zähnen, seinem Atem ganz nah.

»Warum hast du nie wieder mit mir über Mama geredet?«, fragte Yana.

»Wie meinst du das?«

»Über das, was damals passiert ist?«

Darauf sagte er nur, Yana sei damals ja noch ein kleines Mädchen gewesen, man könne einem Kind nun mal nicht alles erzählen. Und sofort setzte der Reflex von früher ein: Papa muss geschont werden. Er hat genug mit seiner eigenen Trauer zu tun. Doch in dem langen Schweigen, das folgte, wuchs etwas anderes in ihr, eine Art Trotz.

»Jetzt bin ich erwachsen«, sagte Yana. »Ich möchte, dass du es mir erzählst.«

Wieder hörte sie ihn atmen. Sie sah ihn vor sich, Kindheitserinnerungen, wie er in der Küche saß und vom Festnetz aus telefonierte, dicht über die Wählscheibe gebeugt, ganz nah, als wäre das Kabel sehr kurz.

Er erzählte ihr nicht alles, und vieles passte nicht zusammen, doch er gab Dinge preis, die sie vorher nicht gewusst hatte. Er erzählte, das Ziel ihrer Reise sei ein See gewesen, ein paar Hundert Meter vom Bahnhof Malma entfernt. Dort habe ihre Mutter als Kind ein Haustier beerdigt und ihm einen Brief mit ins Grab gelegt. Sie seien hingefahren, um das Grab zu öffnen, Mama habe ihm den Brief zeigen wollen.

»Was stand denn in dem Brief?«, fragte Yana.

Ein Knacken in Papas altem Telefon, wahrscheinlich bewegte er sich. Er erinnere sich nicht, meinte er, und wolle nicht darüber reden.

Erst als sie nach Papas Tod das Fotoalbum gefunden hatte, war ihr alles klar geworden. Und nun gräbt sie im Garten einer fremden Frau, als gelte es das Leben oder weil es genau darum geht, denn Yana hat sich endlich wieder geöffnet, sie gesteht sich zu, an ihre Mutter zu denken, kleine Erinnerungen, die in ihr auf- und wieder zugehen, wie Herzschläge. Sie hat ihre Mutter geliebt. Sie kann sich wieder so gut daran erinnern. Alles hätte sie für sie getan, alles hätte sie für sie verlassen, wenn Mama sie darum gebeten hätte. Einmal, an Heiligabend, hatte die Krippe angefangen zu brennen. Mama drehte sich um und rannte zur Tür, sie lief um ihr Leben. Yana hinterher. Im Flur holte Mama eine dicke Wolldecke aus der Kommode und rannte damit ins Wohnzimmer. Sie warf die Decke über das Feuer, das sofort erlosch. Alles war gut gegangen, doch Yana wurde plötzlich klar, dass sie Papa, ohne zu zögern, mit dem Feuer zurückgelassen hat, um mit Mama zu fliehen. Aber genau so war es: Yana hatte sich immer für Mama entschieden.

Inzwischen ist es dunkel geworden. Keine Lichtquellen in der Nähe, und der Sternenhimmel hängt tief. Yana gräbt und gräbt, und irgendwann stößt sie auf etwas Hartes, sie wirft den Spaten beiseite, lässt sich auf alle viere nieder und schaufelt den Rest mit den Händen fort. Die Erde ist feucht, und der Geruch des Sees ist stärker geworden, Yana erkennt die Umrisse der Urne, dunkel und nass nach Jahrzehnten in der Erde, sie ruckelt mit den Fingern daran und versucht, den Deckel zu lösen, und schließlich gelingt es ihr. Die Urne ist größer, als sie auf den Fotos wirkt, und viel massiver. Dieses schwere Ding soll ihre Mutter als kleines Mädchen in ihrem Rucksack getragen haben? Yana schraubt den Deckel ab, steckt eine Hand hinein und spürt zwischen ihren Fingern Asche, die immer noch vollkommen trocken ist. Und dann fühlt sie noch etwas am Boden, ein Stück Papier. Sie zieht es heraus. Nur ein einziger Satz steht darauf, unter so viel Asche, dass sie es kaum erkennen kann. Yana knipst die Taschenlampe ihres iPhones an und staubt den Zettel vorsichtig ab. Sie liest, und dann liest sie noch einmal, doch irgendwas stimmt hier nicht. Dieser Zettel ist nicht von Mama, es ist die Handschrift eines Erwachsenen.

Der Vater ihrer Mutter muss ihn geschrieben haben. Sie begreift nicht, was die Worte bedeuten sollen. Erneut schiebt sie die Hand in die Urne, sucht nach dem anderen Zettel, wühlt immer wilder in der Asche. Schließlich schüttet sie den Inhalt auf den Boden und leuchtet mit ihrem Handy, doch da sind nur die verkohlten Überreste eines Tiers. Noch ein letztes Mal tastet sie die Innenseite der Urne ab. Da ist kein weiterer Zettel.

Sie legt die Urne aus der Hand und lehnt sich an den Baumstamm.

Sie nimmt den Zettel, den der Mann, der ihr Großvater war, geschrieben hat, weil sie nachsehen will, ob nicht vielleicht doch noch irgendetwas anderes darauf steht. Sie überprüft auch die Rückseite, doch da ist nichts, da ist nur diese eine kurze Zeile, beinahe fünfzig Jahre alt und unbegreiflich:

Und ich dich, mehr als alles auf der Welt.

KAPITEL 22

Oskar

Oskar blickt zum Apfelbaum mit den krummen Ästen hinauf, es ist ein Baum wie im Märchen. Ein Bild aus einem Biologiebuch taucht vor seinem geistigen Auge auf, in der Schule hatte man ihm beigebracht, dass ein Baum unter der Erde genauso wachse wie oberhalb. Er mochte Wurzeln noch nie, als Kind musste er jedes Frühjahr die Brombeersträucher im Garten seines Elternhauses ausreißen. Stachliges Gestrüpp, bei dem die Zweige sich umeinanderwanden und von dem der Großteil unter der Erde wuchs. Wenn er an einer Ranke zog, sprang fünf Meter entfernt die Erde auf. Das Gestrüpp lebte – Oskar zog, und der Strauch zog in die entgegengesetzte Richtung, er ließ los und schrie vor Ekel und Entsetzen.

Jetzt schaut er zu, wie Harriet gräbt. Sie schwitzt, die dünne Bluse klebt an ihrer Haut, er kann ihre Wirbelsäule erkennen, zwei kleine Muskeln, die in ihrem Nacken arbeiten. Um von der Schönheit einer Frau nicht geblendet zu werden, muss man sie sich gehäutet vorstellen.

Harriet legt den Handspaten beiseite und steht auf, streckt den Rücken durch.

»Es ist ganz schön tief«, sagt sie.

»Bist du dir sicher, dass es hier ist?«

»Ja, absolut. Es ist hier.«

Sie klopft ihre Taschen ab und zieht die Zigaretten heraus. Dann bietet sie ihm eine an.

»Können wir nicht einfach fertig graben und es endlich hinter uns bringen?«, fragt er.

»Wir können wohl zwischendurch mal eine rauchen.«

Und das tun sie, den Rücken an den Baum gelehnt sitzen sie da. Die Luft steht ganz still. Ein Zug fährt auf der anderen Seite des Waldes vorbei. Und Oskar ist in ihrer Gewalt, den Bedingungen, die Harriet aufgestellt hat, unterworfen, er kann sich ihrem Zugriff nicht entziehen. Das ruft Reflexe in ihm hervor, die er permanent kontrollieren muss, er kennt die Signale, spürt, wie seine Verärgerung wächst. Er weiß, dass es am besten wäre, einfach aufzustehen und zu gehen. Rasch drückt er die halb gerauchte Zigarette am Stamm aus und steht auf, blickt zu Harriet hinab.

»Jetzt wird weitergegraben.«

»Kannst du mich kurz ablösen?«, fragt sie.

Und er kniet sich hin und schaufelt die Erde auf einen Haufen neben dem Loch, und wundert sich, als er feststellt, dass sie verschiedene Nuancen hat, mal ist sie schwarz, dann eher hellbraun.

»Das ist Kuhfladen«, sagt Harriet und zeigt darauf.

»Ach, wie schön«, antwortet Oskar.

Plötzlich spürt er einen Widerstand, als wäre er auf Fels gestoßen, und Harriet kniet sich neben ihn. Mit den Händen scharrt sie die Erde fort, und schon zeichnet sich der obere Teil einer Urne ab. Sie gräbt noch ein bisschen weiter und bekommt das Gefäß schließlich heraus. »Unglaublich«, sagt sie leise. »Da ist sie also.«

Vorsichtig schraubt sie den Deckel ab und steckt die Hand hinein. Sie zieht ein dünnes Blatt Papier heraus, das von Asche und Ruß bedeckt ist.

»Ich wollte, dass du das liest.«

Sie reicht ihm den Zettel, und erst sieht es aus, als wäre der Zettel leer, doch als er den Staub abwischt, kommt ein Text zum Vorschein, in ordentlicher Handschrift verfasst. Er liest ihn sich durch, und dann liest er ihn noch einmal. Anschließend gibt er Harriet den Zettel zurück, und sie liest ihn ebenfalls.

»Das hast du als Kind geschrieben?«, fragt Oskar.

»Ja.«

Er nimmt noch einmal den Zettel zur Hand.

»Wieso wolltest du, dass ich das lese?«, fragt er.

»Was ich damals geschrieben habe, sagt genauso viel über diejenige aus, die ich damals war, wie über diejenige, die ich heute bin.«

»Mein Gott«, sagt er.

Er steht auf, klopft sich die Erde von der Jeans. Dann geht er ein paar Schritte Richtung See, schaut aufs Wasser hinaus und dreht sich wieder zu ihr um.

»Es geht wirklich immer nur um dich, oder?«, fragt er.

Sie sieht ihn an, zwischen ihren Augen bildet sich eine kleine Falte.

»Alles, woran du denkst, alles, was du tust und was andere für dich tun sollen – immer geht es nur um dich, oder? Und nicht einmal jetzt begreifst du, wie provozierend das ist: diese Nabelschau, dieser hemmungslose Egoismus. Du hast mich betrogen, du hast mich und deine Tochter hintergangen, alles, was zwischen uns ist, droht den Bach runterzugehen, und dann verlangst du von mir, dass ich fünf Stunden mit dir Zug fahre, nur um einen Brief zu lesen, den du als Kind geschrieben hast.«

»Es geht doch gar nicht um mich, es geht um uns, begreifst du das denn nicht? Ich will dir erklären, warum es mir schlecht geht.«

»Ich will nicht, dass du mir erklärst, warum es dir schlecht geht!«, brüllt er. »Ich will, dass du etwas dagegen tust!«

Seine Augen werden schmal, er sieht alles nur noch wie aus weiter Ferne, die roten Punkte kehren in sein Sichtfeld zurück und tanzen und wirken so echt, dass er glaubt, es gäbe sie wirklich.

»Jedes Mal, wenn ich aufwache, überlege ich: Wie geht es ihr heute? Wird es ein guter Tag oder ein schlechter? Du diktierst die Bedingungen in dieser Familie. Wann fragst du mal, wie es mir geht? Irgendwann halte ich das einfach nicht mehr aus. Niemand hält das aus, Harriet. Ich weiß, dass du depressiv bist, dass es dir nicht gut geht, aber irgendwann will man einfach nur noch alles kaputtschlagen.«

Er hält den Zettel hoch.

»Und hör endlich damit auf! Dein ständiges Zurückschauen ist einfach nur verletzend. Ich dachte, wir wollten versuchen, unsere Probleme zu lösen, aber du willst nur wieder zurück in irgendeine Erinnerung! Dabei bin ich doch hier! Du willst darüber reden, wieso du als Kind diesen Brief an ein Kaninchen geschrieben hast, aber wieso du mit einem anderen Mann geschlafen hast, darüber willst du nicht reden.«

Sie schweigt. Erst wollte sie ihn offenbar unterbrechen, aber jetzt sitzt sie nur noch da und starrt die Urne in ihrem Schoß an. Sie stellt sie ab und steht auf, nickt still, dreht sich um und geht wieder den Hang hinauf.

»Du haust einfach ab?«, ruft er ihr hinterher. »Soll ich die Grube wieder für dich zuschaufeln, oder soll sie so offen bleiben?«

Sie antwortet nicht, geht weiter.

»Harriet!«

Er sieht, wie sie oben am Zaun stehen bleibt. Sie legt eine Hand auf die oberste Latte und lehnt sich einen Moment an. Dann schaut sie zum Haus, öffnet das Tor und geht direkt darauf zu. Sie macht ein paar Schritte auf der Veranda, bleibt an den Glastüren stehen und schaut hinein. Dann spuckt sie mitten auf die Scheibe.

»Was soll denn das jetzt wieder«, murmelt Oskar. »Was machst du denn da, verdammt?«, brüllt er.

Harriet geht wieder durch das Tor, in den Wald hinein und zum Bahnhof.

KAPITEL 23

Harriet

Der See ist ein Kochtopf, jetzt gerade aber ist es so windstill, dass sie das Quietschen des Gartentors am Haus hört, und als sie hinaufschaut, steht Amelia plötzlich am Zaun und blickt zu ihnen herab. Harriet erhebt sich.

»Papa«, flüstert sie und tippt ihm auf die Schulter. Er kniet noch vor dem Apfelbaum und schaufelt den letzten Rest Erde auf die Urne. Nun schaut er hoch und steht ebenfalls auf.

Als Harriet sich vorgestellt hat, wie es werden würde, ihre Schwester wiederzusehen, hatte sie gedacht, sie würden aufeinander zurennen und sich lange umarmen. Doch jetzt kann sie keinen Schritt tun, sie steht nur albern da. Amelia kommt den Hang herunter, und Papa ist als Erster bei ihr, er drückt sie unbeholfen an sich.

»Was macht ihr hier?«, fragt Amelia.

»Wir wollten dich sehen«, sagt Papa. »Harriet wollte dich sehen.«

Ihre Blicke treffen sich, und Harriet muss sofort wegschauen. Amelia nähert sich ihr.

»Ich geh dann mal, damit ihr euch in Ruhe unterhalten könnt«, sagt Papa. »Ich bin in der Konditorei unten am Bahnhof. In einer Stunde bin ich wieder zurück.«

Langsam geht er den Hügel hinauf und lässt die beiden schweigend zurück. Harriet überlegt fieberhaft, was sie sagen könnte, irgendeinen Anfang, aber ihr fällt nichts ein.

»Was ist mit deinen Händen passiert?«, fragt Amelia, und Harriet betrachtet ihre erdigen Finger.

»Keine Ahnung«, sagt sie.

»Keine Ahnung?« Amelia lacht. »Du bist komplett schwarz.«

Harriet versucht, den Dreck abzuklopfen.

»Entschuldigung für das, was ich getan habe«, sagt sie.

Noch immer wagt sie nicht, ihre Schwester anzusehen, ihr Blick ist auf die Erde an ihren Fingern gerichtet, sie rubbelt und reibt. Amelia setzt sich auf den Boden direkt vor dem Baum, und Harriet tut es ihr nach.

»Was passiert ist, ist passiert«, sagt Amelia mit verstellter Stimme. Harriet lacht, sie erkennt sofort ihre Mutter wieder, genauso hat sie das immer gesagt, und jetzt äfft Amelia sie nach.

»Das lässt sich nicht mehr ändern«, jammert Harriet mit der Stimme ihrer Mutter.

»Das lässt sich nicht mehr ändern«, wiederholt auch Amelia. Dann lachen sie gemeinsam, und ihr Gespräch nimmt behutsam Gestalt an. Sie sitzen vor dem Apfelbäumchen und fragen einander aus, was im vergangenen Jahr alles passiert ist, was sie gemacht haben, kleine freundliche Fragen, auf die sie sich kleine freundliche Antworten geben, und Harriet denkt, dass Mama wohl recht gehabt hat. Was passiert ist, ist passiert. Sie wird aufhören, ewig über alles nachzudenken, was sie getan hat und was schlecht gelaufen ist. Sie will lieber nach vorne schauen, denn die Zukunft ist voller Möglichkeiten. Sie ist wieder mit ihrer Schwester zusammen, sie können selbst entscheiden, was jetzt passieren wird.

»Ich wollte eigentlich nur auf einen Sprung zu Hause vorbei«, sagt Amelia nach kurzem Schweigen. »Ich wollte nur meine Reitsachen holen.«

Harriet begreift nicht, was sie meint oder weshalb sie das sagt, aber sie nickt und lächelt.

Amelia schaut auf die Uhr.

»In zwanzig Minuten fängt meine Reitstunde an.«

»Ach so«, sagt Harriet. »Du musst los?«

»Ja.«

Harriet steht schnell auf, immer noch lächelnd, es ist ihr peinlich, dass sie es nicht gleich kapiert hat. Amelia steht ebenfalls auf, klopft sich die Erde von der Jeans.

»Kann ich mitkommen zum Reiten?«, fragt Harriet.

»Das wäre nett«, sagt Amelia, »aber sie sind echt streng da, nicht mal die Eltern dürfen zuschauen.«

Sie umarmt Harriet.

»Echt blöd«, sagt Amelia. »Wo ihr extra so weit gefahren seid.«

»Macht doch nichts«, sagt Harriet.

»Pass auf dich auf.«

Amelia dreht sich um und kehrt zum Haus zurück. Es geht so schnell, Harriet begreift es zunächst gar nicht. Was gerade passiert, brennt nur ein bisschen unangenehm, direkt unter der Haut, wie etwas, das vielleicht nicht so schlimm ist. Sie fühlt sich ein wenig abgeschoben, wie wenn man sich einen Tropfen Rotz unter der Nase wegwischt, und jemand schaut dabei zu. Doch je weiter sich Amelia entfernt, desto mehr wächst ihre Nervosität und wird bald ganz deutlich. Da ist eine Spannung in ihrer Brust, ihr Herz schnürt sich zusammen.

Sie sieht, wie Amelia ins Haus geht und dann wieder durchs Gartentor, Richtung Wald. Angst durchströmt Harriet, stumme Panik. Und sie merkt, dass es ihr bekannt vorkommt – so hat es sich schon einmal angefühlt. Sie blickt ihrer Schwester nach, die zwischen den Kiefern verschwindet, und da ist keine Spur von der Reitkleidung, die Amelia angeblich holen wollte. Harriet kneift die Augen fest zu, und jetzt ist sie nicht mehr am See, sondern liegt wieder in ihrem Bett und schaut zur Decke und lauscht ihren Eltern, die sich in der Küche unterhalten.

KAPITEL 24

Oskar

Oskar sitzt noch immer unterm Baum. Er schraubt den Deckel auf die Urne und stellt sie wieder in das Loch. Dann schaufelt er die Erde zurück auf das Gefäß.

Er spürt, wie seine Schläfen anfangen zu brennen. Etwas verkrampft sich in seinem Gesicht, es verzieht sich zu einer Grimasse. Er arbeitet schneller, die Erde kühlt seine Finger, und er hört seinen eigenen Puls. Erneut zieht ein modriger Geruch vom See heran. Vor ein paar Minuten, in seiner Wut, war er nicht hier. Oder doch, er war hier, aber er hat sich nur zugesehen. Er ist der schweigende Beobachter. Er ist da, er sieht alles und hört alles, kann aber nicht eingreifen. Kann nur schweigend beobachten, was seine Impulsivität anrichtet.

Als die Wut später nachlässt, bleibt nichts als Verwüstung. Ihr Wortwechsel setzt sich allmählich, und was er zu Harriet gesagt hat, sortiert sich. Die schlimmsten Dinge fressen sich noch tiefer in ihn hinein. Und er weiß, dass ein weiterer Schritt getan ist, er hat Dinge gesagt, die es noch schwieriger machen, alles wieder zu reparieren.

Ist es möglich, noch einmal neu anzufangen?

Manchmal träumt er ganz naiv davon. Alles wieder auf null zu stellen. Vor ein paar Wochen hat er einem älteren Ehepaar ein Haus in den Schären gezeigt. Anschließend wollte er das Licht ausmachen und die Tür abschließen, doch dann blieb er auf der Steintreppe stehen, sah das Meer zwischen den Baumstämmen glitzern und hatte die Eingebung, zum Strand hinunterzugehen. Ein schmaler Pfad, Kiefernzapfen rollten hinter ihm her, der Boden war trocken, und er ging über herabgefallene Nadeln, die unter seinen Füßen wie ein Lagerfeuer knisterten. Dann stand er am Ufer, zog sich die Jacke zu und dachte an sie beide, damals. Nicht an das Leid zwischen ihnen oder den Streit, ihn drückten auch keine Verdächtigungen und kein Hass. Er dachte an alles, was sie früher gehabt hatten. Er vermisste sie, und er vermisste sich selbst im Zusammensein mit ihr. Drei Jagdflugzeuge schossen über den Himmel, so schnell, dass er sie nur wie drei schwarze Dreiecke dicht über seinem Kopf vorbeizischen sah, dann erst kam der Lärm. Er erschrak so sehr, dass er auf alle viere ging. Beim Aufstehen spürte er, dass sich etwas verändert hatte, es war, als hätte der Knall ihn wieder auf null gestellt. Er war wie durchgefegt. Er hatte die Erlaubnis bekommen, noch einmal von vorne zu beginnen. Rasch lief er den Berg hinauf und setzte sich ins Auto, den Kopf voller leichter Gedanken. Doch dann kehrte er in dieselbe Wohnung zurück, die er verlassen hatte, zum selben Ärger, der gleich wieder explodierte. Er erinnert sich nicht mehr, was diesmal der Anlass gewesen war, nur dass es gründlich in die Hose ging, mit harten Worten und diesem unbändigen Hass, der aus dem Nichts kam und sich sekündlich verdoppelte. Auch da hatte sich der schweigende Beobachter offenbart, der mit düsterem Blick das Geschehen von seinem Platz in der Dunkelheit aus betrachtete.

Ist es möglich, neu anzufangen?

Lassen sich andere Wege finden, um mit Yana zu kommunizieren? Kann er Harriet wieder ansehen, ohne all diese Schichten von Misstrauen?

Er ist ein Monster.

Inzwischen hat er das Loch wieder zugeschaufelt. Der Zettel, den Harriet als Kind geschrieben hat, liegt daneben, zittert im Wind, der nicht vermag, ihn fortzuwehen. Oskar steht auf, klopft sich die Erde von den Knien und geht den Hang hinauf. Als er am weißen Ziegelhaus vorbeikommt, bleibt er stehen. Die Glastüren spiegeln den Spätsommerabend, die Spucke glänzt in der Sonne.

KAPITEL 25

Harriet

Wieder sitzt Harriet mit dem Rücken zum Zaun, wieder wartet sie auf Papa, während die heiße Nachmittagssonne über die Baumwipfel auf der anderen Seeseite wandert. Papa hat gesagt, er würde eine Stunde fort sein. Wie lange sie schon so sitzt, weiß sie nicht, sie kann die Uhr noch nicht richtig lesen. Während sie wartet, beschäftigt sie sich mit Papas Objektiven, poliert die Linsen mit einem weißen Taschentuch und verstaut sie wieder in ihren Fächern. Endlich kommt er durch den Wald auf sie zu, er sieht klein aus zwischen den hohen Bäumen.

Harriet richtet die Kamera auf ihn, betrachtet ihn in dem Rechteck, es kommt ihr vor, als wären die Farben hier kräftiger, die Pflanzen leuchten grüner, der Himmel hinter ihm ist blauer als in Wirklichkeit, es ist, als schaue man in ein Märchen. Sie sieht Papa durch den Wald wandern, und er blickt auf und entdeckt sie, und sie sehen einander durch die Linse an. Harriet drückt den Auslöser.

Papa nimmt ihr die Kamera ab, untersucht die Einstellungen.

»Was hast du fotografiert?«

»Fürs Fotoalbum«, sagt Harriet.

»Ach so.« Er justiert ein paar Rädchen oben an der Kamera. »Deine ISO-Einstellung ist zu niedrig, das wird ein sehr dunkles Foto.«

Er verstaut die Kamera in der Tasche.

»Wo ist Amelia?«, fragt er dann.

»Sie musste zum Reiten«, antwortet Harriet.

»Ach so.« Papa schließt die Augen und drückt Daumen und Zeigefinger auf seine Lider. »Wie war euer Gespräch?«

»Okay.«

»Komm, wir setzen uns noch ein bisschen ans Wasser.«

Der Steg ist schmal und neigt sich ein wenig, und um die Metallpfosten herum ist das Holz voller Vogeldreck. Zu beiden Seiten des Stegs wächst Schilf, es ragt auch zwischen den Planken empor und kitzelt sie an den Waden, als Harriet bis ganz an sein Ende geht. Papa schnürt seine Stiefel auf, zieht sich die Socken aus und setzt sich auf die Kante, krempelt die Hosenbeine hoch und taucht die Füße ins Wasser.

»Ganz schön warm«, sagt er. »Einundzwanzig Grad.«

Papa braucht kein Thermometer. Er blickt zu Harriet auf und klopft mit der Hand auf die Planken, und sie setzt sich neben ihn. Dann schaut sie ins Wasser, der

Sandboden sieht aus wie Schlamm, und einige Bläschen steigen zur Oberfläche auf. Sie entdeckt einen kleinen Schwarm von Fischen, die an ihren Füßen vorbeischwimmen. Sie kommen nur langsam voran, als müssten sie etwas Dickeres als Wasser durchqueren, Sirup vielleicht. Eine Wolke wirft ihren Schatten auf den Steg, und Harriet schaut nach oben. Die Wolke ist dünn, die Sonne sieht hinter ihrem Weiß wie eine rollende Goldmünze aus. Harriet will nichts mit der Sonne zu tun haben. Seit Papa ihr erzählt hat, dass sie irgendwann erlöschen wird, macht sie sich Sorgen, wenn sie nur an sie denkt. Papa hat ihr versprochen, dass es erst lange nach ihrem Tod der Fall sein wird, dennoch beunruhigt sie die Vorstellung sehr.

Papa knufft Harriet in die Seite, und sie glaubt, er habe sie ertappt und wisse, woran sie gerade denkt, aber er zeigt auf den See. Erst versteht sie gar nicht, was er meint.

»Siehst du den großen Baum da am Ufer?«

»Ja.«

»Siehst du die Baumspitze?«

Jetzt erst entdeckt sie den Adler.

»Ui«, flüstert Harriet. »Der ist aber groß!«

»Ein Seeadler«, sagt Papa. »Der Größte von allen.«

Noch nie hat sie einen so großen Vogel gesehen. Obwohl der See zwischen ihnen liegt, kann sie seine Umrisse deutlich erkennen, wie er angespannt dasitzt. Ihr Herz beginnt, schneller zu schlagen.

»Er hält Ausschau nach etwas zu fressen«, flüstert

Papa. »Nach einem Fisch, der nahe an der Oberfläche schwimmt. Oder nach einer Waldmaus im Unterholz. Er späht.«

»Nein, das glaube ich nicht«, sagt Harriet.

»Nicht?«

»Nein.«

»Was tut er dann?«

»Er sitzt da und erinnert sich.«

Papa stößt einen Laut aus, sie blickt zu ihm auf und sieht, dass er lächelt. Der Adler sitzt so still, dass er beinahe eins wird mit der Baumkrone. Und dann breitet er die Flügel aus und steigt auf. Er fliegt dicht über dem See, hält direkt auf sie zu. Sogar Papa, den sonst nichts überraschen kann, setzt sich aufrechter hin, als er sich ihnen nähert. Der Vogel schlägt einmal kräftig mit den Flügeln und dann noch einmal. Und noch einmal. Und jetzt trägt ihn der Wind hoch hinauf, ganz still schwebt er in der dünnen Luft, zieht seine weiten Kreise über ihnen. Papa legt sich rücklings auf den Steg, und Harriet tut es ihm nach. Sie schauen dem Adler zu, manchmal fliegt er direkt auf die Sonne zu, dann muss Harriet die Augen schließen. Sie sieht die senfgelben Krallen, groß wie Menschenhände. Die Flügel, die so gerade sind, dass sie beinahe konstruiert wirken, der Vogel ist ein schwebendes braunes Rechteck vor dem Blau, er erinnert sie an die alten Kampfflugzeuge, die sie auf Fotos aus dem Zweiten Weltkrieg gesehen hat. Er steigt auf, ohne auch nur eine Feder zu rühren, schwingt sich dann zum Dach der Atmosphäre empor, wird zu einem Punkt und dann zu einem Pünktchen und verschwindet schließlich im Blau. Harriet dreht den Kopf, Papas Gesicht ist ganz nah, noch immer schaut er zum Himmel. Seine Züge wirken anders; vielleicht, weil er liegt? Ganz glatt ist sein Gesicht, ebenmäßig, die Züge weich. Er dreht sich zu Harriet, und eine Weile sehen sie sich an, ohne etwas zu sagen.

»Jetzt will ich es erzählen«, sagt Harriet. »Jetzt will ich dir erzählen, was Amelia auf dem Steg zu mir gesagt hat.«

KAPITEL 26

Yana

Jetzt ist es richtig kalt geworden, der Bahnsteig ist weiß, Eiskristalle überziehen Asphalt und Beton. Die rote Laufschrift auf dem digitalen Hinweisschild informiert darüber, dass der Zug nach Stockholm Verspätung hat. Yana sitzt auf der einsamen Bank am Bahnhof Malma und blickt auf die Straße, die parallel zu den Gleisen verläuft. Da steht ein Mann mit einem Hund, das Tier untersucht einen Laternenpfahl, und der Mann lässt es gewähren. Ein Geräusch in der Ferne, sie erkennt Scheinwerferlicht, es ist ein Zug, der sich nähert, und die Laufschrift über ihr lautet jetzt: »Zugdurchfahrt«. Der Lichtkegel wird größer, mit hoher Geschwindigkeit fährt der Zug durch, und es fühlt sich überwältigend an, als seine geballte Kraft auf sie zuschießt, und obwohl sie ein ganzes Stück vom Gleis entfernt sitzt, steht sie auf und tritt noch ein paar Schritte zurück, steht wie gelähmt da, während er vorbeirast und verschwindet. Anschließend tritt sie an die Bahnsteigkante und schaut auf die Gleise und die nassen Steine hinunter.

Auf der Straßenseite gegenüber stehen Wohnhäuser, Yana kann hineinsehen. Sie erkennt aber keine Menschen, nur blasse Farben, die von unterschiedlichen Fernsehern an die Wand geworfen werden. Yana hört ein Signal aus einem anderen Jahrhundert, eine traurige kleine Melodie, drei Töne, die an das Klingeln erinnern, mit dem sie als Kinder in der Grundschule hereingerufen wurden. Es ist der erste Schultag, sie hat einen neuen Rucksack mit weißen Kaninchen drauf, und sie will Papa nicht gehen lassen.

Und dann kommt der Zug, der sie nach Hause bringen wird, er fährt ein, die Türen öffnen sich widerwillig, und Yana steht einen Moment unschlüssig da. Niemand steigt ein, niemand steigt aus. Ein Schaffner aus dem Waggon ganz hinten tritt auf den Bahnsteig und schaut stumm zu ihr herüber. Sie weicht einen Schritt vom Zug zurück und bedeutet ihm, dass sie es sich anders überlegt hat, sie will nicht einsteigen. Das Schrillen einer Trillerpfeife durchschneidet die Kälte, die Türen schließen sich, und der Zug fährt ab.

Richtungswechsel.

Yana geht zum Bahnhofsgebäude, auf die Straße mit den kugelförmigen Straßenlaternen, die aussehen, als würden sie schweben. Sie betritt die Konditorei, an der Kasse flackern drei Kerzen, das Wachs ist heruntergelaufen und auf der Theke fest geworden. Eine Frau beugt sich über einen Tisch und wischt ihn mit einem Lappen ab, reibt an einem Fleck, der nicht verschwinden will.

»Haben Sie noch geöffnet?«, fragt Yana.

Die Frau richtet sich auf und schaut auf die Uhr.

»Wir schließen bald«, sagt sie, »aber Sie können noch etwas bestellen.«

Yana bittet um eine Tasse Kaffee und setzt sich an einen Ecktisch am Fenster. Die Frau wischt weiter die Tische ab. Yana legt das Fotoalbum vor sich hin, schlägt die erste Seite auf und schaut die Bilder an, die vor Kurzem noch ein Geheimnis bargen, das sich bald lüften lassen würde, nun aber doch stumm und unbegreiflich bleiben. Sie betrachtet ein Bild nach dem anderen. Das Foto ihrer Mutter, wie sie aus dem Zugfenster schaut, zu Beginn der Reise mit ihrem Vater. Und da entdeckt sie etwas. Sie beugt sich vor. Da steht etwas auf der Rückseite. Vorsichtig greift sie nach den oberen Ecken des Fotos und löst es gegen den Widerstand des Klebers behutsam von der Seite. Dann dreht sie es um, und da steht in Tinte und von Kinderhand geschrieben: *You Are Not Alone.*

»Soll ich Ihnen nachschenken?«

Die Frau ist wieder zu ihr getreten, mit der Kaffeekanne in der Hand.

»Aber Sie schließen doch gleich?«, fragt Yana.

»Ich sehe es den Leuten an, wenn sie einen Nachschlag brauchen können.« Die Frau füllt ihre Tasse. »Haben Sie den Zug verpasst?«

»Ja«, sagt Yana. »Aber mit Absicht, sollte man vielleicht dazusagen.«

Die Frau muss lachen. »Das ist gut«, sagt sie und verschwindet mit ihrer Kanne. Yana widmet sich erneut dem Album, löst behutsam das nächste Bild ab, und auf der Rückseite steht dasselbe, jetzt allerdings gleich dreimal:

You Are Not Alone.
You Are Not Alone.
You Are Not Alone.

Auf die Rückseite jedes Fotos hat ihre Mutter dasselbe geschrieben, immer wieder, auf manchen in winziger Schrift über die gesamte weiße Fläche. Und als sie das letzte Bild umdreht, das ihren Großvater vor einem dunklen Wald zeigt, ist sie so überrascht, dass sie das Bild fallen lässt, sodass es zu Boden segelt. Yana schaut aus dem Fenster der Konditorei, sieht die Lampen, die den Bahnsteig matt beleuchten. Sie schließt die Augen, lässt den Kopf in der Handfläche ruhen. Dann bückt sie sich, schaut auf das Foto am Boden und sieht, was das kleine Mädchen über die gesamte Rückseite geschrieben hat, wieder und wieder, über die gesamte freie Fläche:

YANA
YANA
YANA

KAPITEL 27

Oskar

Der Himmel ist rosa und die Sonne nur noch in Gestalt von Feuerspitzen hoch oben in den Fichten zu sehen. Oskar geht durch den Wald, den Hügel hinunter und trifft auf die asphaltierte Straße, die zum Bahnhof Malma führt. Vorbei an den hohen Eichen und dem weißen Bahnhofsgebäude, die Treppe hinauf, die zu den Gleisen führt. Sein Blick wandert über den Bahnsteig, und in der Mitte, auf der alten Bank, entdeckt er Harriet. Sie hat sich ihre Jacke angezogen, denn es ist kühler geworden.

Er geht auf sie zu, sie bemerkt ihn und steht auf. Sie sehen einander an, der Wind greift in ihr Haar, und sie macht diese Bewegung, die so typisch für sie ist: Sie streicht sich das Haar hinters Ohr und lässt dann die Hand kurz an ihrer Wange liegen, als dächte sie über etwas nach. Ein Bild taucht aus der Erinnerung auf, von ihrem ersten gemeinsamen Abend in dieser Bar auf der Vasagatan, als ihr eine Locke genauso ins Gesicht fiel und er sie zurückschob, und wie sie sich dann ansahen und es ihm nicht gelang, ihrem Blick standzuhalten. Als er bei ihr ist, nimmt er ihre Hand.

»Entschuldige.«

Sie antwortet zunächst nicht, ihr Blick klebt am Asphalt.

»Oskar«, sagt sie dann. »Ich habe mit einem anderen Mann geschlafen, weil ich dich nicht mehr liebe.«

»Aha.«

Sie blickt zu ihm auf, und ihre Augen nehmen diese Farbe an, die er noch in keinen anderen Augen gesehen hat, als säßen Lämpchen darin.

»Du und ich, wir sind ab jetzt nicht mehr zusammen«, sagt sie.

Er lässt ihre Hand los. Drei Töne wie aus einem alten Lautsprecher, eine Melodie, die seltsam traurig klingt und ihn an etwas erinnert, was er nur beinahe zu fassen bekommt. Eine Schulglocke?

Eine Lautsprecherstimme kündigt eine Zugdurchfahrt an.

»Es geht nicht mehr«, sagt Harriet. »Wir können uns das nicht länger antun. Wir können es Yana nicht länger antun.«

»Yana«, sagt Oskar. »Nach dem, was du ihr im Schwimmbad zugemutet hast, hast du kein Recht mehr, mir zu sagen, was für sie das Beste ist. Wenn wir uns trennen, bleibt Yana bei mir.«

»Wir werden uns nicht um Yana streiten«, sagt Harriet. »Das würde sie nicht wollen.«

»Du begreifst es nicht.« Er lächelt. »Ich habe gestern mit Yana gesprochen. Sie bleibt bei mir.«

Sie blickt ihn an. Wieder diese kleine Falte zwischen ihren Augenbrauen.

»Ich habe Yana gefragt, bei wem sie lieber bleiben würde, wenn wir uns scheiden ließen. Sie hat gesagt, dass sie bei mir bleiben möchte.«

Unsicherheit schleicht sich in ihren Blick.

»Du musst das respektieren«, sagt er. »Sie will nicht bei dir leben.«

Hinter ihrem Rücken taucht von Weitem der Zug auf, mit hoher Geschwindigkeit fährt er aus dem Tal heran und wird immer größer, je näher er kommt.

»Hast du ihr das eingeredet?«, fragt sie.

»Ich habe ihr gar nichts eingeredet. Sie hat es von sich aus gesagt.« Er macht einen Schritt auf sie zu. »Und es dürfte dich doch auch nicht weiter überraschen, oder? Erkennst du nicht das Muster?« Er senkt die Stimme. »Immer wieder verschmäht.«

Harriets Mund öffnet sich leicht.

»Deine Mutter wollte dich nicht.«

Sie schlägt die Hände vors Gesicht, bedeckt die Augen.

»Nein«, sagt sie.

»Deine Schwester wollte dich nicht.«

»Bitte, hör auf.«

»Dein Vater wollte dich nicht. Und jetzt will auch deine einzige Tochter dich nicht.«

Harriet steht dicht an der Bahnsteigkante. Der Zug hinter ihr wächst. Vorsichtig schaut sie aufs Gleis, als stünde sie an einem Abgrund.

»Ich kann einfach nicht mehr!«, brüllt Oskar. »Und jetzt das! Noch eine Szene, wieder eine Gelegenheit, im Mittelpunkt zu stehen.«

Harriet blickt dem Zug entgegen, der auf den Bahnhof zuhält, ein Bimmeln vom Bahnübergang weht schrill herüber.

»Wem versuchst du, etwas vorzumachen?«, ruft Oskar.

Harriet dreht sich zu ihm um, und er will noch etwas rufen, hält jedoch inne, etwas hat sich verändert. Etwas in ihrem Blick, der auf einmal fast kindlich ist. Die Hände in die Seiten gestemmt steht Harriet da, ihr Haar steht zu Berge. Sie versucht zu lächeln, und als Oskar sieht, wie sie sich bemüht, ihre Tränen zurückzuhalten, erkennt er sie plötzlich wieder: Sie ist das kleine Mädchen von dem Foto, das kleine Mädchen auf der Bank mit der Kameratasche über der Schulter und den Tränen, die direkt unter den Lidern tanzen.

»Nein«, murmelt er.

Harriet dreht sich zum Gleis und springt, genau in dem Moment, als der Zug einfährt. Sie springt direkt vor die Lokomotive, dann ist sie fort.

Der Bahnsteig verdunkelt sich, als der Zug über sie hinwegrast, dann wird es hell, ein wütendes Kreischen der Bremsen am anderen Ende des Bahnhofs, und Oskar fällt auf die Knie. Besorgte Stimmen aus der Ferne, rasche

Schritte auf dem Asphalt, jemand hat gesehen, was passiert ist. Das Glöckchen an der Schranke bimmelt noch immer. Ansonsten ist es vollkommen still. Oskar blickt zu Boden, die Stirn auf dem Bahnsteig, und er sieht nichts, aber alles hat Konturen, das Schwarze ist kristallklar, wie vielleicht immer in dem Moment im Leben, in dem man einen Blick auf sich selbst erhascht.

KAPITEL 28

Harriet

»Wir saßen hier auf dem Steg, genau wo wir jetzt sitzen«, sagt Harriet und traut sich nicht, Papa in die Augen zu blicken, stattdessen schaut sie auf den See. Direkt vor ihr ragt ein Schilfrohr auf, und sie reißt es aus. Der Schlamm auf dem Grund gerät in Bewegung, alles wird trüb. Ihre Füße verschwinden im Wasser. Es sieht aus, als hätte sie keine Beine mehr.

»Amelia hatte die Krabbe bei mir gemacht«, sagt sie. »Kennst du noch die Krabbe?«

Papa lacht und nickt.

»Die Krabbe«, sagt er nur.

»Und dann meinte sie, sie wolle mir etwas Wichtiges sagen. Amelia hat gesagt ...«

Harriet rührt mit dem Schilfrohr den Grund auf, sticht es immer und immer wieder in den Schlamm. Sie schließt die Augen, versucht, es auszusprechen, doch die Worte kleben am Gaumen.

»Du kannst es mir erzählen«, sagt Papa. »Es ist alles gut.«

»Sie hat gesagt, du bist nicht mein richtiger Papa.«

»Aha.« Papa schaut zum Himmel und schließt ebenfalls die Augen. Ein paar Sekunden lang sagt er nichts. »Woher hatte sie denn das?«

»Sie hat gehört, wie Mama es zu ihrem neuen Freund gesagt hat. Dass ich eigentlich einen anderen Papa habe.«

»Aha«, wiederholt Papa. Er blickt über den See und macht ein Geräusch, das Harriet nicht einordnen kann, ein kurzes Einatmen mit der Nase, als wäre er überrascht über das, was er gehört hat. Dann schaut er Harriet wieder an.

»Ich wollte …«, sagt Harriet.

Sie schweigt, versucht es noch mal, konzentriert sich, denn wenn sie an das denkt, was sie sagen will, ist sie sich nicht sicher, ob sie es schafft, ohne zu weinen.

»Ich wollte es dir erzählen, aber ich habe mich nicht getraut«, sagt sie. »Ich hab solche Angst, dass es wahr sein könnte.«

Papa legt seine Hand auf ihre. Das Wasser steht jetzt still, endlich blickt sie wieder zu ihm auf.

»Und das hast du ein Jahr mit dir herumgetragen?«

Sie nickt und versucht zu lächeln.

»Das muss schrecklich gewesen sein«, sagt Papa.

»Manchmal denke ich, irgendwas ist an mir verkehrt.«

»An dir ist nichts verkehrt.«

»Doch. Manchmal habe ich das Gefühl, die Welt verschwindet. Dann traue ich mich nicht, mich umzuschauen, weil ich Angst habe, dass das, was ich gerade noch gesehen habe, nicht mehr da ist. Und manchmal ist es umgekehrt, dann muss ich mich umsehen und mich einmal drehen und mir alles anschauen, um Beweise zu finden.«

»Beweise wofür?«

»Dass es mich gibt.«

Das Holz ist warm, die Planken sind von der Sonne aufgeheizt.

»Als Mama und Amelia verschwunden sind, habe ich Angst bekommen«, sagt Harriet. »Deshalb musst du bleiben, denn wenn du auch noch verschwindest, dann verschwindet vielleicht alles.«

»Ich bin noch da«, murmelt Papa.

»Es muss jemanden geben, der immer da ist. Deshalb ist es so wichtig, dass es dich gibt. Es ist total wichtig, Papa.«

»Ich bin da«, sagt Papa leise. »Hör mal zu. Es ist völlig egal, was irgendwer anderes sagt. Du bist meine Tochter. Ich bin dein Papa. Und ich gehe nirgendwohin.«

Harriet nickt. Papa schaut ins Wasser, die Sonne, die sich darin spiegelt, beleuchtet ihn von unten, sein ganzes Gesicht leuchtet, es sieht aus, als betrachte er einen Goldschatz. Dann entdeckt er ebenfalls ein Schilfrohr und reißt es aus. Er lässt es so ins Wasser gleiten, dass es ihres kreuzt.

»Stimmt es denn?«, fragt Harriet.

»Was?«

»Was Amelia gesagt hat.«

Papa atmet tief ein, hält die Luft eine Weile in der Lunge und atmet dann wieder aus.

»Ich habe nie etwas anderes geglaubt, als dass du meine Tochter bist und ich dein Papa. Wir sind uns schließlich ziemlich ähnlich. Wir mögen beide Fleischbällchen, aber die Preiselbeeren lassen wir liegen.«

Harriet muss lachen.

»Wir mögen alles, was schön ist«, sagt er. »Du hast deine Zeichnungen, und ich habe meine Fotos. Wir beide sehen überall Bilder. Und ich glaube, wir sind beide manchmal traurig, weil wir merken, dass irgendetwas fehlt. Wir wollen frei sein, du und ich, und gleichzeitig haben wir Angst davor, allein zu sein. Oder?«

Papa betrachtet sie eingehend.

»Hör mal«, sagt er mit weicher Stimme und legt eine Hand auf ihren Rücken. »Weine nicht, mein Herzchen.« Sein großer erdiger Daumen trocknet ihre Wange. »Na, siehst du«, sagt er. »Ich werde dir was zeigen.«

Er krempelt seinen Ärmel hoch und zeigt ihr seine Schulter. Da ist die Tätowierung, die vier Wörter, die so verschwommen sind, der kurze Satz, über den sie so oft nachgedacht hat und den sie zu lesen versucht hat, wenn sie gedacht hat, er würde es nicht merken.

»Siehst du diese Tätowierung?«

Direkt unterhalb der Buchstaben drückt er mit den Fingern zu, die Haut spannt sich, und jetzt kann sie es lesen.

»Siehst du, was da steht?«, fragt er.

»Ist das Englisch?«

»Ja. *You are not alone.* Das bedeutet: Du bist nicht allein. Es stammt aus einem Lied. Ich habe es immer wieder gehört. Es kam mir so vor, als würde der Sänger es für mich singen. Er sagt zu mir, ich solle keine Angst haben, ich sei gar nicht allein. Und er sagt …« Papa schweigt und schließt kurz die Augen. »Er sagt, ich sei wunderbar. Das hat noch nie jemand zu mir gesagt.«

Er nimmt ihre Hand und befiehlt ihr, die Augen zu schließen und genau das zu tun, was er ihr sagt. Sie spürt die Sonne auf ihrem Gesicht, und ein lauer Wind streicht über ihre Stirn.

»Jedes Mal, wenn du das Gefühl hast, die Welt steht kopf, wenn du Angst hast oder nervös bist, sagst du es leise vor dich hin. Komm, sprich mir nach: Du bist nicht allein.«

»Du bist nicht allein«, sagt Harriet.

Er sagt es noch einmal, und sie wiederholt es. Sie sagt es einmal und noch einmal, und manchmal hört sie Papa sagen, du bist nicht allein, seine brüchige Stimme klingt wie aus weiter Ferne, aus einer anderen Wirklichkeit. Und Papa legt einen Arm um sie, er ist so groß, und wenn er sie umarmt, dann ist er überall.

»Du bist meine Tochter. Ich weiß, dass es so ist, denn ich spüre es im ganzen Körper, die ganze Zeit. Verstehst du das?«

Sie nickt.

»Ich weiß nicht, ob es stimmt, was deine Schwester

gesagt hat. Für mich hat es keine Bedeutung. Aber weißt du was?«

»Nein.«

Er bettet ihren Kopf an seine Brust. Sie spürt seinen Atem warm auf ihrem Haar.

»Wenn du willst, finden wir es heraus.«

»Nein«, sagt Harriet. »Ich will es gar nicht wissen. Ich will nur, dass du bleibst.«

»Ich bin da«, sagt Papa. »Ich bleibe immer bei dir.«

DANKSAGUNG

Die Protagonisten dieses Romans sind ganz offensichtlich Bücherfreunde und deshalb teilweise von anderen Autoren inspiriert. Den Gedanken, dass man einmal im Leben einen Blick auf sich selbst erhascht, hat Harriet wahrscheinlich aus einem Gedicht von Pablo Neruda, denn er erinnert an eine Formulierung von ihm. Und wenn sie Oskar den schönsten Satz nennt, den sie je gelesen hat, dann zitiert sie ihn aus Jonathan Safran Foers Roman *Extrem laut und unglaublich nah*.

Endstation Malma ist zwischen Spätherbst 2020 und Sommer 2022 entstanden. Beim Schreiben habe ich unglaublich viel Unterstützung erhalten von Menschen, denen ich an dieser Stelle danken möchte.

Danke an meinen Verleger Daniel Sandström vom Albert Bonniers Verlag, ohne dich wäre dieses Buch siebzehn Prozent schlechter. Danke auch an Åsa Beckman, die als Leserin meinen Schreibprozess begleitet hat – ich habe noch nie jemanden getroffen, der ein solches Gespür für Dinge im Text hat, die nicht wahr sind oder denen die Melodie fehlt.

Danke auch an meine Lektorin bei Bonniers, Lotta Bergqvist, und an Åsa Ernflo, die in der letzten Phase besonders intensiv an diesem Buch mitgewirkt hat.

Danke an Kriminalkommissar Jonas Lindberg und den Arzt Olle Wallner.

Darüber hinaus gab es zahlreiche Freund*innen und Kolleg*innen, die mitgelesen und wichtige Ideen zu diesem Buch beigetragen haben. Danke an Josefine Sundström, Fredrik Backman, Fredrik Wikingsson, Ruben Östlund, Ninni Schulman, Klas Lindberg, Calle Schulman, Sigge Eklund, Ivar Arpi, Veronica Zacco, Eric Rosén und Pascal Engman.

Auch Astri Ahlander von der Ahlander Agency möchte ich herzlich danken, sie ist nicht nur die Agentin, der es gelungen ist, meine Bücher ins Ausland zu verkaufen, sondern auch eine der wichtigsten Personen bei der Arbeit am Text.

Schließlich und vor allem möchte ich meiner Frau Amanda danken, immer meine erste und letzte Leserin.

Alex Schulman